講談社文庫

新装版
箱根の坂(上)

司馬遼太郎

講談社

目次

若厄介《わかやっかい》　九
京　四八
伊勢殿　七七
新九郎　一〇三
千《ち》萱《がや》　一三四
駿河《するが》舞《まい》　一八二
骨皮《ほねかわ》道賢《どうけん》　二一四

一夜《ひとよ》念仏《ねんぶつ》　二六一
兵火　三〇三
出《しゅっ》奔《ぽん》　三一六
早《そう》雲《うん》　三三五
急転　三七二

地図・村上豊

比叡山
高野川
銀閣寺
大
琵琶湖
相国寺
金閣寺
御所
大
鳥辺野
東福寺
稲荷山
鴨川
桃山
東寺
伏見
桂川
宇治川
鳥羽
平等院

箱根の坂（上）

若厄介《わかやっかい》

このあたりでは山中小次郎のことを、たれもそのようにはよばない。

「山中の若厄介」

とよんでいる。

小次郎は、山中家の世嗣《よつぎ》ではない。次男であるがために生れつき「厄介」の烙印《らくいん》を背に捺《お》されている。

兄の名は——名などどうでもよいが——山中主計《かずえ》盛義といういたいそうな名乗りである。が、ありようは農民とかわらなかった。山民《さんみん》ともいえる。

この山村にひとすじの渓流が流れている。末の流れは野へ出て宇治川になり、京の南郊をうるおすというが、川の名さえない。細流ながら、おそろしいばかりの水の勢いで、山襞《やまひだ》の岩の根を削るようにして川音をたてている。

その細流の片側が山壁《やまかべ》の岩肌で、人は近寄れない。他の片側にはところどころ狭い平場《ひらば》が点在していて、水田がつくられている。田というより、城のような造営物で、田の一枚一枚が川原からそそり立ち、野面積《のづらづみ》でもって石垣が築かれている。その高田《たかだ》へ水を汲《く》みあげ、先祖代々、泥の面《も》をはいまわって、わずかばかりの米をつくってきた。

　をこづくまいぞ　田原《たはら》の野には
　奥の奥にも米がなる

「山の中とてをこづくまいぞ（ばかにすまいぞ）」

と、感情をこめて、この集落《あざ》の娘たちが田植えのときにうたうのである。

自前の田で米をつくるほどの家なら、腹巻《はらまき》、長柄《ながえ》などを持ち、いざとなれば一郷《いちごう》のために合戦にも出る。この時代、農民と武士は、まだ分離していない。

村の差別の基準は、米にある。畑《はた》百姓も、きこりや鍛冶《かじ》なども、米作をしないという一事だけで、一段下に見られる。

「厄介」たるものは、他家に養子の口でもないかぎり、なにかをせねばならなかった。山の中にあらたに畑を拓《ひら》くか、手に職をつけて鍛冶や塗師《ぬし》になるか、あるいは京に出、当節流行《はやり》の足軽というものになるか。

小次郎は、二十二にもなるのにいずれとも身の振りを決めずに兄の主計の厄介になっていた。自然、「若厄介《わかやつかい》」には、軽侮をこめられている。

「若厄介」の山中小次郎は、この朝、集落の上にのしかかるようにして竹木《ちくぼく》を茂らせている山壁を尾根にむかってよじのぼった。

ときに、応仁《おうにん》元年（一四六七）春である。

この時代、地球の他の地域でも、人類は多忙な世紀を迎えている。

ヨーロッパでは、イタリアを中心に、貨幣と商品と広域交易が社会をたえまなく沸きたたせる時代になった。神や迷信の支配力が薄れ、たとえばイタリアにおける複式簿記の考案ひとつでもわかるように、自他の存在を貨幣という数量で見きわめるようになった。諸要因がかさなって合理主義の精神がうまれ、かつ人間のありのままを直視しようとする欲求も社会にみちあふれるようになっている。絵画や彫刻が写実的になり、ひとびとは古代、人間が太陽の下でかがやいていたことを思い出そうとし、それを芸術の分野で再生させたりした。

中国でも、南宋から元の時代が、乱世ながら、商業が活性化し、あわせて庶民文化が飛躍的に向上した。あわせて学芸もさかんになり、かつ政治が、経済社会という奔馬を統御する上で、困難になった。そのあとをうけた明朝が、海禁(一種の鎖国)で世の中を締めつけようとしつつも、世の沸騰する力をおさえつけきれずにいる。室町将軍の治下の日本でも、おなじような現象が、はじまっていた。鎌倉期に成立した武家体制はもはや古典化し、室町幕府は世間の煮えたぎりに翻弄《ほんろう》されているといっていい。

幕府は、無能そのものの政権だった。たとえば、この乱世を、年号を改めることで鎮めようとした。

去年、改元《かいげん》されて文正《ぶんしょう》元年になったというのに、ことしの春、「応仁」と触れ出された。このことは、小次郎も知っている。「仁《じん》ハ之《これ》物ニ感ジ、物ハ之仁ニ応ズ」という中国の古典の文章からとったという。「上の仁に、しもじもが応《こた》える」という期待がこめられているというのだが、なにやら若い小次郎ですらそらぞらしい。

小次郎は尾根まで登りきると、畑を見まわした。かれ自身が樹林を切りひらいて造った畑で、兄の田畑からここだけは独立しており、天にも地にも替《か》えがたいものだった。

田原荘《たはらのしょう》は、盆地というより袋の中である。袋のなかにも、さらに大小の袋が入っている。細流を見つけてはひとびとが分け入り、田をひらき、集落《むら》という小袋《こぶくろ》をつくった。

山中家の祖は、鍬《くわ》一つで新田をつくり、他村からの襲撃にそなえて屋敷を砦《とりで》のようにした。

やがて分家ができるごとに山田《やまだ》がひらかれ、集落は二十戸になった。二十戸は一つの御宮《おみや》を中心に結束し、その宮にあつまっては、集落のとりきめをした。

上《かみ》に対しても、

「私どもは藤原氏の末の末でございます」

と言い、いつほどか、平安朝の初期、藤原氏の末流で坂東《ばんどう》で活躍した藤原秀郷《ひでさと》（俵藤太《たわらとうた》）の有縁《うえん》の者の子孫ということになって、二十戸がすべて藤原氏の定紋《じょうもん》である下《さが》り藤《ふじ》をつけるようになった。

平安時代、田原荘は藤原氏の荘園だったため、農民たちにとって藤原氏を称することは、諸事都合がよかったにちがいない。

武家の世になり、それも、鎌倉の世が潰《つい》え、室町の世になった。室町の世のはじめは日本国の武士・農民が南北にわかれて争ったが、そのときはこの郷は南朝に所属して、ひとびとは諸方の合戦にかり出された。南朝についたのは、真言宗の寺々の多くが南朝派だったからである。この郷には、真言宗の寺が多かった。

それはさておき、山中家とその集落は、外界のことについては、

「すべて大道寺《だいどうじ》殿を頼み参らせる」

としている。

大道寺殿とは、この盆地のなかでも、やや大きい袋の谷に水田を持つ勢力で、影響下の戸数も多い。百姓の規模としては、江戸期の大百姓か、小《こ》庄屋程度のものかと思える。

大道寺家の代々の当主は、京へ出ては権門に出入りし、政情にあかるく、京での伝《つ》手《て》も多い。このために、田原郷の一部では大道寺家を「触頭《ふれがしら》」としてあがめ、わが家、わが村を立ちゆくように頼りつづけている。小次郎の山中家もそうであり、大道寺の「触下《ふれした》」になっていた。

「若厄介に用がある」

と、昨日、大道寺家から使いがきた。

「京まで人を送ってもらいたい。ついては五、六日の乾飯《ほしい》を持ち、わが屋敷まで来《こ》よ」

ということだったので、小次郎は早朝に尾根の畑までのぼり、手みやげの野菜などを用意しようとしている。

若厄介の小次郎は、十四歳で元服した。

烏帽子親《えぼしおや》は、大道寺家の隠居の笑軒《しょうけん》どのだった。いまは亡いが、えもいえず徳のあるひとで、小次郎も慕っていた。

「厄介（次男以下）の身は、あわれなものぞ。犬や猫の仔《こ》のように他家に貰《もら》われて行って養子になる。それよりも尾根にでも登って畑でも拓《ひら》け」

といってくれたのは、この笑軒どのであった。小次郎は言われたとおり、十四歳の歳から八年かかって尾根に畑をひらいた。

稗《ひえ》を蒔《ま》いた。米ではないが、主食は主食である。ほかに、大根、ごぼうなどをつくり、さらには、梅と柿《かき》をうえた。梅も柿も、もはやいくらかみのるようになっている。

元服のときは、うれしかった。笑軒どのがとびきり上機嫌で、

「腹巻《はらまき》を一つ進ぜよう」

といって、薄縹《うすはなだ》の緘糸《おどしいと》のすりきれた古い腹巻をくれた。

「わしが、わかいころ、合戦に着て出たものだ」

腹巻は、この時代流行《はや》った下級の徒歩武者《かちむしゃ》が腹に巻いた軽便な鎧《よろい》である。草摺《くさずり》もついているが、騎馬武者の着る鎧の草摺のようなりっぱなものではなく、それよりも小ぶりである。背中で締めるようになっているが、紐締《ひもじ》めの隙間《すきま》がある。その隙間を蔽《おお》うために薄鉄《うすがね》の板をつけたりするが、名を臆病板《おくびょういた》とよばれる。この腹巻は古びて、臆病板がない。

「そのほうに、臆病板など、要るまい」

と、笑軒どのがいってくれたのが、小次郎にはうれしかった。腹巻は、袖《そで》と兜《かぶと》を加えて、三《み》つ物とよばれる。三つ物がそろってはじめて完全な徒歩武者の武装になる。しかし腹巻一領でも、無いよりはいい。

太刀は、古ぼけた拵《こしら》えだけ兄の主計《かずえ》がくれた。しかし中身《なかみ》がなかった。中身は、すき・くわを打つ野鍛冶《のかじ》に、なまくらを打たせて、佩《お》びた。竹の一本も切れば曲って鞘《さや》におさまらないという大変なしろものだが、これも無いよりはいい。

笑軒どのは、兄の主計に頼んでくれて、田地の一枚ももたぬ身でありながら、「木《も》工《く》」という侍大将《さむらいだいしょう》のような通称をつけてくれた。

これによって、若厄介《わかやっかい》の小次郎は、自分の畑のそばに大杭《おおぐい》を打ち、

「山中木工之畑也」

と、書いた。その文字も、小次郎の成人につれて薄れてきている。


若厄介の小次郎は、欲すくなくうまれついている。

そのくせ、物事についてかんが異常なほどに発達し、

「若厄介の自然薯掘《じねんじょ》り」

といえば、近在では有名だった。山の茂みにひそかに育つ自然薯は、体を養う食べものとしては力のあるものだが、見つけにくいし、その上、掘りにくい。

小次郎は、らくらくとそれを掘った。

掘った自然薯は、兄の主計と、触頭《ふれがしら》である大道寺家の隠居の笑軒にぜんぶあたえてしまう。笑軒の死後は、当主の大道寺太郎に持ってゆく。

きょうも、山の畑から降りる途中、自然薯を掘り、その束を細縄にからげ、旅の装束に着かえて、兄の屋敷を出た。

小次郎は、色白で背がたかい。ただ、ゆらゆらとかげろうでも燃えているようにひ

ようきんな歩き方をする。

(京へ人を送ってゆけと触頭はいうが、どういうお人やら)

想像もできない。

大道寺のある小さな谷までは、山ひとつ越える。

途中、道はけもの道のようで、都の人ならとても歩けない。その道も、熊笹《くまざさ》の茂ったところで絶え、あとは崖《がけ》をすべりおちるのである。ついでほそい渓流があり、その流れの中を、岩から岩に跳んで、南へくだる。

くだりおわったところに、東から流れてくる渓流があり、交叉《こうさ》している。交叉しているところが、谷とも盆地ともいえる平場《ひらば》である。ここには、水田が多い。

大道寺屋敷は、集落《むら》を見おろす斜面にたっていて、いかにも砦《とりで》のようである。

大道寺太郎は亡父の笑軒の優雅な容貌《ようぼう》を相続せず、赤銅《あかがね》の鉢のこわれたような目鼻だちだが、亡父ほどでなくとも人を可愛がる性格にうまれついていた。

「おう、よい自然薯よのう」

と、かまちまで出てきて、土間から小次郎がさしだしたものをうけとり、押し戴《いただ》くまねをした。小次郎への会釈《えしゃく》というより、自然薯というよいものを人間に恵んでくれる山の神への感謝のしぐさだった。

「山中の若厄介、すぐ京へ発《た》て」

と、大道寺太郎はいった。

「どなたを京までお送りするのでございます」

「千萱《ちがや》どのだ」

（女か）

と思ううちに、旅装束の千萱が奥から出てきて、大道寺太郎のうしろにすわった。

土間に片ひざをついている小次郎は、つい仰ぎ見たが、触頭は叱《しか》りつけ、頭《ず》を低くしろ、と声だけはやさしく言った。

頭が高い、といわれても、相手は光明庵《あん》の千萱ではないか。

小次郎は、少年のころ、このあたりにしばしばきて、千萱を童女のころから知っている。

どじょう、を獲ってくれというから田の中に入って泥を浴び、やっといっぴきつかまえた。それをびく、の中に入れて呉《く》れてやろうとすると、

「お前は、殺生戒《せっしょうかい》を犯すか」

と、吐いた。憎体《にくてい》な女童《めわらべ》だった。尼寺で行儀作法をしつけられているうちに、庵主《あんじゅ》

の口真似をするようになった。

ある夏の夕、中空《なかぞら》をひっ掻《か》くようにして飛びまわっている蝙蝠《かわほり》をみて、

「小次郎どの、あれを獲って呉りゃぬか」

と、とりすまして頼んだ。ほうっておいてやれと思ったが、小次郎のたちで、相手をよろこばせたいという自分の気持に抗《こう》しかね、目の前にきたやつにいきなり飛びかかって空《くう》だけをつかんだ。そのあと、地を蹴《け》っては右や左に飛び、蝙蝠をつかもうとしたが、つかめるものではない。

「おどれ、踊れ、かわほり、踊れ」

千萱は、小次郎の狂いように、手をうってよろこんだ。小次郎は、女童のむざんさに腹をたて、

「わしは、ぬしが頼《たの》うだればこそ、こうは獲るのぞ」

というと、千萱は、

「小次郎どの、そなたは、いくつになる」

「十六じゃ」

「元服は済みましたか」

「済んだればこそ、月代《さかやき》を剃《そ》り、烏帽子《えぼし》をかぶっておるのじゃ」

「でありながら、空のかわほりを手づかみできると思うておりますか」

急に威厳をこめていうのである。

「小次郎どの、かわほりを獲るのは、そのようでは獲れませぬ」

「どのようにすれば、獲れる」

「かわほりを獲るには、かわほりに化《な》るほかありませぬ。小次郎どの、かわほりになれ」

このときの腹立ちは、小次郎はいまでもわすれていない。その後、ひさしく見なかったが、大道寺太郎のうしろにすわっている千萱は、目を俯《ふ》せ、白い頬《ほお》にまつげの翳《かげ》をつくって、匂《にお》うようなむすめになっている。

(別人のようだ)

と、思ったり、あのころの千萱には、体の中に小さな魔性でも棲《す》んでいたのだろうかと思ったりもした。

(この千萱を京へ送れというのか)

小次郎には、事情を察しようもない。

田《た》原《はら》郷はまわりが山壁《やまかべ》だが、たとえば西北の山壁に、土地で大峰山とよんでいる山がある。その山頂に立つと、晴れた日には京の東寺《とうじ》の五重塔がみえる。田原の大峰山から東寺まで直線で二十キロメートルもない。田原の山鳥なら、ひとっ飛びで天をすべってゆくにちがいなかった。

ところが、人がこの袋の中から這《は》い出るとなると、小一日は足掻《あが》きつづけねばならなかった。

外界へ出る袋の口が、郷之口《ごうのくち》という集落《むら》だった。大道寺家のむらから郷之口に出るのが大変だった。山坂を上下するうちに、足弱《あしよわ》ならそこで息が切れてしまう。

「山かごが、用意してある」

と、大道寺太郎がいった。

千萱のためのものである。山かごといっても、一個の網《あみ》である。網の底だけは藤蔓《ふじづる》を用い、他は麻の綱《つな》で、これにおうこを通して前後二人でかつぐ。

かつぐ者は、大道寺家の分家の末の者で、畑すら持たず、山仕事をし、あわせて総本家である大道寺家の雑用をしている。従ってこの一郷での身分はひくい。

「かごの者は、山が尽きたところでひっかえす」

大道寺太郎がいう。

山が尽きるというが、容易なことで山は尽きない。

郷之口あたりの道はまだいい。口というだけあって、狭いながら、平場《ひらば》になっている。宇治川本流が流れていて、それへ支流が二筋流れこんでいるために、しばしば氾濫《はんらん》をおこす。氾濫をおこすような低地でなければ、水田ができないのである。

郷之口が宇治川の河畔《かはん》だから川ぞいに行けそうでもあるが、そうはいかなかった。この滝のような急流は両側の山脚を咬《か》み、川の中の岩を呑《の》み、波頭《なみがしら》が幾千万の白い錐《きり》のようにとがりつつ流れている。里人はこの川を恐れていた。郷之口からは、川波のとどろきをおびえるようにして山をよじのぼり、尾根道をつたって、広野《ひろの》という所に出る。

「きょうは広野まで行って泊まれ」

と、大道寺太郎がいった。広野にも、大道寺家と連繫《れんけい》している小豪族があって、松田舜海《しゅんかい》という。そこに泊めてもらい、翌朝、平等院《びょうどういん》の岸にくだって、はじめて橋で宇治川をわたる。あとは、木幡《こはた》、六地蔵《ろくじぞう》をへて京の南郊のひろやかな野に出るのである。

「京には、戦《いくさ》もあれば、野盗も出る。命に代えても送りとどけるのだぞ」

という大道寺太郎の言葉が、小次郎の念頭から離れない。

小次郎らは、出発した。

というより、草や木の枝をつかんで山を攀《よ》じのぼった。陽当りのわるい山襞《やまひだ》には、まだ露がのこっていた。

尾根道に出るまでの急斜面では、山かごは用いられない。人足が千萱《ちがや》を背負わねばならないのだが、彼女はそのことについてかぶりを振った。

「小次郎が、背負え」

という。

(なんということだ)

小次郎は、肚《はら》のなかでなげく思いだった。

女童《めわらべ》のころから久しく会っていないが、すこしも変わっていないではないか。それに、女童のころはまだ「小次郎どの」と敬称をつけてくれていた。

いまは、呼びすてにしている。

(この娘の身の上に、なにかがあったのだろうか)

だいたい、女童のころからこの女の正体を知らない。どっちでもいい、と思いつつ、小次郎は、背一面に熱くてやわらかい物体の重さを感じつつ、よじのぼってゆく。

「小次郎の背は、ひろい」

(なにを言やがる)

小次郎は、なさけなかった。

「よい気持」

と、千萱は唇を小次郎の耳もとにつけてささやいた。小次郎も、木や石ではない。動悸《どうき》で、心《しん》の臓《ぞう》がのどから飛び出そうになったが、千萱のつぎのことばで、気分がくだかれた。

「お前は、攀じているのか、踊っているのか」

(冗談ではない)

小次郎は、左の細木の幹をつかんだり、右の草の束をつかんだりして登るために、つい忙しげな稲妻《いなずま》型の運動になってしまう。

「小次郎、憶えていやるか。十六のとき、私の前で、蝙蝠《かわほり》踊りをしてくれたことを」

「あれは、ちがいます。あなた様が、宙《ちゅう》を飛び交《こ》うているかわほりを獲れとおおせあるによって、わしはいやいやながら獲ろうとしただけじゃ」

「小次郎。馬鹿《ばか》か」

耳もとで、花の香のような息とともにいうのである。

「かわほりなど人が獲れるものではない。この私が、そんなことを言うものか。そなたが、私の前で蝙蝠踊りを踊ってみせてくれただけじゃ」

やはり女童のころとすこしも変っていないではないか。


同行者に、荒木兵庫《ひょうご》がいる。

「すべては、兵庫に申しつけてある。兵庫の言いつけどおりにせよ」

と、出発にあたって大道寺太郎が小次郎にいった。このひとことで、荒木兵庫は、小次郎たち一行の宰領役《さいりょうやく》になっている。

兵庫は、ことし三十になる。

かれの集落《むら》は郷之口《ごうのくち》の東にあり、ぜんたいが袋のような田原郷の中では、もっとも大きな小袋である。宇治川の支流の禅定寺川《ぜんじょうじ》が、太古以来氾濫《はんらん》をくりかえして大きな平場《ひらば》をつくりあげており、そのあたりの地名を、荒木という。もともと新墾《あらき》（あらたな開墾田）という普通名称だったが、やがて地名になり、さらにはそこをおのが地所にする者が、苗字《みょうじ》にした。

田原郷の荒木の集落ではこの荒木兵庫の家が総本家である。分家や家の子など従う者が多く、その点、大道寺家と同格だった。しかし大道寺笑軒《しょうけん》の時代から、大道寺家の下風《かふう》に立ち、同格ながら、その触《ふ》れ（命令）に従うようになっている。

「触れに従う」

というのは、それだけ家の力が弱いということではない。

——触れるよりも、触れられよ。

という気分が、代々荒木家にある。先代もいまの当主の兵庫も、正直で気が小さく、ひとにもやさしい。兵庫にいたっては、蟻《あり》に対してすらいたわりがあって、この小さな虫が謂《いわ》くありげに行列をつくったりしていると、そっとまたいでゆく。

「よき人をみつけて従え」

というのが、荒木家の家訓のようになっている。

その点、亡き大道寺笑軒どのは、一郷の父老《ふろう》のように、よきひとだった。

山中家も荒木家も、大道寺家とは同格ながらその触れに従っているのは、現当主の太郎に心服しているというより、笑軒どのの遺風をなお慕っているといっていい。

世間からみれば、やくたいもない中程度の自立農民の身で、しかも小次郎など厄介の身ながら「木工《もく》」を称し、荒木も「兵庫」を称している。どちらも、官名を略したものだから、詐称にはならない。すでに触れたように、亡き笑軒がつけてくれた。

「田原郷は、田がすくないがために人もみな小さい。せめて世間へ出るときの名ぐらいは大きくしろ」

と、笑軒はいった。そのくせ笑軒はわが子にだけはことごとしい官名まがいの呼称はつけず、「太郎」とのみよんでいた。わが子となると、さすがに照れくさかったのかもしれない。

山道も、尾根まで登ってしまえば、平らになる。

千萱《ちがや》は山かごに乗り、荒木兵庫と山中小次郎は、笹《ささ》をわけるようにして進んだ。

笹山通れば　麻衣《あさごろも》
衣摺《きぬず》れすなり　絹《きぬ》ならで

と、宰領役の荒木兵庫が、役目を忘れたようなのんきな声で謡いはじめた。

小次郎は、別のことを考えている。

人には、一個ずつ一生がある。兵庫は田持《たも》ちの総本家の当主だから気楽でいいが、自分のような者の一生はどうなるのかということである。

（こんなことをしていて、何になるのか）

ともおもった。

小娘を護衛して京へゆく。触頭《ふれがしら》の大道寺太郎がゆけと命じたからゆく。ただそれだけのことで骨をきしませ、身を労し、山を上下している。大汗を掻《か》いているときは無我夢中だからいいが、道が平坦《へいたん》になってしまうと、つい物を思ってしまう。

一方では、

（わしは大道寺の寄子《よりこ》だ、仕方があるまい）

というあきらめもあった。

大道寺の故笑軒《しょうけん》と現当主の太郎は、小次郎からいえば、

——頼《たの》うだひと。

であった。

頼うだ、というのは、その人の保護をあてにするということで、そのかわり寄子としては頼うだひと（寄親《よりおや》）に忠誠をつくす。

「寄子」

というのは、のちによりきともいうようになる。寄騎《よりき》・与力などという文字があてられているが、要するに唐天竺《からてんじく》にもないふしぎな制度であった。寄子になっていたと

ころで、寄親が物をくれるわけではなく、むしろ寄子のほうが畑物《はたけもの》などを持ってゆき、機嫌をうかがう。

——頼うだ以上は、悪いようにはなさるまい。その上、ゆくゆくよいことがあるであろう。

ということで、小次郎の場合も、懸命に寄親の命令《めいれい》に従っているのである。

小次郎は不安になり、荒木兵庫の背中を突ついて、小声できいた。京へは何をしにゆくのか、ということであった。

「ああ、山中の若厄介《わかやっかい》は、何をしに京へゆくのか、知らざったのか」

荒木兵庫は、びっくりした表情でいった。

「よき寄子よのう」

皮肉ではなくほめた。

「たとえ京で首を切られるはめになろうとも、寄親からゆけといわれれば、わけもきかずにゆくのがよき寄子だ」

「千萱《ちがや》どのというのは、何人《なにびと》におわします」

「それも、知らざったのか」

荒木兵庫は、あきれたようにいった。

「あのお人は、幼いころ、たしか光明庵《あん》で庵主《あんじゅ》様の御手許で育っておられましたな。手前が存じているのは、ただそれだけです」

「京のよき家の出でな」

兵庫がいう。

「事情あって、大道寺笑軒どのがおあずかりなされた。が、笑軒どのは、そこもともご存じのとおり、早くに妻女《うちかた》をなくされてやもめであった。家に妻女がござらなんでは、せっかくあずかり奉ってもよき躾《しつけ》がなり申さぬ。そのため亡き笑軒どのは光明庵の庵主どのに託された。光明庵は、わが屋敷のとなりの藪《やぶ》の中にある。亡き笑軒どのは、わが荒木の家に千萱どのの介抱をせよとおおせられた」

介抱とは、食い扶持《ぶち》やら衣類などの面倒をみよ、ということである。

「京のよき家とはどちらの？」

小次郎はきいた。

「京にはよき家が多い。第一に将軍《くぼう》もおわせば、みかどもおわす。公家《くげ》は衰えたりといえども五摂家《ごせつけ》（近衛・九条など五家）七清華家《しちせいがけ》（久我《こが》・西園寺・徳大寺など七家）は、なお位のみ高い。武家にては、それぞれの大名の京屋敷があり、富《とみ》においては公家にまさる」

「されば、千萱《ちがや》様は」

「早まるな、千萱どのは右ほどのよき家ではない」

「公家でございますか」

「武家だ。しかし武家ながら、その家は公家以上に典礼明法《てんれいみょうぼう》に通じている。といって大名ではなく、所領もわずかしかない。でありながら公方《くぼう》（将軍家）の御所に詰め、執事や申次《もうしつぎ》という枢機《すうき》に参じているがために諸大名も一目《いちもく》置いている」

「ふしぎな家でございますな。して、家の名は」

「伊勢どのという」

「伊勢どのなどとは、聞いたこともありませぬな」

小次郎が、いった。

「若厄介《わかやっかい》、そこもとはまことに山中よのう」

荒木兵庫は、相手のあっけらかんとした物識らずに、いっそ痛快さをおぼえてしまったらしい。田原郷じたいが隠れ里のようであるのに、小次郎の山村は「山中」とよばれている。いかにも山出《やまだ》しだ、というふうに兵庫はからかったのである。

「伊勢どのについて説明せよというのかや」

兵庫はいった。

「伊勢どのの家は、大木《たいぼく》ではないにせよ、門葉がいくつかにわかれている。御本家の当主は、伊勢伊勢守貞親《いせいせのかみさだちか》というお人で、ただいま将軍《くぼう》（足利義政）の政所執事《まんどころしつじ》をなされておる。なかなか食えぬお人であるそうな」

と、声をひそめた。

「したたかなお方でございますか」

「そのはずよ」

幕府官僚である伊勢家は、富も武力も持たないために、幕府や諸大名の裏の裏を知った上で、手練手管《てれんてくだ》のかぎりをつくして泳いでゆかねばならない。

千萱は、その伊勢家の支流の庶子としてうまれ、両親が早く死んだために、伊勢伊勢守の父の貞国によって田原郷の大道寺笑軒にあずけられた。

そのとき、笑軒にいった伊勢貞国のことばは、

「この子、成人しもし眉目《みめ》よければ都へ連れて来《こ》よ。尋常《つね》ならば、そちの養女にして生涯、郷住《ごうず》まいさせよ」

というものであった。もっとも、言った貞国も言われた笑軒も、いまは世にない。

大道寺家を嗣いだ太郎がさきに京にのぼり、父笑軒の遺言により、伊勢氏本家の貞親に拝謁《はいえつ》したとき、

「その話は、伊勢新九郎にまかせてある」

と、はじめは気のなさそうな反応しか示さなかった。ところが、成人した千萱が、血の透けるような白い膚《はだ》をもち、眉目がたぐいなく美しいということをきいて、にわかに身を乗り出し、たしかか、と念を押し、

「御《おん》弟君《おとうとぎみ》に奉公させよう」

といったのである。御弟君とは将軍義政の弟で、義視《よしみ》という。義政は当初、義視をあとつぎにすると確約した。しかし夫人日野富子が反対したために、ちかごろその一件が怪しくなっている。といって物事には万が一ということがある。策謀家の貞親としてはまさかと思いつつも義視に伊勢一族の女を奉公させておくのもわるくないと思ったのである。

笹《ささ》の茂みをわけながら、荒木兵庫は、ときどき、

「私の話、わかるか」

と、若い小次郎に念を押しつつ物語った。

小次郎には基礎知識がないために、半分もわからない。

「いいのだ」

兵庫はいった。

「京の上《うえ》つ方《かた》の事情など、空に浮かぶ雲の形とおなじで、きょうこのように話していても、あすはべつの形になるかもしれない。わかる必要もない」

「しかし、わからねば、田原《たはら》郷は損をすることになりはしますまいか」

小次郎は、ちょっと利口ぶって言った。

田原郷の人間は、狭い谷の泥田を這《は》いずりまわって米をつくっている。その米をめがけて、大むかしは王朝の公家《くげ》、鎌倉の世は鎌倉武家、いまの世には京の武家が、折りかさなるようにやってきては租税としてとりたててゆく。

田原郷としては、京の権門勢家《けんもんせいか》にわたりをつけておかねば損をするのである。

ところが、世のみだれが甚しくなって、その権門勢家も、たがいに利害が錯綜《さくそう》し、ときに武力に訴えて市街で戦っている。同門同流さえ分派して敵味方にわかれているため、どの筋や派につくことが田原郷として得か、見さだめがつきにくい。

「伊勢どのは、権門でございますか」

「ちがう。さきにも申したように、おのれは無力ながら、公方《くぼう》様の政所《まんどころ》をあずかるがゆえに、あちこちを操《あやつ》る家だ。さればこそ大道寺笑軒《しょうけん》どの以来、伊勢家の門に出入りして、いまは山名がつよいか、細川がよいか、畠山はどうだ、ということをきく。笑軒どのは、きょうは白、あすは赤というように、するどく判断なされて、一郷《いちごう》が損をせぬように導かれた。さればこそ、大道寺家はわれらと同じ小家《こやけ》ながら、われらが推し戴《いただ》き、触頭《ふれがしら》として仰ぎたてまつってきたのだ」

「当代の太郎様は?」

「太郎どのは、先代におよぶまい。しかしながらわれらとちがい、年若《としわか》のころから笑軒どのにつれられて伊勢どのの門に出入りなされている。つまり、お顔がある。伊勢どのは、太郎どのというなじみのお顔に安堵《あんど》なされて物をおおせられるのだ。それゆえ、われらとしては、太郎どののおおせに従うしかない。唐天竺《からてんじく》は知らず、日本国の寄子《よりこ》とはそういうものだ」

小次郎が、宰領役《さいりょうやく》の荒木兵庫からすべてをききおわったとき、山道に笹《ささ》が絶えた。やがて勾配《こうばい》のはげしいくだりになった。

道というより、崖《がけ》に近かった。降雨のたびに流水が赤土をえぐって、自然の樋《とい》になっているようだった。

山かごは役に立たない。ふたたび小次郎は、千萱《ちがや》というやわらかい物体を背いっぱいにうけて降ってゆかねばならなかった。

「小次郎、すべる」

と、千萱がいった。

「すべりは致しません」

「私が、すべる」

そこもとの汗で背中からすべり落ちそうだ、と苦情を言うのである。

やがて谷底に降りた。細流が奔《はし》っていて、岩や土を濡《ぬ》らしている。そのために雑多な樹々が茂り、飛ぶ羽虫の種類も多かった。

（老子《ろうし》のいう玄牝《げんぴん》とは、こういう地形をいうのだろうか）

と、おもった。

小次郎は、子供のころから寺通いをして、一族のたれよりも文字にあかるかった。あるとき、その臨済《りんざい》の寺に泊まった旅の僧から『老子』を学んだ。

谷神《こくしん》は死せず、是《こ》れを玄牝と謂《い》ふ。玄牝の門、是れを天地の根《こん》と謂ふ。綿綿《めんめん》として存《そん》するが若《ごと》し。之《これ》を用うれども勤《つ》きず。

その雲水《うんすい》は、谷の神はつねに生きて天地の根源になっている、と小次郎に教えた。ただその雲水は、玄牝というのは玄門《げんもん》（玄妙の法門。仏法のこと）の意味だ、と教えてくれたのだが、小次郎は秘《ひそ》かに異《い》を立て、字義どおり女性の秘所のことではあるまいかと想像し、胸をときめかせたことがある。

（玄牝。――）

背いっぱいに千萱の肉の熱さを感じつつ、そうおもった。

（こいつには、惚《ほ》れまいぞ）

と、同時にみずからをいましめた。この娘は、足利将軍家の後継者になるかもしれぬ義視《よしみ》という貴人のもとにゆくのだ、惚れても詮《せん》がない。

そういう思いとともに、ふと予感が、心をかすめた。この娘こそが、いまからあるいはおこるかもしれないすべてのことの「根《こん》」になるのではないか。胸さわぎといってもよかった。

郷之口の平場《ひらば》をすぎると、ふたたび山である。

登るにつれて、田原《たはら》郷が小さくなってゆく。田原郷は谷々に集落が散在しているために、ここからみえるのは、郷之口と荒木兵庫の集落とわずかな水田しかない。次いで、切林《きりばやし》の尾根畑《おねばたけ》が、松の枝のむこうに見えて、小次郎の胸に沁《し》み入るような印象をのこした。

（これが見おさめかもしれぬ）

という予感がふと湧《わ》いた。

色白で眉《まゆ》がさがり、ひどく子供っぽい顔つきを持った小次郎は、ひとからはのんき者のように見られている。

「若厄介《わかやっかい》、字が書けるか」

荒木兵庫が、郷之口でわざわざきいたのも、小次郎のこの顔つきのせいらしい。郷之口から宇治の南西の広野まで兵庫の寄子《よりこ》に使いを走らせるについて、手紙を持たしてやらねばならない。

「少しばかりは。――」

と、小次郎はうなずき、兵庫の口述するところを文字にした。

小次郎がかつて臨済の雲水に『老子』をすこしばかり学んだことはふれた。その雲水は明《みん》の江南地方に留学したこともある人物で、当時の流行の書体を身につけておリ、その書法も小次郎につたえた。

「ほう、存外な」

兵庫の声が、急に生真面目《きまじめ》になった。

「お前は、字が書けるのだな」

それほど小次郎は、顔と、無邪気っぽいしぐさで損をしてきたといっていい。それに、小次郎というのは、何かあると、蚊柱《かばしら》が立つように予感が湧いてしまうたちであった。そのことも、田原郷のひとびとは知らない。もっともかれの予感は二つに一つは外れるために小次郎自身、決して口に出したことがなかったが。

（なにやらこのまま数奇《すうき》な運におちこんでしまうかもしれない）

その数奇とは、流れ矢にあたったり、当節流行《はやり》の足軽などという乱暴者の銹《さ》び長柄《ながえ》に串《くし》刺しにされてしまうことなのか。

「京に、合戦があるのでしょうか」

と、きいてみた。

「五月雨《さみだれ》のようなものだ」

やむと思えば降り、降ると思えばやむ。そのつかのまの雨あがりを利用して走るように京を南郊から都心へゆかねばならぬ、と兵庫はいった。

「若厄介、お前の太刀《たち》は切れるか」

「草も切れませぬ」

小次郎は、なさけなさそうにいった。

宇治平等院《びょうどういん》にちかい広野まで出ると、大地はひろやかになった。

広野に入ったのは、夕刻だが、京のあたりにうかぶ雲は真昼のようにかがやいている。

かれらは、松田家に泊まる。その家はこのあたりの地侍《じざむらい》で、かつて平等院の田地の一部を宰領したということを家格の張りにしているが、田地はさほどにはない。その松田家の塀《へい》ぎわまでくると、小門の上に黒木《くろき》の矢倉《やぐら》が組みあげられている。その上に楯《たて》が押しならべられているというものものしさで、小次郎など、胆《きも》がちぢんでしまった。

「兵庫どの、合戦でもあるのでございますかな」

と、ささやくと、兵庫の表情もこわばっていて、それに答えず、あたりを見まわした。合戦なら兵《つわもの》どもがうろついているはずだが、その気配《けはい》がなかった。

「万一の用心であろう」

京あたりにまた戦《いくさ》さわぎがあって、ここまで波及してくるかもしれぬということでの備えかもしれない。

当主は、松田舜海《しゅんかい》という僧名のついた人物である。むかしこの家が平等院の下司《げし》をしていたということで、いまも当主が僧形《そうぎょう》をしている。

「よくこそ、おいでなされた」

と、舜海は門内で千萱《ちがや》を出むかえ、鄭重《ていちょう》にあいさつした。やがて舜海夫人が出てきて、千萱だけをこの家のもっともいい部屋に案内した。

兵庫と小次郎には、下人《げにん》部屋があてがわれた。

とくに冷遇しているわけではない証拠に、夕食にはあるじの舜海自身がもてなしをし、小口《こぐち》まで運ばれてくる膳《ぜん》を舜海がうけとり、捧《ささ》げるようにして、両人の前にすえた。

酒も出た。舜海も、うつぼの胴のようにあぶらぎった太頸《ふとくび》を赤くして食べくらった。

舜海は、ききもせぬのに、京の情勢につき、貴顕の人名を二十、三十とならべたてて説明した。その糸のみだれのようなややこしさに、聡《さと》いといわれている兵庫ですら片端《かたはし》も頭にはいらない。

「舜海どのも、戦にお出ましありますか」

兵庫がきくと、

「左様さ、そこよ。……細川どのからも畠山どの、山名どのからもおよびが参りましての。ハテ、いずれにお味方してよいか」

と、兵庫や小次郎を田舎者とみてか、大ぼらを吹いた。舜海程度の小宅《こやけ》の地侍は、このあたりの国人《こくじん》の寄子《よりこ》になっていて、その命令《ふれ》に従うだけのことなのである。

松田舜海の自己は、そののどにあるようだった。のべつ京の権門勢家《けんもんせいか》について喋《しゃべ》っていないと自己そのものが掻《か》き消えてしまいそうになる強迫観念でも、この男にあるらしい。

「お前どもは、あす伊勢どのに参られる。さてさて伊勢《いせい》伊勢守貞親《せのかみさだちか》どの。えらいものじゃな。小地頭《こじとう》ほどの所領もないのに、公方《くぼう》を手玉にとり、数ヵ国の大大名《おお》をこどものようにあやし、相手に力がないと見れば裏切ってつぎなる大名をあやつりなさる」

あの御仁《ごじん》はな、と舜海は声をひそめた。

「女にもしたたかなものよ。衾《ふしど》の中でも、貞親どのにとって戦場《いくさば》じゃ。女の実家《さと》を、女をてこにしてころころとお動かし遊ばすのじゃ」

足利将軍家は、その創業の事情もあって、広大な所領をもつ大名（守護）をつくりすぎた。斯波《しば》氏も、そのひとつである。

斯波氏の領地は、越前、若狭《わかさ》、越中、能登《のと》といった現在の北陸各県のほかに、尾張（愛知県西部）、信濃（長野県）と遠江《とおとうみ》（静岡県の約半分）もあわせている。

斯波氏の当主は京都でぶらぶらしているのだが、その所領の国々には「守護代《しゅごだい》」という実務者を置き、じかの行政をさせている。

この時代、家督相続法というものが確立していない。

近年、斯波氏に正嗣《せいし》がいなかったために、傍流から義敏《よしとし》という者が入って当主になった。が、多くの重臣が従わず、べつの傍流から義廉《よしかど》という者をよんで擁立した。両派のあらそいが、将軍家にもちこまれ、たがいに裁定を仰ぐことになったものの、かえって紛糾した。このあらそいが応仁ノ乱の一因にもなった。この斯波家の騒動については、伊勢《いせ》貞親《さだちか》は最初、義敏に反対した。

その理由は、義敏の反対派の重臣の甲斐常治《つねはる》という者の妹を貞親が側室にしていたためといわれる。次いで、ころりと貞親は心変りした。こんどの理由は、斯波義敏が、その妹を側室として貞親のもとに送りこんだためだという。

「そういうしたたかな御仁だ」

と、松田舜海《しゅんかい》はいうのである。

松田舜海は、ときに大げさに驚いてみせて、ひとをとまどわせてしまう。

「へーえ。伊勢新九郎。そのような名は、聞いたこともないぞ」

と、大声をあげた。このひとことで、荒木兵庫も山中小次郎も、将来《ゆくさき》の不安でおびえてしまった。

「お前たち、なにか、たぶらかされているのではないか」

「いえいえ、大道寺太郎どののお指図《さしず》でございます」

と、兵庫が、消え入るような小声でいった。

この、乱調になってしまった一連の会話は、兵庫の発言から発した。兵庫が、じつをいうとこのたびお目にかかるのは同じ伊勢どのでも御当主の伊勢伊勢守貞親どのではなく、伊勢新九郎というお方《かた》でございます、といったことから舜海がおどろき、大声を出したのである。

「大道寺太郎どのは、その伊勢新九郎とやらを存じておらるるのか」

「いや、それが」

兵庫の声は、いよいよ小さくなった。大道寺太郎どのに伊勢伊勢守どのがおおせられましたのは、新九郎のもとに千萱《ちがや》を連れてゆけ、万事、新九郎に申しつけおく、わしが表立《おもてだ》ってはさしさわりがあるによって、ということでございました。従いまして、大道寺太郎どのは新九郎なるお人にお会いなされてはおられませぬ、と言い、「会うとすれば、われら二人がはじめてということに相成ります」

兵庫がいった。

「新九郎……のう」

舜海は京都情勢にあかるいのが自慢だから、自分の知らぬ名前が出るだけでも不愉快なのである。

「伊勢どのには諸流はあるが、官位は伊勢守、備中守《びっちゅうのかみ》、備後守《びんごのかみ》、左衛門尉《さえもんのじょう》、兵庫助《ひょうごのすけ》、下総守《しもうさのかみ》といったところじゃ。その新九郎とやらの官位はなにか」

「無いとうかがっております」

「無位無官か」

舜海は、あざ笑うようにいった。

「新九郎。名からいえば、伊勢氏の傍流の家の九番目の男子ということか。本来、九郎とあるべきところを、庶流にうまれたために新の字をつけたか。それとも新の字が世襲なのか。備中（岡山県）にも伊勢氏のわかれがあって、むかし、新《しん》・左衛門尉《さえもんのじょう》という官位のひとがおわしたときくが、新九郎はその流れなのか。して、齢《とし》は」

「三十五、六か、と」

「伊勢家にありながら、その齢で無位無官とは、よほどの木《き》の端《はし》じゃな」

京

小次郎らは、翌朝、夜があけると、すぐ発《た》った。

京にむかっては、三筋の道をえらぶことができる。松田舜海《しゅんかい》は、

「決《け》して伏見を通ること、あるべからず」

と、くりかえし忠告したのは、そのあたりに足軽《あしがる》の大きな根拠《たむろ》地があるからである。

「世に、足軽ほどおそろしいものはない」

法螺《ほら》吹き気味の松田舜海ですら、目におびえをみせていった。

足軽は、軽身、軽装、馬を用いず、二本のあしで進退する。足かるがると疾走するさまから、このことばがうまれたのだろう。

平安末期の源平争乱のころからこのことばがあらわれている。当時、村長格の武士が騎馬で出陣するとき、自分の作男《さくおとこ》のような者数人に腹巻《はらまき》を着せ、馬廻《うままわ》りを徒歩で駈《か》

けさせた。

それがそのかみの足軽だが、昨今は様相がちがっている。

在郷の武士が合戦に出たり、京にのぼってきたりするときに昔なりの足軽を数人つれてくるが、京のまちで独自に発生した足軽というのは、かれら自体がおなじ身分の足軽を頭目《とうもく》として仰ぎ、諸大名から一種独立の気勢を示す庶民軍のようなものであった。ときに野盗を働き、ときに金穀《きんこく》で大名に傭《やと》われ、合戦を請負《うけお》う。

かれらは、いのちのほか、失うものがない。

正規の武士には、固執すべき物や事が、もろもろある。第一に、所領である。長男相続の法がさだかでないために、叔父と甥《おい》、兄と弟などが相続権をあらそい、その裁定を将軍に仰ぐために、ときに軍をひきいて京にのぼり、駐屯もする。所領への我執《がしゅう》は命惜しさにもつながる。

さらには氏素姓《うじすじょう》を誇り、武具・装束に綺羅《きら》をかざる。いわば見せかけの戦闘者といっていい。

そこへゆくと、足軽は多くは窮民の次男、三男であり、氏素姓どころか、帰るべき家すらない。武具といえば、粗末な長柄《ながえ》、あきれるほど強い弓をもち、機がいたると長剣をふりかざして敵中に突入する。勇気だけが、仲間への見栄《みえ》であった。

突撃のときのかれらは、すさまじかった。足を踏み鳴らし、歌をうたい、喚《おめ》きつつ走った。

ときに拾った兜《かぶと》をかぶる者があるが、身は裸形《らぎょう》同然であり、ときに竹の皮の笠《かさ》をかぶり、肩からぼろの葛布《くずふ》をひっかけているという者もいる。

小次郎らは、伏見を避け、木幡《こはた》・六地蔵《ろくじぞう》から東山《ひがしやま》の東麓《とうろく》に沿って北上する田舎道をひそひそと歩いた。

「ゆめ、足音は立つるまいぞ」

と、兵庫はいう。たれが、足もとの苔《こけ》や歯朶《しだ》を踏む音など聴きつけるであろうか。そのくせ、兵庫はときに微吟した。

京はおそろし
十方《じっぽう》のほとけは在《いま》せどはかなくて
餓ゑに爛《ただ》るる数《かず》知らず

七、八年前であったか、京は一城の庶民が挙げて飢民《きみん》になったことがある。その上、国々に凶作がつづき、なおも地頭が租税《そぜい》をむさぼるために、一家をあげて京に逃げてくる者が数を知れず、それら流民が鴨《かも》の河原で飢え、毎日、水辺《みずべ》で数百人が死んだ。あるとしの春など、死者八万をこえた。

京から山をへだてて隠れるように里をつくっている田原《たはら》郷には餓死者はなかったが、うわさはじかに伝わってくる。京はこの世の地獄だという。

そのくせ、武家やその家臣は餓えず、そればかりか、ある日、武家の貴公子が家来をつれ、花見をして乱酔し、路上にへどを吐きつづけている者もいた。将軍《くぼう》は日夜酒宴をひらき、洛中をゆく大名は唐《から》渡りの錦《にしき》をつけて綺羅《きら》を誇っている。

この時代に生きた人で、筆者の名こそあきらかでないが、政道の荒廃と世相のさわがしさを書いたものとして『応仁記《おうにんき》』がある。将軍足利義政とその側近、あるいは大大名どもの身勝手な気分を代弁して、

天下ハ破《やぶ》レバ破レヨ、世間《せけん》滅《ほろ》ババ滅ビヨ、人ハトモアレ、我身《わがみ》サヘ富貴ナラバ、他《ひと》ヨリ一段、瑩羹《えいかん》（豪奢《ごうしゃ》）ニ振舞ハン……

と、のべている。

兵庫はそれもこれも知っている。しかしすべて口に出さず、ただ大道寺太郎の命令《ふれ》のまま、千萱《ちがや》を伊勢どのの門のうちにとどけることのみを念じ、余念をのど奥に押し詰めて歩いている。

ただ、木幡《こはた》の里を通ったとき、土地の百姓が、

「稲荷山《いなりやま》（東山の一峰）を越えて京に入ろうとはなさいますな」

足軽三百人が山道を絶っている、と教えてくれたために、稲荷山から山越えして京の南郊に入る道はとらず、さらに北にすすみ、途中、山麓《さんろく》の野道さえがあぶないとみて、杣道《そまみち》に入った。山を歩くと、兵庫も小次郎も、山里育ちだけにいきいきとしてくる。

踏みこんでみると、東山《ひがしやま》は存外深い。

（たかが山脈一重《やまなみひとえ》とおもうたに）

小次郎は、千萱に、負《お》えといわれたために、ふたたび背負っている。

道といっても、足の裏一つがおろせる程度のもので、それも歯朶《しだ》におおわれているため、葉を蹴《け》って葉の下の道をたしかめてから踏みおろさねばならない。それでも道は道だ、と小次郎はみずからに言いきかせている。道のない斜面を登ったりすれば、

むこうが崖《がけ》であったりするのである。

登るうちに、意外な場所に出た。

木洩《こも》れ日《び》の下に三重《みかさ》ねほどの岩が苔《こけ》むしており、その岩の下に小清水《こしみず》が溜《た》まってい て、わずかに流れている。

そこに、高さ二尺ほどの岩の一角が小さく庇《ひさし》のように出ていて、その奥に、掌《てのひら》にのるほどに小さな青銅の仏が鎮座していた。

見ると、ちかごろ供花《くげ》などそなえられてもいない様子だから、いつのころか、ひとが密《ひそ》かにここにまつり、月々ひそひそと詣《まい》るうち、そのひとも死に、仏とともに忘られてしまっているのにちがいない。

「京のひとは、やさしいのう」

兵庫は、地に這《は》い、あごさきを苔にのせ、岩のえぐれのなかにしずまっている青銅仏を見た。呟《つぶや》いたときは、横をむいている。仏に息を吐きかけぬためである。横をむいたついでに、

「おそろしや」

ともいった。

「愛染明王《あいぜんみょうおう》におわす」

明王の形相《ぎょうそう》はすさまじく、両眼のほか、ひたいにも一眼があり、頭髪は憤怒《ふんぬ》をあらわして逆だち、獅子冠《ししかん》をいただいている。腕は六臂《ろっぴ》あり、ひとつの手にやさしい蓮《はす》の花をもつかと思うと、他の手に弓と矢をもち、さらにべつの手に心のときめきの音をあらわすかのような鈴をもっている。さらには五鈷杵《ごこしょ》をもち、蓮の花のうてなに座している。

「恋の仏だ」

と、兵庫はおそれつついった。

人の心には愛欲と貪染《とんぜん》があって、それが炎立《ほむらだ》てば身を焦がすような苦しみを味わう。この仏は、その炎をつねに浄化しつづけている尊《そん》で、この尊の三昧境《さんまいきょう》のなかでは醜いほむらも白光《びゃっこう》にかがやくようになるという。相対の愛染を捨てよ、絶対の愛染に生きよ、ということを教えているらしく思えるが、いずれにしても、この尊をひそかにここで供養していたひとは、おのれの恋によほど苦しんでいたひとにちがいない。供養人《くようにん》は、あるいは女人《にょにん》か、それとも、おこないすましているはずの僧尼であったかもしれない。

兵庫は、律義者《りちぎもの》であった。

かかる山中にて、厳《いつく》しき明王に会い奉ること、ただごとならず。

と、おもおもしくつぶやき、

「いざ、修法《ずほう》せん」

と言いつつも、兵庫が真言秘密の行法《ぎょうほう》を知っているわけではなく、おろおろとうろたえた。なにもせずにうずくまるのみでは、愛染明王に対し奉り礼なきわざだとおもう気持が、この男をとまどわせている。

「若厄介《わかやっかい》、真言の一つも唱えられるか」

と目を血走らせるようにしてきいてくれたが、小次郎は臨済禅が好きで、そういうものは知らない。兵庫のほうは、浄土念仏の家なのである。

「日本国の神ならば、神楽《かぐら》、催馬楽《さいばら》をよろこびたまうゆえに、明王を神とみなして、……千萱《ちがや》どの」

といった。

「小歌小舞《こうたこまい》をなし候え」

いかにもおごそかにいう。

当節はやりの今様《いまよう》（流行歌）を、みじかくうたい、かるく舞え、というのである。千萱が、ほどほどの物真似《まね》ながら、歌と舞が上手であることを兵庫は知っていた。

「明王をよろこばせ奉れ」

神巫《かんなぎ》のような荘重さでいうために、千萱もことわりかねたらしく、松の落葉の上に立った。

（存外、素直な）

小次郎も内々感心するうちに、千萱が澄んだ声でうたい、かつ舞った。が、えらんだ今様はふざけたものであった。

仏もむかしは凡夫《ぼんぷ》なり
我等も遂には仏なり
いづれも仏性具《ぶつしやうぐ》せる身を
へだつるのみこそ悲しけれ

この今様は、古くからうたわれて、世間のたれもが知っている。しかし千萱が、その透けるような白い頰《ほお》のなかに息を入れてうたうと、わずかながら饐《す》えたような虚《むな》しさがただよう。愛染明王よ、あなたももとはただの人間であった、と千萱がいう。私はいまは煩悩《ぼんのう》多き人間ながら、ついのはてには仏になってゆく、仏性を具えている点では明王よ、あなたも私もかわらない、この世もあの世も、穢土《えど》も仏国土もみな平等にめぐりめぐっているのではありませんか、とふてくされているようで、兵庫などは、いよいようろたえた。

千萱は、兵庫をみて小さく微笑《わら》うと、舞いかつうたった。こんどは明王の仏徳をたたえる今様で、歌も舞もさきのは草書体《そうしょたい》だったが、こんどは別人のような楷書体《かいしょたい》になっていた。

東山《ひがしやま》には多く峰があり、峰と峰とのあいだの鞍部《あんぶ》や谷には、幾筋か、京へ入る細道が通っている。

「はて、都のどのあたりに出るやら」

山中の杣道《そまみち》を歩きつつ、兵庫が心細げな声を出した。できれば京の市街でも北寄りに出ればいいと思っているが、この山中では、どの峰にとりつき、どの谷を降りれば願う場所に出られるか、見当もつかない。

いつのほどか、一峰の急な中腹を、木の枝摑《つか》み横歩きするうち、なだらかな小径《こみち》に達した。くだるうちに、丘にも谷にも、こぶのような土饅頭《どまんじゆう》が塁々《るいるい》とひしめいていて、尽きるところがない。ときに、両手でもちあげられる程度の石をのせているのもあるが、ほとんどは、土をわずかに盛っただけのものである。

「ここは、鳥辺山《とりべやま》ではないか」

兵庫は、叫んでしまった。

前後左右がことごとく塚で、谷の斜面には土で築いたかまが点々とあり、煙をあげているかまも、十や十五ではない。

王朝のむかしから、火葬と埋葬とがされた地で、鳥辺山とも鳥辺野ともいう。死ねば貴賤《きせん》ともにここで焼かれ、骨は土にうずめられ、ふつう俗名も戒名も刻まれずに、形なく、窮《きわま》りなく、感覚もない宇宙の本体に還《かえ》る。京では鳥辺山とか鳥辺野といえば墓所とか火葬地のことをいうが、鳥辺山ではこの地のことを、

「三昧《さんまい》」

という。

「三昧にきてしまったわい」

兵庫は、爪《つめ》を嚙《か》みつついった。それにしても三昧の広大さはどうであろう。丘々の斜面も、谷々の底も、遠く鴨川ちかくまでの野も、ことごとく三昧なのである。三人

は、十万ほどもの死者たちの盛り土にかこまれたといっていい。鳥辺の三昧であったとは、京に来ればよいことがあるかと思うたに、そのはじまりが、鳥辺の三昧であったとは）

小次郎もぼうぜんと立つうち、

「降《お》しや」

と、耳もとでささやかれた。千萱《ちがや》が背にいることを忘れていた。そっとしゃがみ、べつに卑屈ということではなく、千萱に草履を、器用な手つきで穿《は》かせてやった。

千萱はあたりを見まわしながら、

なきあとを　誰《たれ》と知らねど　鳥辺山　をのをのすごき　塚の夕暮

と、死のけがれを祓《はら》うように、西行《さいぎょう》の歌を口ずさんでから、

「よいところにきました。ここにきた以上は、伊勢家の屋敷までの道はぶじに過ぎてゆけましょう」

と、急に大人《おとな》に変ったように、二人の配下にいった。

千萱は、伊勢という家名を口に出すときに、伊勢どのとはいわず、単に、伊勢という。小次郎は、

(やはり、千萱どのは御一族におわすらしい)

と、思ったりする。

千萱は、いった。

「市中には、兵《つわもの》が駈《か》け、足軽が躍っておりましょう。伊勢の屋敷に参るのは、なみなみなことではない。この鳥辺山《とりべやま》に願阿弥《がんあみ》どのが庵《いお》を結んで居やるときいている。願阿弥どのに頼み参らせましょう」

「願阿弥」

荒木兵庫は、名をくりかえしつつ、

「いまから七、八年前の大飢饉《おおききん》のとき、田原の郷に米を貰《もら》いにきたあの乞食《こじき》坊主のことでございますか」

ときくと、

「なにを頼りないことを」

千萱は責め口調になった。

「兵庫。願阿弥どのは、そのほうの屋敷に十日も逗留《とうりゅう》なされていたではないか」

千萱はその当時、十歳に満たない。

しかし、願阿弥の風丰《ふうぼう》をよく覚えている。右頬《ほお》にしわとも傷あとともつかぬ線条が深く入っていて、鼻がわしのくちばしのように突き出ているが、両眼が山中の小湖《こうみ》のように澄み、笑顔になると、古傷までが仏に化《な》るかと思えるほどに優しく、村の道を勧進《かんじん》（物乞《ものご》い）して歩いているときなど、もはや人の形ではなく、精神だけが風のなかできらめいているようであった。

もともと願阿弥は光明庵に泊めてもらうつもりできたのだが、尼寺であるため遠慮をし、光明庵のあっせんで、やぶ一つへだてた荒木兵庫の屋敷を宿《やど》としたのである。宿主《やどぬし》の兵庫の記憶があいまいだったのに、女童《めわらべ》の齢にすぎなかった千萱のほうが、表情のすみずみまで覚えている。

願阿弥は、当時、諸国の飢饉のために京に流入してきた流民数万が河原で餓えているのを見かね、一念発起《いちねんほっき》して他の阿弥《あみ》どもとともに京の近郷をまわって一戸《いっこ》一握《いちあく》の米を勧進し、京の市中に大鍋《おおなべ》をすえて粥《かゆ》を施した。当時、

「粥聖《かゆひじり》」

といわれて、窮民から感謝されたが、やがて粥を食って頓死《とんし》する者が続出した。

——粥鍋が北をむいているために、鍋の凶《きょう》が体に入って死ぬのじゃ。

というわさを立てられ、逆に石を投げる者も出てきて、願阿弥も中止せざるをえなくなった。

いずれにせよ、長禄・寛正《かんしょう》の大飢饉のなかで、将軍義政は手をつかね、公家《くげ》・官僧《かんそう》は沈黙し、市中の物持《ものもち》もなすところがなかったのに、ただ願阿弥という無名の捨聖《すてひじり》のみが何事かをしたのである。

「兵庫は、願阿弥どのの庵《いお》をさがせ。小次郎は、ここに居よ」

と、千萱《ちがや》は命じた。

荒木兵庫は、存外すばやい身ごなしで、小柄な体の腰をおとし、ひざを曲げ、斜面を降りはじめた。大地が一面の鮫皮《さめかわ》でもあるように、土饅頭《どまんじゅう》がすきまなく隆起しているために、じつに歩きにくかった。

たまたま人を焼く煙をあげているかまがあったので、行儀のいい兵庫は焚口《たきぐち》にまわり、そこにうずくまっている老人に、

「遠房《おんぼう》どの。願阿弥の聖《ひじり》の庵を教えてたもらぬか」

と、腰をかがめてたのんだ。

「昼餉《ひるげ》を召されたか」

老人は、きいた。老人は、かまの焚口の前で、小鍋《こなべ》のなかの菜飯《なめし》を椀《わん》によそっては食っている。

「それがしは、宇治の奥の田原の山里の者でありますゆえに、昼餉は食べませぬ」

兵庫がていねいにこたえた。

かれのいうとおり、田原は、むかしふうに、朝と夕の二食《にじき》を守っているが、京に近い宇治ともなると、このあらたな京風の習慣をうけ容れて、昼餉をたべる。

「田原とは、またこれ、大田舎からござらっしたものでござりますのう」

「京の昼餉は、胸にもたれませぬか」

「なんの、馴《な》れれば習慣《ならわし》はすべて京がよい。しかし三食《さんじき》は忙《せわ》しゅうござる。朝食べればもう昼じゃ、昼じゃと思えば、もう宵《よい》じゃ。一日食べてばかりが、京の暮らしでござる」

「よいことでござるのう」

といったが、さて願阿弥のことである。

「その庵をご存じであるまいか」

「何をおおせらるるぞ。願阿弥陀仏《がんあみだぶつ》はそれがしが後生《ごしょう》を頼み参らせる大切な知識《ちしき》（師匠）でござる。おのれが知識の庵を知らずに、西方《さいほう》阿弥陀如来の国にわたれましょうか」

「さん候《そろ》。はて、その庵は、いずこにござる」

兵庫は、この昼餉《ひるげ》老人と話していては、日が暮れそうに思えてくる。

「裏じゃ」

と、老人はかまのむこうを指さした。

なるほど、この裏に、かやぶきの小屋一つが建っていて、兵庫はそれを老人の寝小屋かと思いこんでいたのである。

「願阿弥陀仏《がんあみだぶつ》は、ただいま昼餉の菜飯を召しあがっておられます。お妨《さまた》げなさるな、ということで、汝《わぬし》に昼餉を召したか、問うたのじゃ。さてさて田舎のひとは、血のめぐりのおわるいことよ」

老人は、とびきりの明るさで笑った。

(そうか、願阿弥《がんあみ》どのが昼餉をすまされたころに訪ねよという暗喩《さとし》か)

されば遠房《おんぼう》どの、ここで一休みさせてもらえまいか、と頼むと、

「わしはよろしゅうござる」

老人はめしを食いおわったあと、椀《わん》にぬるい湯をそそぎ、いさぎよいほどの勢いで

飲みほすと、椀の水気を布でゆるゆるとぬぐいとった。

「遠房どのも、阿弥陀仏でござるか」

「わしは、かように有髪《うはつ》じゃ。阿弥陀仏ではござらぬ。いずれ、阿弥陀仏の号を授かろうと思うて楽しみにしております」

「阿弥陀仏の号は、願阿弥どのから授かりますか」

「いや、ちがう。願阿弥どのはわしにとっての知識（師匠）でありますが、上には上が在《おわ》せらるる」

「その上とは」

「願阿弥どのの知識じゃ」

「その知識どのは、いずかたにおわせられます」

「遊行《ゆぎよう》、遊行」

諸国をさすろうておらるる、といった。

寺などを持たず、一所に止住せず、ひたすらに遊行し、ひとびとに念仏を説き、極楽浄土を約束するのが、この教徒にとっての常住のすがたであった。

それらのひとびとをさして、

「時衆《じしゆう》」

とよぶ。かれらの宗旨は時宗《じしゅう》である。同音でまぎらわしいが、名称・よびなどどちらでもいいというえもいえぬおおらかさが、この教徒にはあった。

始祖は、この兵庫が鳥辺山《とりべやま》にいるこの年から一七八年前に死んだ一遍《いっぺん》（一二三九〜八九）である。

鎌倉期に、法然《ほうねん》（一一三三〜一二一二）が出て日本の浄土信仰（阿弥陀如来信仰）を教義として確立し、その弟子親鸞《しんらん》（一一七三〜一二六二）が、法然の体系をさらにふかめ、当時、存在もしないことながら、西洋哲学にも通ずるかのような論理の厳格さと思弁の構築でもって浄土信仰を深化させた。

伊予の豪族河野《こうの》氏の子としてうまれた一遍は、法然の死後の人である。一遍が完成した浄土信仰は、哲学的内容において法然・親鸞に匹敵し、その狂えるような行動力においてははるかにまさっている。すべての私量《はからい》をすてよ、捨てて、それを捨てるおのれの意識さえ捨てよ、と言いつづけたために、捨聖《すてひじり》とよばれた。

寺をもたず、財をたくわえず、組織をつくらず、生涯諸国を遊行し、奥州から九州にいたるまで歩きつづけ、二五〇万余のひとびとに結縁《けちえん》した。

結縁されたひとびとは、俗体《ぞくたい》のまま頭をまるめ、阿弥陀仏を称する。上に一字、好みの文字を置く。願阿弥陀仏・願阿弥といったふうにである。

裏へまわると、自生の榊《さかき》の木が、まっすぐに味もなく突っ立っている。子供のこぶしほどの太さで、根もともさきも、ふとさはさほどかわらず、なめし皮のような樹皮で、固い幹をつつんでいる。案内してくれた遠房《おんぼう》どのは、

「ご覧《ろう》じろ。よい榊でありましょうが」

と、わがもののように自慢した。

「この榊の枝をみな落としてみなされ。幹のまま舟の棹《さお》になります。ずっしり重うての、木にねばりがあっての。いまは齢での、これほどの棹はとても使えぬが」

と、あとはつぶやいた。老人の前身は鴨川あたりで網を打つ漁師だったのかもしれない。

願阿弥《がんあみ》の庵《いお》は、苫《とま》をふぞろいに葺《ふ》いて尖《さき》もそろえず、戸といえば荒莚《あらむしろ》である。声をかけると、

「莚をあげてくれ」

と、中からのど笛の銹《さ》びついたような声がきこえてきた。遠房どのが莚を上へ巻きあげると、中の暗がりいっぱいに願阿弥がすわっている。

(お堂の仏のようだ)

暗くて姿が見えにくいが、それでも骨組の大きな図体《ずうたい》の上に岩のような貌《かお》がこちらをむいている。

（はて、はじめてこのようなお人を見たわい）

兵庫はおもった。女童《めわらべ》だった千萱《ちがや》が、願阿弥の手の甲の粗毛までおぼえているのに、数日宿をした兵庫が、うっすらとした記憶しかのこっていないというのは、どういうことであろう。

（物憶えがわるいのか、それとも、よき人の魂が身に響かぬたちなのか）

あとのほうが、よくない。よき人の心の響きがつたわらぬようでは、生きていてもつまらぬのではないか。

「荒木兵庫どの。わぬしの父御《てでご》には世話になった」

願阿弥の影は、小さく頭をさげた。

「わしが泊めてもらっていたころ、わぬしは京の真葛《まくず》ケ原にて五重相伝《ごじゅうそうでん》があるというので、御不在でしたの」

（ああ、そうか）

物憶えのわるさよ、と兵庫はわが髪を摑《つか》みたい思いがした。五重相伝は法然《ほうねん》念仏の教学上の講義のことで、僧のみにゆるされるが、施しの多い檀越《だんおち》も陪聴していいということになっていて、当時、父親がゆけとすすめてくれたために京まで行った。変化のない山里ぐらしであるためにそれなりの娯楽にはなったものの、五重相伝の内容などおぼえていない。

「なかへ入りなされ」

と、願阿弥がいってくれた。入ってみたが、この狭さで膝《ひざ》をどう嵌《は》めこんでよいか、結局、願阿弥のあらい鼻息を浴びるようなかたちですわった。

「気楽になされよ。といってかような塚《つか》の原に遊びに来られたのではござるまい。御用のわけをおおせらるべし」

願阿弥が、やさしくきいてくれた。

兵庫は、掻《か》いつまんで話した。ご存じの光明庵の千萱どのを伊勢どのの門内までお送りせねばなりませぬ、しかしながら京の市中は真昼も物騒《ぶっそう》にて、ここは願阿弥どのにおすがり申すほかなし、千萱どののおおせありて……とまでいうと、願阿弥は委細《いさい》わかったらしく、

「あの幼なかりし千萱どのも、よき娘御《むすめご》になられたか」

と、つぶやいた。捨て言葉ともいうべき無用の詠歎《えいたん》で、表情にはべつな驚きが浮か

んでいる。

「千萱どのは、入道《にゅうどう》せられなんだか」

願阿弥がいうと、兵庫のほうが目をみはった。

「ははあ、尼御前《あまごぜん》に、千萱どのがなるさだめでございましたか」

「むかし、そのようにきいた。なにか、事情が変ったらしい」

しばらく考えてから、

「千萱どのは、おうつくしいか」

と、きいた。

兵庫は、わけもなく顔を赧《あか》め、視線を願阿弥の目から膝《ひざ》へこぼしつつ、京にもまれなるよきおなごかと存じ奉ります、と小声でこたえた。

「兵庫どの。そなたの寄親《よりおや》は、大道寺笑軒《しょうけん》どのであったな」

「笑軒どのはいまは亡く」

「当代は太郎どのであったな。太郎どのは、どのようなお人であるか、会釈《えしゃく》なく、ありのまま、ひとことでおおせられよ。左様、ここに生きた魚があり、料理《りょう》らねばならぬが、包丁がない。ただ小柄《こづか》と竹べらと擂粉木《すりこぎ》の三つがあるとする。太郎どのは、そのいずれか」

「……されば」

兵庫は、大道寺太郎の青ぶくれた顔をおもいだしつつ、小柄でも刃物である、しかし太郎どのはそれほどにも切れぬ、かといって竹べらほどには軽薄でない、と思いつつ、

「擂粉木でござりまする」

といってみたが、太郎がこの場に居れば怒るにちがいないと当惑し、べつなことを言い添えた。

「それも、山椒《さんしょう》の木の擂粉木でござりまする」

よい香りがする。

願阿弥はいった。

「大道寺家は笑軒どののころより伊勢《いせ》伊勢守貞親《いせのかみさだちか》に頼み参らせていた。太郎どのが擂粉木であれば、魚を料理《りょう》るわけにはいかぬ。伊勢どのの策に動かされ、千萱どのを俗《ぞく》体《たい》のままにし、さらには京へ連れてくることになったものと見える」

「どれ、ひさしぶりに千萱どのの御前《おまえ》に罷《まか》ろうか」

大兵《たいひょう》の願阿弥が、入口の兵庫を押しのけるようにし、両人もつれながら外に出る

と、天も地もしらじらとしている。

鳥辺山《とりべやま》は、どこか流沙《りゅうさ》に似ていた。水がなく、樹らしい樹がなく、粒のように押しならんだ墳は、どの墳頭も草が禿《は》げて白い砂礫《されき》が剝《む》き出されている。

「虚《むな》しい処でございますな」

「お若いの」

願阿弥《がんあみ》がふりかえって、微笑《わら》った。なにか言おうとしたらしいが、説教じみると思ったのか、言葉をのみこんだまま、微笑に代用させた。

「天気がいいせいだ」

「伊勢伊勢守貞親どのとは」

と、兵庫がいった。

「いかようなお人でございます」

ときくと、願阿弥は広い背中で、悪《あ》しきお人だ、と答えた。

「幕府というものは、もともと荒大名どもが寄り合うてつくった幔幕一重《まんまくひとえ》のものだ。その幔幕のなかに、将軍がおわす。ひとりでおわす。それだけのもので、それ以上ではない」

願阿弥は、兵庫の肩をひきよせるようにして横に歩かせながら、それ以上のものとはおもうなよ、それだけのものと思え、といった。

「わしは若いころ、商いの船に乗って明へ行ったことがある。大明国《たいみんこく》でも、民というのはあわれなものだとわかった。しかしながらからは本朝と異り、政治というものがあるわい。たとえ行いがたけれども、さらには行うてはおらぬにしても、何千年来、民をいかに治めるかということを無数の賢者が考え、そのことを書いた無数の本がある。すくなくとも民を治めるという考え方だけがある」

さらに、

「幕府にはな、政所《まんどころ》あれど、洗いながせば問注所《もんちゆうじよ》なのじゃ。六十余州の大小名《だいしようみよう》の土地あらそいの訴えを裁いておる。鎌倉のときもそうであり、室町《いま》もそうじゃ。一所《いつしよ》の土地を兄と弟が争い、叔父と甥《おい》があらそい、それを鎌倉のころは鎌倉に訴え出、室町《いま》は室町《むろまち》に訴え出る。将軍に裁いて頂く。だからこそ将軍がある。日本国の政治とは、それだけのことじゃ。民のことは無い」

と、いった。

「将軍は一人で訴状を見きれぬ。だからこそ吏《り》という者が要る。鎌倉のころは大江広元《おおえのひろもと》、三善康信《みよしやすのぶ》というよき人がおわしたが、いまの将軍（義政）はそれすらなさらぬ。ましてて吏たる者（伊勢貞親）は私腹を肥やすのみ」

ともいうのである。

歩きながら、

「願阿弥どのは、この鳥辺山《とりべやま》の墓守をなされているのでございますか」

と、兵庫は、きいた。

「してはおらぬ」

「では、なぜこのような」

「静かだからだ」

願阿弥はいった。

「以前は、市中も市中、六角堂《ろっかくどう》のあたりに住んでいたが、そのうち戦《いくさ》がはじまる、物盗りが出る、盗った物を大津あたりに運ぶしたたかな商人《あきうど》が駈《か》けまわる、住んではおれぬによって、戦の来ぬここに居をさだめたのじゃ。その便《よすが》を、千萱《ちがや》どのは光明庵で耳にされたのであろう」

「願阿弥どの」

と、兵庫は声をあらためた。

「南無阿弥陀仏を唱えまいらせれば、極楽へ詣《まい》れるのでございますか」

「なにをいうかい」

願阿弥は、笑いだした。

「わしは極楽も知らず、地獄も知らぬ。知りもせぬ極楽に詣れるなどとわぬしに言えるものではない。わしだけが、そのように思うておるだけじゃ」

「なぜ思うておられます」

「わしの知識（師匠）の他阿弥陀仏《たあみだぶつ》が、そのようにおおせられた。まことによきお人での。たとえ地獄に堕《お》ちても、うらみ奉る気持はない」

「地獄に」

「必定《ひつじょう》、地獄だからだ。わしは武士にてありしとき、人も殺した。魚も啖《くろ》うた。蚊もたたき、蟻《あり》も踏みつぶした。千に一つも極楽へゆける因子《たね》がないのを、わしの他阿弥陀仏は、念仏のこと、遊行《ゆぎょう》のこと、すべてを教えてくだされた。たとえ嘘《うそ》でももともとじゃ。されば、余人《ひと》になど、念仏を勧める気もなく、すすめたこともない」

「おもしろいお人でございますな」

「ばかを言え」

といううち、低い丘の上で千萱が笠《かさ》をかぶって立ち、それよりさがって小次郎がしゃがんでいるのがみえた。

「おうさ、おうさ」

顧阿弥は快活そのものの声をあげて、大股《おおまた》で千萱との距離をちぢめた。

伊勢殿

鳥辺山《とりべやま》の坂をくだると、左が新熊野で、田畑がつづいて町屋《まちや》はない。左に、叡山が建てた神社が一つあり、杜《もり》をなしている。このあたりの土を掘って瓦《かわら》を焼くために、あちこちに溜池《ためいけ》が多い。

ゆくほどに、小寺《こでら》が多く、死者を焼く火屋《ひや》も多い。

「ここらはおなじ鳥辺でも、山でなく野だ」

と、願阿弥《がんあみ》がいったのは、鳥辺野だという意味である。願阿弥と同じ時衆《じしゅう》の徒が、南無阿弥陀仏の名号《みょうごう》を旗にし、棹《さお》を地に突きたて、鉦《かね》をくびからさげてあちこちにたむろしている。いつ来るかもしれぬ葬列を、このようにして待っているのである。

「野立《のだち》というのだ」

願阿弥はいった。

「わが仲間も、濁世《じょくせ》で食わねばならぬ。食いかたはさまざまだ。このように、野に立ち、葬列をつかまえては、あわただしく鉦をたたき、名号をとなえ、かばねを火屋に運び参らせる」

歴とした南都《なんと》北嶺《ほくれい》、真言《しんごん》、臨済《りんざい》、曹洞《そうとう》の寺々は、いかに小寺の僧であろうとも、葬儀などはしない。釈迦《しゃか》やその弟子たちが葬儀をするなどということはなかったし、唐《から》の僧もそのようなことはしなかった。

葬儀をするようになったのは、願阿弥のようなこの時代の「聖《ひじり》」たちである。聖には小むずかしい学問は要らない。戒壇《かいだん》で受戒する（僧の国家試験をうける）必要もなく、思いたって頭をまるめ、僧衣を着、知識（師匠）から阿弥号《あみごう》を頂戴《ちょうだい》すれば、それで聖になれる。寺がなく、寺領がないために、聖たちは、葬式に参加するということを考えた。このことは京で流行のようになり、たれもが、葬列を組んで鴨川を東にわたると、あちこちにたむろしている聖に供養をたのむようになった。

一方、市中であぶれた者が、鳥辺野にきて聖になる者も多く、屯《たむ》ろする場所の争いのようなものもあるらしい。

願阿弥は、さすがにいい顔だった。

「五、六人、ついて来てくれぬか」

よばわると、たちまち、ちりやあかにまみれた聖が七、八人、願阿弥のまわりにあつまった。

「これにおわす姫御料人《ひめごりようにん》を、今出川《いまでがわ》の伊勢どのの御門までぶじに送りとどけねばならぬ。市中に徘徊《はいかい》する兵《つわもの》、辻々《つじつじ》で群れて戦うたりする足軽どもも、われら聖が鉦をたたいて進めば、悪《あ》しきことはすまい。さて、旗をあげよ」

というと、先頭の者が、小さな名号の旗をひるがえした。

「千萱《ちがや》どの、我慢をなされよ」

と、願阿弥は言い、鴨河原《かもがわら》をめざした。

小次郎は、願阿弥《がんあみ》が頼もしげに先頭を進むのを見て、こどものころのような——光りが粉《こな》になってきらきらと舞うような——うれしさが湧《わ》いて、踊りたくなった。

（もう、この行列に手は出せまい）

兵であれ、足軽であれ。

「あっはははは」

鴨川の板を踏みながら笑ったために、千萱が、小次郎、ばかになったか、とささやいた。

「はじめからばかでございます」

「お前が、ばかであるはずがない。愚かで、直《すぐ》なだけで」

千萱が、手鉤《てかぎ》を小次郎の心にひっかけるようにして、からもうとしている。が、足もとがあぶなく、そうもしていられない。

橋桁《はしげた》のある大橋は、東の大路から西の大路へかかっているが、他は、河心の中洲《なかす》まで朽ち舟が横にならび、舟の上に踏み板をわたしてあるにすぎない。踏みはずせば、川に落ちる。

先頭の願阿弥は、ずしずしとわたっている。

市中に、たとえ大戦《おおいくさ》、小戦《こいくさ》があろうとも、願阿弥たち時衆《じしゅう》の聖《ひじり》には手をつけない。かれらは戦のときにどちらかから招ばれ、陣僧《じんそう》をつとめる。死者が阿弥陀浄土に往生《おうじょう》できるようにかれらが保証するのである。この保証ばかりは、歴とした官私《かんし》の寺に住《じゅう》する真言、天台あるいは禅の僧にはできないとされる。かれらは死者の葬《とむら》い方を知らないだけでなく、たとえ阿弥陀如来の他力《たりき》をたたえる念仏をとなえても所詮《しょせん》は借りものので、平素、乞食《こじき》のようにさげすまれている時衆の聖の念仏とはちがうとされているのである。

源平争乱のむかしは、武士どももいさぎよかった。殺生《せっしょう》は地獄必定《ひつじょう》とは知りつつもおのれの名誉のために勇敢に戦い、死んで地獄に堕ちることもおそれなかった。いまは阿弥陀浄土への保証がなければ戦場で戦いたがらないために、大将たちは聖を陣僧として連れてゆく。

中洲に降りると、そこは小石の小山である。千萱は足をとめて、黄金《こがね》の条《すじ》の入った栗色《くりいろ》のまるい小石をひろった。

「小次郎、持っておれ」

と、惜しそうながら、呉《く》れた。

「このたびは世話になったによって、それをあげる」

「小石を？」

小次郎は、くびをひねった。千萱はまだ子供なのだ、とつい油断して顔がゆるんだところを、ぴしゃりといわれた。

「失《う》せさせると、承知はせぬぞ」

小次郎は千萱の手をひきつつつぎの舟橋をわたり、やがて岸辺にあがった。

鴨河原から土堤《どて》を這《は》いのぼったところに、大きな栴檀《せんだん》の老樹があり、いちぼくで杜《もり》をなすほどに、深い日蔭《ひかげ》をつくっている。

鴨川の土堤は糺《ただす》の森から草のみで、この栴檀の樹だけが孤独に茂っており、それだけに、樹そのものが志あって立っているかのようにひとびとには感じられるらしい。土堤を往来する人や、川を渉《わた》ってくるひとは、たれもがこの樹を拝む。おりから花をつけていて、花蔭が、あわく紫にけむっている。

土地では栴檀といわず、おうちの木とよぶ。

願阿弥《がんあみ》も、十歩ばかり離れて、合掌した。兵庫がそれに従ったが、小次郎は、

(たかがおうちの木じゃないか)

と、滑稽《こっけい》に思って拝まない。

「慣習《ならい》だ、拝んでおけ」

願阿弥が注意したから頭を一つさげたが、不服の色が顔に出ていた。おうちの木など、田原にいくらでも自生しているではないか。

「可笑《おか》しいか」

願阿弥は、土堤を北にむかって歩きながら言った。

(可笑しいわい)

小次郎は、鳥辺山《とりべやま》で願阿弥の風丰《ふうぼう》に接したときから買いかぶってきた。武士ならば猪首《いくび》に兜《かぶと》をかぶりなして威風あたりを払う人物とみたのだが、こんなおうちの木を拝むなど、よほど心もとなげなお人だと思った。

「願阿弥どのは、一向《いっこう》のお人でござりましたな」

一向《ひたすら》に弥陀《みだ》の本願を信じてゆく人のことを一向《いっこう》という。いまの世は、将軍、守護、地頭《じとう》ことごとくたのむに足らぬ。何をたのんでよいかわからぬ世に、ひたすらに弥陀の本願を頼みまいらせるというのは容易ならぬ激しさと思うたのに、願阿弥は唯一であるべき弥陀を唯一とせず、他の神明《しんめい》をおがむとはなにごとかと思ったのである。

願阿弥は、小次郎の心底を察して、

「それとこれとはべつだ」

と、いった。

「人の崇《あが》めるものを足蹴《あしげ》にはせぬ。心ばかりは奪われず、ただ会釈《えしゃく》だけをしておく。かえってこの世で、わが心は自在を得るわい」

願阿弥は、べつに自分を弁護しているのではない。

小次郎のこれからのために、なにごとかを言おうとしているらしい。

「伊勢どのは、他の家と異り、礼式《れいしき》の家じゃ。その門に入れば、挙措《きょそ》ことごとく礼をもってせよ。そのほうが、無難じゃ」

と、いった。

「礼式は、つらいものでござるな」

小次郎は、心からいった。

「わぬしなら、そうでもあるまい」

願阿弥は、鳥辺山で小次郎と会って以来、坂一つと川一筋を過ぎるあいだに、小次郎という若者をよく見ていた。野育ちの無作法者かと思えば、ふるまいの節《ふし》ぶしに作法の折目があって、接していてこころよい。願阿弥はたれかに躾《しつけ》られたものであろうと思い、たずねてみた。

「雲水どのから躾られました」

と、小次郎は答えた。

小次郎は少年のころから田原《たはら》郷の臨済寺に通い、多少の学問をうけた。

「学問より、行儀作法《ぎょうぎさほう》じゃ」

と、兄の主計《かずえ》がやかましくいった。次男以下の厄介《やっかい》にうまれた以上、いずれは里をすてて世間に出ねばならぬ。人の世は感情でできあがっている、と兄の主計はいう。その感情を逆《さか》わぬようにする利便《りべん》こそ行儀作法であると心得よ、といって、寺にやってくる雲水たちに教えを乞《こ》わせた。

正座の仕方、お辞儀の法、湯茶を喫する法から食事の仕方、酒を頂戴《ちょうだい》するときの作法、上位の者の前に出たときの視線の置き方、退出の仕方、草履のそろえ方など、挙《きょ》措《そ》動作《どうさ》のすべてにわたってである。

「行儀」

という言葉はこの時代、日常、たれもがよくつかう。

意味はあいまいで、単に、ふるまい・仕業《しわざ》という意味につかわれたり、狭くしぼって、約束ごとに則《のっと》った立居《たちい》振舞《ふるまい》をさす場合も多い。

「では、禅寺《ぜんでら》の清規《しんぎ》を習ったのか」

と、願阿弥はいった。

「清規」

というのは、この時代の気分の一面をあらわすことばとしてまことに重要で、浮世のマナーというほどに頻繁につかわれている。

外来語であった。

行儀という言葉よりあたらしく、いっそう新鮮で、それだけに、ひとをもおびえさせ、清規というだけで、たれもが法以上の緊張感をおぼえる。

寺の行儀作法は、中国では唐代に成立した。それらを規範として編成したのは通称百丈《ひゃくじょう》（七四九〜八一四）という僧で、「百丈清規」とよばれる。この影響は仏教の導入とともに奈良朝の日本にももたらされた。

元《げん》（日本でいえば鎌倉中期から室町初期）の順宗のとき、百丈清規が整理されて「至大清規《しだいしんぎ》」が編定された。この清規も、日本の留学僧やむこうからの亡命僧などによって、主として禅寺に伝えられている。

「清規というほどではありませんが」

「いや、わしら清規をもたぬ時衆《じしゅう》の者にくらべれば、わぬしはまずまずの振舞をしそうじゃ」

と、願阿弥はいってくれた。

願阿弥は、さらに小次郎に教えようとしている。

伊勢どののことを、である。

といって、かれが伊勢どのに関心があるのではなく、むしろ逆であった。伊勢どのなど、世のため人のために亡んでしまえ、とおもっているほうである。が、小次郎のもつあどけなさが、願阿弥につい親切心をおこさせるらしい。

「伊勢流ということを存じているか」

「存じませぬ」

「伊勢どのは、小笠原家や今川家とならんで、行儀作法の流儀の家元なのだ」

「私どもには、小笠原流のほうをよく耳にしますが」

「左様。小笠原は信濃国《しなののくに》の守護大名で、かつて貞宗という当主が、室町殿《むろまちどの》（将軍家）初代の尊氏《たかうじ》公の弓馬《きゅうば》の師範になった」

室町幕府の行儀作法は、まず弓術、馬術、それに騎射という武芸の作法から興った。

が、殿中の作法がなかった。室町幕府が興りはしたが、諸大名が殿中に集まっても諸将雑然とたむろし、ときに喧騒《けんそう》し、いずれが上か下かさだかでなかった。貴人を貴人とする作法がなくては、将軍といえども尊貴ではない。

その作法の約束事も、小笠原貞宗がつくった。

貞宗は作法を編むにあたって、元から渡来した臨済禅の清拙《せいせつ》（一二七四～一三三九）に就《つ》き、禅の清規《しんぎ》を学んだ。清拙は福州の人で、俗名は劉氏《りゅう》である。一三二六年（嘉暦元年）に来日し、鎌倉の建長寺、円覚寺、京の建仁寺、南禅寺などに住《じゅう》し、手がたい禅風を興すとともに、清規を確立した。清拙は清規好きのひとで、中唐のころの百丈を尊崇すること厚く、その古清規を現代風にし「大鑑清規《だいかんしんぎ》」とよばれるものをたてた。ちなみに大鑑とは、清拙の禅師号である。

小笠原貞宗はこの「大鑑清規」を参考にして殿中作法をつくりあげた。のち足利三代将軍義満（一三五八～一四〇八）のとき、この小笠原のもとに、礼式の再編がおこなわれた。

その議に加わったのが小笠原氏、今川氏、伊勢氏で、とくに伊勢氏は殿中の作法をうけもって整備した。のち、日本人の行儀作法や冠婚葬祭の仕方などは、このとき確立したといっていい。

「当代の伊勢伊勢守《いせのかみ》貞親どのがふしぎな権勢を持っているもとの一つは、そのあたりにある」

と、願阿弥はいった。

たしかに貞親は、殿中の儀典主任として諸大名を行儀で縛りあげ、将軍に拝謁《はいえつ》するときなど、貞親の指示をうけねば、進退もできないのである。

鴨川の土堤を北へゆくうちに、一条のあたりまできてしまった。

北の山地から高野川と加茂《かも》川（一名・石川）とが流れてきて、川合《かわい》をなして鴨川になる。その合流点は小さな洲《す》をなし、河合《かわい》神社という赤い祠《ほこら》がまつられている。その背後も大洲《おおす》である。洲がそのまま森をなし、糺《ただす》の森とよばれる。

「堤《つつみ》を降りよ」

と、願阿弥《がんあみ》は、一同に下知《げち》した。土堤ぞいに北へのぼったおかげで戦《いくさ》には遭《あ》わずにすんだ。

「いくさは、幸い、きょうは小降りぞ」

土堤を降りつつ、願阿弥は市街を見まわしてつぶやいた。

道は、一条という東西の通りである。

西へゆく。

寺もあれば、町屋もあり、かといえば公家《くげ》の屋敷があって、京のどの坊《まち》もそうであるように、貴賤《きせん》が雑居している。公家や大名の屋敷の屋根は、おおむね柿《こけら》ぶきが多く、寺は瓦《かわら》屋根で、町屋は板ぶきである。

ほどなく寺とも布施《ふせ》屋《や》（旅宿）ともつかぬ粗末な——しかし人の百人も容《い》れられる——板ぶきの建物の前にきたとき、願阿弥は立ちどまった。

「寛正の大《おお》飢饉《ききん》のころは、ここはまだ空地であった」

と、願阿弥は無表情のままつぶやいた。あの飢饉のとき、願阿弥は河原の時衆《じしゅう》どもを動員し、六角堂のそばや他の場所々々に大鍋《おおなべ》をすえ、飢民に粥《かゆ》をふるまったのだが、そのとき、この空地もつかった。

「その空地が、いまや念仏の道場になっている」

道場とは、簡易な説教場のことである。

親鸞《しんらん》という人の末《すえ》で蓮如《れんにょ》という者がこのところしきりに活動し、時衆の徒を本願寺念仏の傘下に入れてふくらみつつある。

時衆の徒といえば、遊行《ゆぎょう》を専一《せんいつ》にし、寺をもたず、風の中の骨灰《こっぱい》のように四方に散ってゆくのだが、蓮如は僧俗を組織し、寺をもち、小名《しょうみょう》がそのあたりの田地を組み入れて勢力をふやすようなやりかたで教団というものをつくろうとしていた。

願阿弥はそれをうらむ様子もなく歩きはじめた。

あの粥の大鍋のときは洛外の農家にも米の喜捨を乞《こ》うたが、上に対しては、知るべの侍を頼って将軍義政にも銅銭数百枚を出させるところまで漕《こ》ぎつけた。このとき、願阿弥は伊勢貞親など室町殿《むろまちどの》の歴々《れきれき》の衆を知ったのだが、いま思いだすのもいやなほどに、たれもが冷淡だった。

やがて一条を北にのぼった。ほどなく、相国寺《しょうこくじ》の土塀《どべい》がみえた。この大寺《おおでら》の総門は今出川《いまでがわ》通りに面している。

臨済禅《りんざいぜん》五山の一つで、室町の世の知的な文化がすべてこの塀のなかにあるといっていい。禅はむろんのこと、儒学、詩文に長じた僧が多く、また明《みん》に使いしたり、留学した僧も多く、このため、幕府の対明国交の文書なども、他の四山の僧とともにこの相国寺であつかう。庭園や料理といった文化の発展、洗練についても、五山は大きな役割をはたしている。

五山は、この時代の大学、というべきもので、さらには外交機関と宗教行政の機能を兼ねている。相国寺にはこの時代、諸国の禅宗寺院を統轄する僧録司《そうろくし》が置かれていた。

室町幕府の機構はまことに粗末で、不合理なことが多い。相国寺が、一種の政府機関となっていることもそうである。相国寺全体でなく、その山内《さんない》の塔頭子院《たっちゅうしいん》のひとつである鹿苑院《ろくおんいん》に僧録司がおかれていて、代々の院主が僧録司を兼ねた。

そのことはいいにしても、その鹿苑院のなかにもう一つ子院があって、蔭凉軒《おんりょうけん》という。

蔭凉軒の軒主は、僧でもない現職の将軍なのである。しかし将軍がつねにこの軒にいるわけではないから、留守《るす》役の僧が事実上の軒主になっている。それだけでなく、将軍の記録役をもつとめ、つねに幕府にあって側近に侍《はべ》っているために、大変な権勢をもつようになっていた。

当代は、季瓊真蘂《きけいしんずい》というややこしい名の僧だが、一般には、

「蔭涼軒どの」

とよばれ、諸大名もその鼻息をうかがっている。

要するに、室町幕府は、財政基盤が薄弱な上に、将軍は権力をもちつつも、行政組織といえるほどのものをもたないために、ごく素朴な意味で独裁制であった。独裁制は、つまるところ側近政治になる。

側近には古い女官もいれば、僧の蔭涼軒、さらにはいまからかれらが訪ねてゆく伊勢貞親がいる。同時代人が書いた『応仁記』には、この側近どものことを、
公事《くじ》政道ヲモ知リ給ハザル青女房《あをにようばう》、比丘尼《びくに》達《たち》。計《はから》ヒトシテ酒宴婬楽《いんらく》ノ紛《まぎ》レニ申沙汰《まうしさた》セラレ（註・義政が酒宴のときに青女房などが申しあげることを即断して沙汰する）亦《また》伊勢守貞親ヤ鹿苑院ノ蔭涼軒ナンドト評定《ひやうぢやう》セラレケレバ……

と書かれている。

「腐りはてたる世よ」

と、願阿弥《がんあみ》はつぶやきながら相国寺をすぎた。

「かように相国寺までき た以上は、室町まで行って花ノ御所を見よう」と、願阿弥がいってくれたのは、小次郎の物識《ものし》らずがあわれになってきたのかもしれない。

「豪壮なものでございますか」

相国寺のいらかの重なりを見てその壮大さにおどろいてしまっているだけに、ついこれとくらべてしまう。

「いや、瀟洒《しょうしゃ》なものだ」

と、願阿弥はいった。相国寺の場合、土塀《どべい》のまわりが二十余町あるという。小次郎は、幕府の府館であり、将軍の第館《だいかん》である通称「花ノ御所」はいかばかり宏壮《こうそう》かと思っていた。しかし敷地は相国寺より小さかろう、と願阿弥はいった。

相国寺のそばに、

「烏丸殿《からすまどの》」

という屋敷があって、かれらも通りすぎたが、ここに一時期、義政は、花ノ御所の改築中に仮り住まいしていたことがある。相国寺にくらべると敷地は十分の一もないささやかなものである。

「この烏丸殿ほど小さくはないが、この三倍ぐらいだろう」

と、顧阿弥はいう。日本国の事実上の王であり、政府である義政の御所がその程度であるのか。

花ノ御所は、足利将軍のなかでもっとも威福をほしいままにした三代目の義満が建てた。

もともと四辻季顕《よつつじ》という公家《くげ》の邸宅だったものを義満以前に足利氏が買いとり、義満の代に隣りの公家の菊亭公直の邸宅を買ってひろくしたもので、敷地の広さからいえば、さほどのものではない。

建物も、当時、公家屋敷の建物としてもっともいいといわれた花山院《かざんいん》を模したもので、およそ敵をふせぐという防衛上の構造の思想は薄かった。

花ノ御所という美称も、建物の豪華さからいわれたものではなく、花を多く植えたことから出ているらしい。

八代義政は、それを大改築した。義満の建築・作庭の好みは、京の公家が持っていた既存の美学に、いかにも貿易で儲《もう》けた将軍らしく商人めいた富の顕示色が加わっていたが、義政はのちに東山《ひがしやま》文化の主導的な存在とされるにふさわしく、独自の美学をもっていた。公家ふうをつきぬけ、禅の本場の中国にもない禅的な造形美を創造した。庭の石一つに万金を投じつつも、それを燻《いぶ》すようにしてめだたさない。

義政の政治家としての極端な無神経さは、この大改築を寛正の大飢饉《おおききん》をはさんでやったことであった。その造営費はほぼ六千万貫文《かんもん》といわれている。米一石の値段が一貫文ほどだったことを思うと、その豪奢《ごうしゃ》のほどがわかる。ただこのあたらしい室町の御所も極端に趣味的なもので、後世、戦国末の城郭のように防衛的な構造ではない。

花ノ御所の一角に至ると、ひとまたぎに越えられそうなほどの堀がつづき、浅い水が奔《はし》っている。堀というのに、水がせせらいで、波ともいえぬ水せめぎの頭《かしら》に陽があたって無数にきらめいていた。

(美しいものよの)

小次郎は、こういう美しさにはたまらないほうである。

土塀《どべい》が、またいい。白壁を塗ればいいところをそれではおもおもしすぎると思ったのか、土色を生かしつ、上塗りは施されている。色は、桜の板肌《いたはだ》の赤目の感じで、こういう上塗り土はこのあたりの山にはあるまい。六十余州の山々をさがしぬいたものかとおもわれる。

(雨に濡《ぬ》れれば、どういう風情《ふぜい》だろう)

小次郎はそのことを想像しつつ、半面、ばかばかしくなって、これが、武《ぶ》の本山か、とののしりたくなった。

八代将軍義政は、六代将軍義教《よしのり》の五男である。父義教はひいきがつよく、播磨《はりま》・備《び》前《ぜん》・美作《みまさか》の守護である赤松満祐《みつすけ》をうとみ、満祐の甥《おい》に右の三国を呉《く》れてやろうとした。満祐は不公平をうらみ、教康《のりやす》と共謀し、教康の屋敷に将軍義教をまねいて殺し、屋敷に火を放って播磨へひきあげた。

(もし赤松満祐のような者がふたたびあらわれてこの御所を攻めれば、ひと踏みに踏みつぶせるだろう)

と想像したが、ふしぎなことに、赤松満祐といえどもこの公方《くぼう》の御所に乱入はしなかったのである。さらには、いま京のあちこちで軍勢を屯《たむろ》させている勢力家たちも、この花ノ御所一帯には弓箭《きゅうせん》を持って横行しようとしない。なにか、神殿であるかのように思っているのだろうか。

義政も、ここを大改築するについて防衛をほとんど配慮しなかったのは、諸人が決してこの塀を越えることがないと思いこんでいるからにちがいない。

土塀のまわりには人影もなく、はるかむこうの辻《つじ》に白犬がいっぴき佇《たたず》んでいて、西へゆこうか、東へゆこうかと考えている。

「通るのは、犬だけでございますな」

小次郎は、あまりの閑《しず》かさにおどろいてしまっていた。

「明《みん》の城もこうでございますか」

願阿弥《がんあみ》にきくと、かれは説明しづらそうに、明というのはまちが城だ、といった。まちのまわりは、一重《ひとえ》か二重《ふたえ》、ぶあつい城壁でかこまれている。どんな小さなまちの城壁でも、それをやぶるには、数万の兵がかこんで三月《みつき》はかかる、といった。

犬がやっと決心したらしく、北へ去った。

「あの犬が行ったほうに、御所の西門がある。それが総門だが、四脚門《しきゃくもん》の小ぶりなものだ」

と、願阿弥は言いつつ、しかしその方向にはゆかず、一行をひきかえさせた。

願阿弥は、まわりを見まわした。

「千萱《ちがや》どのにお装束をあらためてもらわねばならぬが、さて、借りる宿とてない」

花ノ御所の西隣こそ、かれらが目的としている伊勢殿《いせどの》屋敷である。

願阿弥は、入りぞこねたまま、門前を南にすぎた。伊勢殿の南どなりに、将軍義政の御台所《みだいどころ》日野富子の屋敷がある。

「お仲が、よろしくない」

願阿弥はつぶやいた。

「伊勢どのとの間が、でございますか」

荒木兵庫がきくと、なんの、将軍《くぼう》さまとのあいだの御夫婦《おみようと》のお仲よ、と言い、

「伊勢どのについては、そこはぬけめなきお方じゃ、将軍さまにもよく、御台所さまにもよく、お二人の間をさまざまにお取りもちして、おとし、お世嗣《よつぎ》（のちの義尚《よしひさ》）もおうまれあそばした」

「ははあ」

兵庫はつい大声を出してしまった。

「伊勢どのは、よほどお力のあるお方と見えますな。不仲《ふなか》な上《うえ》つ方《かた》を、どのようにお取りもちなさればお子が生れますのやら」

「なにを、くだらぬことを」

願阿弥は、苦笑してしまった。

しかししばらく歩いてから、

「将軍さまはな、伊勢どのを御父《おんちち》とおよびなされているそうな」

「家来に対して、御父」

兵庫は、うさぎ馬（驢馬《ろば》）のようにおどろきやすくなっている。

「将軍のお家の御慣例として、代々御男子は伊勢どのにあずけられて成人なさるのじゃ。御当代（義政）もそのようにして育たれた。されば、十九齢上の貞親どのを、傅人子《めのとご》である親しみ以上に、じかの御躾役《おしつけ》として御父のように思いなされたのは、むりもない」

願阿弥の説明で、手飼《てがい》の兵もろくになく、所領もすくない伊勢貞親の特殊な権力というものがわかってきた。

「さて、かりそめながら、ここで千萱殿の中宿《なかやど》をたのもう」

と、願阿弥は羅漢寺《らかんじ》という小さな寺に入ってゆき、懇意らしい寺男《てらおとこ》になにごとか話した。聖《ひじり》のような賤僧《せんそう》の身では、住持にじかに話すことははばかられるのである。やがて話がつき、寺男の薄汚ない寝小屋《ねごや》に千萱をつれて行った。

「ここでお着更《きが》えなされ」

といって、願阿弥はそとに出た。

千萱は、寺男の寝小屋の土間をつかっている。装束《しょうぞく》を着更えねばならないが、その前に身を拭《ぬぐ》いたかった。

「水を」

と、たのんだ。寺男は薪《まき》ざっぽうのような腕をむきだし、馬だらいほどの塗りの容器に水を張って、土間に据えた。

寺男が仰天したのは、千萱が寺男の目の前ではらりと素《す》の裸になってしまったことである。手拭《てぬぐい》をひたし、身をぬぐいはじめた。そこに壮齢の寺男など居ないかのようであり、あるいは犬ほどにしか思っていないらしい。

（よほど、良き家の出か）

と、寺男はぬすみ見つつ、考えた。このあたりの公家《くげ》や武家の貴族の女どもには、こういう場合の羞恥心《しゅうちしん》がないときいているが、このむすめもそうであるかと感じ入ってしまったのである。

表では、荒木兵庫がひとっ走りしている。伊勢殿の門へゆき、

——田原《たはら》郷の大道寺太郎の寄子《よりこ》ふたり、千萱どののお供をして参りました。いかようにして伊勢どののお内々《うちうち》に入《い》れ奉ればよろしゅうございますか。

という口上をのべるためであった。

小次郎は、寺男の寝小屋の前でひかえている。やがて寺男が出てきて、

「入れ、とのおおせでおじゃる」

と、なかを示した。小次郎が入ると、千萱は着更えをすませ、手早く化粧《けわい》をしたばかりで、黒い瞳《ひとみ》が白色の目もとを煙らせ、尋常《ただ》ごとでない美しさであった。

「小次郎、先刻《さき》、河原でさずけた小石を持っていやるか」

それが、用事であった。小次郎がいそいで燧石《ひうちいし》入れの袋をくつろげてそれをとりだすと、

「失《う》せさせると、承知をせぬ」

真顔でいった。さらに、

「向後《こうご》、わが身がどのようになるやらわからぬ。そこもとはこの千萱を大事と思いやるか」

(これは、怪《け》しからぬ)

大事と思うべき人は、扶持米《ふちまい》を頂戴《ちょうだい》したる人、あるいはわが身の保全を頼《たの》うだる人、この二つの種類《くさぐさ》しか武士にとってありえぬ。千萱はそのいずれでもないのに、ゆるゆるとそのようなことを言うではないか。

が、千萱ののどから旋《めぐ》りまわる言葉のリズムは、小次郎の心と連れて舞うように適《あ》ってしまい、ふしぎな感動が噴きだすままに、お身上にいかなることがありましょうとも、兵庫どのと小次郎が護りたてまつる、といってしまった。物の拍子《ひょうし》といっていい。

新九郎

兵庫が伊勢殿からもどってきて、すぐ来《こ》よ、ということだったという。

「伊勢どのには会うたか」

願阿弥《がんあみ》がきくと、兵庫は悲しげにかぶりをふって、

「とても、伊勢どのじきじきなどは、かない申さず」

と言い、取次《とりつぎ》に出てきた月代《さかやき》のあおあおとした若侍がそう命じただけだというのである。

一行が、羅漢寺《らかんじ》の門前に出たとき、願阿弥は千萱《ちがや》にむかって一礼し、

「されば、これにて。——」

と、きびすを返した。千萱がおどろいてよびとめ、いずれへ参られます、ときくと、

「鳥辺《とりべ》々々」

と、願阿弥は唄《うた》うようにいった。千萱らをぶじここまで送りとどけた以上、墓地の栖家《すみか》にもどるだけだということであろう。

兵庫は、唇を半ばあけたまま、ぼう然としている。

小次郎にいたっては、不覚にも涙をこぼしてしまった。二十二歳になるまで願阿弥ほどに頼《たの》もしげな男に出会ったことがなく、さらには鳥辺山から今出川まで道行《みちゆき》しただけの縁であるのに、こうも別れがつらいなどという経験を持ったことがない。願阿弥には、どういう徳があるのか。

「もうお会いできぬのでございましょうか」

小次郎がいうと、願阿弥も匂《にお》いの濃い微笑で酬《むく》い、いつか会うだろう、わしは冬は暖国《だんこく》を遊行《ゆぎょう》している、といった。

「暖国とは」

「まず熊野《くまの》かな。ほかに遠州、駿河《するが》、伊豆《いず》」

といって、他の時衆《じしゅう》どもをうながして去った。

あとは、兵庫以下、なにやらあるじに捨てられたような淋《さび》しさで肚《はら》の冷える思いをしながら、伊勢殿の門にむかった。

門は、柿《こけら》ぶきの四脚門《しきやくもん》である。よばわってたたくと、小者があけてくれた。門内の建物はことごとく柿ぶきで、火箭《ひや》一筋が突きさされば燃えるにちがいないが、どの屋根の勾配《こうばい》もうつくしく、木口に銅《あかがね》を張ったたるき、黒漆《くろうるし》を塗ったしとみ戸、小ぶりな廻廊《かいろう》、しなやかに細工した勾欄《こうらん》など、武家の屋敷というより、中宮《ちゅうぐう》の里御所《さとごしょ》ならこうかと思えたりする。

やがて、青月代《あおさかやき》に烏帽子《えぼし》をつけ、柿色《かき》の小素襖《こすおう》を着た者があらわれ、千萱にむかい、立礼《りつれい》したあと、

「これへ渡《わた》らせませ。案内《あない》つかまつります」

といって、他へ連れ去ろうとした。

兵庫があわてて、わしらはいかが致します、ときくと、青月代はふりかえって、

「わぬしらは、新九郎どのの鞍小屋《くらごや》へ候《そうら》え。鞍小屋は、裏門のそばじゃ」

と、早口に言ったまま千萱ともども去った。おそらく伊勢貞親に拝謁《はいえつ》させるつもりであろう。

兵庫と小次郎は、

――裏門のそばの鞍小屋。

なるものをさがした。

それにしても、伊勢新九郎どのが鞍小屋にいるとはどういうことであろう。田原郷の大道寺太郎が、伊勢貞親から、

——千萱のことは新九郎にまかせた。新九郎を訪ねさせよ。

といわれたために、二人は千萱を送って伊勢殿屋敷に入ったのだが、その新九郎どのが小屋住まいとは、狐《きつね》につままれたようでもある。

鞍小屋をさがしあてると、物置《ものおき》であるかと思うたのに、なんと番匠《ばんじよう》（大工）の作《さく》事《じ》小屋のように、表に生板《なまいた》を組んで干し、木屑《こくず》などが土の上にちらかっている。

（これはまた、馬小屋のように粗《あら》いことよ）

うち眺めると、古びた板ぶきに河原の石を置きならべ、小屋ぜんたいが傾き、戸も扉《とびら》もなく、荒《あら》むしろが二枚、出入口に掛けてあった。

「御案内を頼み奉る」

と、兵庫が大声でどなった。

「これなるは、田《た》原《はら》の郷《ごう》の大道寺太郎どの御使《おつか》いにて、荒木兵庫、山中小次郎という者でござる。伊勢新九郎どのにお目通りいたしとう、神妙に罷《まか》り越してござりまするが、御取次《おとりつぎ》のお方はおわしますや」

こんな小屋に取次の者がいるとはおもえないが、礼儀上、そのようにいった。

しかしながら、応答はない。なかに人はいる。細工の鑿《のみ》の音がさくさくときこえてくるのである。

兵庫は、もう一度どなった。

そのあと、しばらくして鑿の音がとまり、渋塗《しぶぬ》りの紙をこすりあわせるように低い声で、

「入れ」

という言葉がもどってきた。

兵庫と小次郎が、同時にむしろを上げて入ると、なかはすべて土間で、むしろが敷きつめられていた。鞍作りの材料に埋もれるようにして、痩《や》せた小男がこちらをにらみすえている。齢のころは三十半ばで、右手に鑿、左手に木のかたまりをつかみ、両眼は削《そ》ぎあげたように切れ、灯火《ともしび》を入れたように光っている。

鼻梁《びりょう》は鋭く隆《たか》い。あごがとがり、唇は横一文字にひっ掻《か》いたようで、どこか、深山《みやま》の梢《こずえ》にとまっている猛禽《もうきん》のたぐいのような感じがしないでもない。

「わしが、伊勢新九郎という者だ」

一語一語、木に彫りつけるような言いかたでいった。

（このひとは、職人ではないか）

姿《なり》も、職人姿である。この時代のとりきめで、職人は武士や農民より賤《いや》しいとされている。しかし兵庫も小次郎も、雹《ひょう》で打たれたように体をちぢめ、辞儀《じぎ》をしてしまった。

（このひとが、まことに伊勢どのの御一門ときく新九郎どのか）

小次郎は、落胆と不安で、目の前が霞《かす》む思いがした。こんな鞍《くら》作りの職人に、千萱《ちがや》

どのの運命を託《たく》せよというのか。

明かりとりの窓が、右側にあいている。さしこんでくる光りが、新九郎と称する男

の腕と手の動きを、きらきらと変化させている。

「千萱を連れてきたのか」

さくっ、と鑿を入れたときに、きいた。

「はい」

兵庫がうなずいた。小次郎がそっと兵庫の横顔を見ると、泣きそうな表情でいる。

思いは、小次郎と同じらしい。

もう小半刻《こはんとき》も経っている。そのあいだ、新九郎は仕事をやめず、ほとんど物をいわ

ない。

白木のままの完成品が、小屋すみに十ばかり積みあげられている。鞍の構造は簡単なもので、第一に前輪《まえわ》、第二に後輪《あとわ》があり、そのあいだを居木《いぎ》という、家屋でいえば梁《はり》が横たわって、三者が組み合っているだけである。騎乗者は、その尻《しり》を居木にすえる。

それだけだが、各部分の寸法、厚薄、彎曲《わんきょく》の度合などがむずかしく、つたない鞍だと、人も疲れ、馬もときに皮膚を破ってしまう。

小次郎のように地侍《じざむらい》の厄介《やっかい》で、実質は畑百姓のような人間なら、白木のままの白鞍《しろぐら》をつかう。ただし貴人でわざと白鞍をつかう人があるが、これは木地《きじ》の精妙さを楽しむためで、鞍による貴賤《きせん》のへだてはない。

むしろ、好みのものである。

武具のうち、太刀や甲冑《かっちゅう》とともに、鞍も美しさを競う。金銀の薄金《うすがね》を総体に張った鏡鞍《かがみ》、前輪の上部の山形《やまがた》だけを金・銀などで覆った金状輪、あるいはすべてを金で覆った金覆輪《きんぷくりん》などがあるが、いまの世ではそのようなきらきらしさはかえって卑しいとされ、渋い蒔絵《まきえ》、渋い塗りのなかに華やぎを沈めた螺鈿《らでん》のものなどが好まれる。

「塗りも、なされますか」

小次郎は、沈黙に堪えかねてきいた。

「塗りは塗師《ぬし》に出す」

新九郎は、いった。大和の大峰《おおみね》の修験者が煮つめて製するという陀羅尼助《だらにすけ》の苦薬《にがぐすり》をのんだような表情のままである。

「わしはもともと材《ざい》に墨だけを打って、あとは番匠《ばんじょう》に削らせていたのだが、戦《いくさ》さわぎがはじまって番匠がやって来ぬ。やむなくこのように白鞍までですべてやっている」

ところで、と新九郎はいった。

「千萱は、元気そうであったか」

呼びすてにしているところを見れば、新九郎はそれ相当の男なのか。

やがて新九郎はひざもとを払って立ちあがり、

「鞍《くら》のことを、おぼえておけ」

と言い、棚から筒形に截《き》った寸短《すんみじ》かの丸太をおろしてきてすわりなおしたのには、小次郎もおどろいた。

（このひとは、わしらを鞍作りの弟子にする気か）

「見ろ」

新九郎は、筒形丸太を示した。直径《さしわたし》六寸、まわりが一尺八寸、長さが三尺である。

「これは、居木《いぎ》に用いる材だ」

「尻《しり》を据える材でございますな」

兵庫は、物作りがすきなせいか、もうのめりこんでしまっている。番匠《ばんじょう》にでもなる気か。

「この材はねむりの木（合歓《ねむ》の木）でなければならん。当流の秘法であるが、とくにおしえておく」

「なぜねむりの木がよろしゅうございます」

と、兵庫がいう。

「この木は擦《す》りあわせても火が出ぬためである」

「鞍は、乗るうちに火が出るものでございますか」

「鞍から火が出るほどに乗った者は、いまだきいたことがない。兵庫、わぬしは、火が出るほど乗ったか」

「絶えて」

「そうであろう。居木は、前輪《まえわ》と後輪《あとわ》の凹部《きりこみ》に、居木の前後の凸部《ゆきさき》を差しこむ。乗って擦れゆくうちに、万が一火が出ては、まわりの縛《しばり》の糸を切ってしまうことになる。

によってねむりの木を用いる。すべて万一のことを考えるのが、細工《さいく》というものじゃ」

新九郎は、筒形丸太を愛《いと》おしげになで、

「それに、この木は木の理《め》がしなやかであろうが」

と、いって、切口をなでた。さらに、

「一本の木にはな、育つにつれて陽があたりつづけた南《おもて》と当らなかった北《うら》がある。このねむりの木にもある。兵庫、いずれが南か」

といったから、兵庫は乗りだして切口の年輪をみつめ、

「こちらでございましょう」

といったが、考えすぎたせいか、違ってしまった。新九郎は小次郎に問うた。小次郎は最初からわかっている。面を掌《て》でなでて、こちらでございます、というと、新九郎ははじめて破顔《わら》った。変ったお人だ、と小次郎はおもった。

「南北に割る。決して東西に割ってはならぬ」

新九郎は、なたの刃を当て、木槌《きづち》でたんねんに打ちこみ、やがて力をこめて二つに割った。

「木には上方《うえかた》と下方《したかた》がある」

梢方《こずえかた》と根方《ねかた》とである。上方を前輪に差しこみ、下方を後輪に差しこむ。これをあやまると、鞍の保《も》ちがわるい、と新九郎はいう。

「おもしろかろうが」

新九郎はいうが、小次郎にすれば、千萱《ちがや》のことが案《あん》じられて、それどころではない。

「いっそ、わぬしら、鞍の番匠になるか。わしが墨を打つ。わぬしらが木を割り、削り、磨く。年に一度、銀五枚をくれてやるが、どうじゃ」

と、新九郎はいった。

新九郎は、やがて、

「寝床をつくろう、手伝え」

と、いった。散らかった物を、かれが指図する場所々々に片づけ、削り屑《けずくず》などを掃き、三人ぶんの寝床《ふしど》が敷けるだけの広さをつくりだせ、というのである。

「そのあいだに、わしはめしをつくっておく」

といって、裏口に出た。裏に軒《のき》が長く出ていて、そこに粗末なかまどがある。

新九郎はかまどに火を入れたあと、井戸端まで行って米を洗ったり、菜をきざんだりした。

兵庫と小次郎は、小屋の片づけをしつつ、いよいよ、自分たちが墜《お》ちこんだこの事態がわからなくなった。新九郎は、どうやら本物の鞍作りらしい。

「わしらも、鞍作りにされるのでございますか」

と、小次郎が兵庫にきいた。

「わぬしは、それでよかろう。わぬしは田原の里に帰ったところで、山中家の若厄介《わかやっかい》だ」

「しかし、尾根に畑がござる」

「あのような畑を、畑というかよ」

兵庫もいらだっているのか、いつになく嶮《けわ》しい顔をして、小次郎に当りちらした。

「山中の若厄介、よくきけ。尾根というものはな、木や笹《ささ》の生えるまま、神の宿《やど》りの杜《もり》にしておくものだ。わぬしのように、木や笹をとりのぞいたばかりか、土をくだき、畑にしてしまえば、三年、五年に一度の大雨で土はことごとく両側の谷へ流れてしまう」

「なさけないことをおおせられる」

小次郎も、気色《けしき》ばんだ。

「あの畑が、わしかあの畑か。わしの心にも二つの脚がある。心の脚がこの世で立っていられるのも、あの畑のおかげじゃ」

「あの畑で、小猿いっぴきも養えるかよ」

「わしを小猿とおおせられるか」

と、小次郎は兵庫に詰め寄った。

「この世で人というのは、米を作る百姓のことじゃ。畑百姓は人の仲間には入らぬわい」

「兵庫どの、それが、友どちへの口のきき方か」

小次郎は大声をあげた。

「友どちなどと、心安だてなことを言わっしゃるな。この荒木兵庫は、米を作る者ぞ。里にかえれば、荒木の字《あざ》のおとなじゃ」

兵庫も、声が高くなっている。

「のう、若厄介、ひとの親切はおだやかに受け容れるものぞ。わぬしのように尾根を荒らして畑をつくれば、いつか荒神《こうじん》のお怒りに触れるにちがいあるまい。それよりも、ここに弟子入りして、人の尻《しり》をのせる鞍でも作りゃれ」

裏口では、新九郎が鍋《なべ》の中のものを煮ている。小屋の中の争《いさか》い声がまるぎこえで、そのまま無表情で鍋のふたの中などをのぞきこんだりするうち、「人の尻をのせる鞍でも作りゃれ」という居丈高《いたけだか》なさげすみ言葉をきいて、煮物が噴きだしてしまった。

新九郎は、料理の手が早い。

ほどなく煮えたぎった鍋を両手で胸高《むなだか》に持ってきた。熱い鍋をわざわざ胸高にもつというのは、自然な姿よさというものである。

兵庫は、おそれ入ってあいさつをした。

「われら、地侍《じざむらい》ともいえぬ百姓じみたる輩《やから》に対し、わざわざ手ずからおうばん（垸飯）なされまして」

と、顔を感激で赤くし、深く頭をさげた。

「おうばん」

というふしぎな日本語は、この当時ふつうのことばであった。主として、諸大名が将軍をまねいて御馳走《ごちそう》することをいうのだが、ときに、単なる供膳《きょうぜん》という意味にもつかう。

「なんの、これは茶じゃ」

と、新九郎はいった。この番匠《ばんじょう》小屋を茶室に見たてれば、茶事をする場合、ときに亭主が手料理を客にふるまい、ときに膳をも運ぶのである。

「都はみなこのようでございますか」

兵庫が後学のためにきくと、新九郎は顔をしかめて、誰《たれ》がこのようかい、わしはやもめでみずし（台所方）もおらぬゆえ、このようにしているだけじゃ、さあ、椀《わん》と散《ち》蓮華《れんげ》をとらぬかい、といった。

「……これが、世にいう散蓮華でございますか」

薄手の白い磁器《じき》に呉須《ごす》（藍《あい》色になる釉《うわぐすり》）で染めつけたうつくしい模様がある。唐《から》渡《わた》りのもので、このような番匠小屋にあるべきものではない。

この時代、食器は主として塗りの椀であった。焼物《やきもの》の高度の技術は、まだ日本で発達するに至っていない。

「このだんごは、山ノ芋でございますな」

と、小次郎はうれしそうに声をあげた。山里に育つ者としては、山ノ芋ほどの馳走はない。その上、汁がなんともいえず美味で、いかにも羹《あつもの》という感じがする。

兵庫も、旨さにたまりかねたのか、だしは雑魚《じゃこ》ではございますまい、ときくと、鮎《あゆ》だという。鴨川の漁師から鮎をわけてもらい、炭火であぶり、軒下につるしておいたものをだしとして用いる。

「いま、それをなさいましたので」

「いまであるものか。十日も前から支度しておいたものじゃ。わぬしらが来るということで」

「されば、われら、賤《いや》しき者のために」

「賤しきは、わしも同然。このように鞍《くら》をつくっておる。わぬしらは、鞍の弟子入りのことでとげとげと口論しておったではないか」

「聞え参《ま》いたか」

「筒抜けじゃ。唾《つばき》までが飛んで来そうであったわい」

新九郎は、不意に、少年のような笑顔でわらった。


まったくこの新九郎は、得体《えたい》が知れない。

貴人かとおもえば、鞍《くら》作りの番匠《ばんじょう》である。それも、召使いひとりもたず、農家の名子《なご》(農奴《のうど》)のような小屋に住み、褐染《かちぞめ》のすりきれた麻の職人の姿《なり》をし、物の煮たきまでしている。

しかしその煮たきしたものの味のよさはどうであろう。よほど幾世《いくよ》も舌の鍛練した家の者でなければ、こういう味は出せない。

さらには、うつわのたぐいがいい。新九郎は湯を容れた黒塗りのみごとな湯桶《ゆとう》と、水を容れた華麗な彫りの錫《すず》の瓶子《へいし》を、二つながら朱の盆の上にのせて出した。めしに湯をかけるという湯漬《ゆづけ》になってから、暑くもあり、水漬《みずづけ》にするのもいい。

錫の瓶子に彫られた模様は、蝶《ちょう》であった。蝶が、桓武平氏《かんむへいし》の紋章であることはよく知られている。平氏の流れによって、揚羽蝶《あげはちょう》もあれば、蝶丸《ちょうまる》もあり、対蝶《つがいちょう》、三蝶《みつちょう》もある。

武家平氏などというものは、源平の世のすえに本流がほろびて、室町の世では益体《やくたい》もない。しかし平氏の流れが息《いき》をせぬでもない。この伊勢氏が、いまの世では、諸平氏の代表のようにみられている。

以下、遠い話になる。平氏の由来など、無用のことだが、平安朝のころ、多くの皇子たちを官費で養うのに財政がゆるさなかったから、臣籍にさげたものの幾流かが、平姓をもらった。かれらのうち、国司になると、土着し、律令《りつりよう》からいえば非合法ながら地主になった者が多い。

平安の世も末になって、伊勢・伊賀で勢力をたくわえた伊勢平氏が、富にまかせて都の宮廷に入り、正盛、忠盛の二代にわたり、白河法皇の寵《ちよう》を得た。忠盛の子が、清盛である。

忠盛は、武勇の人で、思慮も深かった。ただ片目であるために、かれの成上りをきらう公家たちから嘲弄《ちょうろう》されていた。『平家物語』巻一に、忠盛、あるとき御前《ごぜん》で舞うたとき、公家たちが手拍子《てびょうし》をとって、

伊勢平氏は

すがめなりけり

と、囃《はや》したとある。伊勢産の瓶子は素焼《すやき》（素瓶《すがめ》）で、酢瓶《すがめ》につかわれていた。室町の伊勢氏は忠盛平氏の傍流にすぎないが、右の由来によって瓶子は錫をつかい、素焼を用いないのである。

めしがおわるころ、小屋の中が暗くなった。

「片づけろ」

と、新九郎が命じた。みずから料理《りょう》って食わせもしたが、よごれものを洗って片づけるのは二人のしごとだ、といわんばかりである。

新九郎は小屋に残って、ふしどを展《の》べた。ふしどは新九郎自身がつかっている麻ぬのを三枚あわせたもので、十分ふたりぶんの体をおおえる。新九郎自身は、他所《よそ》からわらを十束ばかりかかえてきて、隅に積んだ。その中にもぐりこむのである。土間にわらを積んで寝るのは、この時代、富から遠い庶民ではめずらしくなかったが、新九郎は平然とその流儀で寝るつもりでいる。

戸外での洗いものから戻ってきた両人は、この体《てい》を見ておどろき、自分たちがわらの中に入るというと、新九郎は、

「客人《まろうど》をもてなすのは神のごとくせよ、というならわしは、田原《たはら》にもあろうが。この新九郎は、人の道について諸事、小うるさい。このことをわすれるな」

もう、暮れてしまっている。

新九郎は燭台《しょくだい》をとりだしてきて、油皿にたっぷり油をそそぎ、灯心《とうしん》に火をともした。

(ぜいたくなことをする)

と、小次郎はおもった。

田原の里では夜になれば寝るだけである。とくに探しものなどであかりが必要なら、かまどのそばの粗朶《そだ》一筋に火をつければいい。このことは田舎がまずしいという

ことではなかった。灯火のためのあかりは荏胡麻《えごま》油なのだが、それを買うには銭が要る。銭は京にこそうずまいているが、農村にやって来るのはわずかでしかなかった。次いで新九郎は、いったん展べた麻の臥床《ふすま》をたたみ、そこに酒を満たした錫《すず》の酒器を置いた。この時代の酒は、多くの場合、めしを食ったあとで飲む。肴《さかな》は、みそである。

この冠者《くわじゃ》は

と、自分の鼻を指さしてみせた。みずからを小僧という。

けふは、法楽《ほふらく》をばせんと存ずる。あかりをともし、酒を満たし、ほろほろとよき目をばせん。

新九郎は、おどけているのである。

「平素《つね》は、あかりもともさず、酒も満たさずに？」

と、兵庫がきいた。

新九郎はまだ一滴も飲まぬのに、狂言のせりふのように、

唐土《もろこし》に翁《おきな》ありて壌《つち》を撃《う》つて謡《うた》ひ候　日出《ひい》でて作《たがや》し、日入りて息《いこ》ふ。

素面《しらふ》で狂言もどきをやってみせるなど、正体のこみ入ったお人だ、と兵庫も小次郎もおもった。

兵庫も、酔ってきた。酔うと、ついたがが、はずれ、

「本心をば」

と、胸もとをくつろげ、

「申しあげてよろしゅうござりまするや」

と、狂言めいて言ってみせたが、このころになると新九郎はもとの金仏《かなぶつ》にもどっていて、

「よい」

と、にがい顔でうなずいた。

「新九郎の殿《との》は、何者でおわすや」

「見てのとおりの男だ」

「その見てのとおりが、わかり申さぬ。伊勢《いせ》伊勢守《いせのかみ》どののご一門におわすや」

「一門である」

　と、そっけない。

「庶子《そし》に候や」

「庶子ならば、まだ子であろう。数代の枝《えだ》わかれにて、わしは幼きころ、備中《びっちゅう》にいたこともあった」

「つまりは、田舎伊勢氏」

　兵庫は、失礼なことをいった。

「それも、当主ではない」

　新九郎は、正直にいった。備中にも、分流の伊勢氏の所領があるのだが、その当主でもないから、およそ収入というものがない境涯にちがいない。

「さればこそ、鞍《くら》をつくるなどして」

　兵庫は、顔をへちまのようにぶらつかせながら、

「世を過ごしておられますか」

　と、いった。新九郎は、そのとおりだ、とみじかく答えた。

「過ごすにも事を欠き、鞍つくりなど、いやしき番匠《ばんじょう》の生業《なりわい》をなされるとは」

「兵庫」

新九郎のほうがおどろいたらしい。

「わぬしは、作《つく》りの鞍を知らぬのか」

「なんの、ひとを馬鹿《こけ》になされて。鞍作りのことでありましょう」

「ちがう」

新九郎は、世にこんな田舎者がいるとは知らなかった、とつぶやいたあと、鞍作りとは鞍を作るしごとのことだ、またはその番匠を指す、と言い「作りの鞍」とは言葉としてまったくちがう、といった。

「作りの鞍とは、伊勢家で作った鞍のことのみをいう。わざわざ伊勢伊勢守が作り給うた、という意味だ」

伊勢家には鞍の秘伝があり、その秘伝を相続する伊勢家の当主が作った、ということで「作りの鞍」という。「作りの鞍」には、諸大名が、金なら何枚、銀で何ほど、銅で何貫文という値《あた》いを出して購《もと》めるのである。

「あなた様は、ご当主ではないというのに」

兵庫がいうと、新九郎は、代りに作っているのだ、と言い、

「あわれなものだ」

　と、みずからのことをつぶやいた。

　新九郎は、伊勢家につたわる鞍《くら》の秘伝について、笹《ささ》に風が吹きわたるようなほのかさで語った。

「兵庫も小次郎も、馬に乗るほどの者なれば、大坪入道道禅《おおつぼにゅうどうどうぜん》というひとの名、存じておろう」

と、いかにも神秘的な名人といった響きとともにその名をいったが、ふたりとも無学で知らなかった。

「知らんのか」

　新九郎はふたりをばかにせず、むしろ、自分に驚いたらしい。新九郎はいう。自分のように大坪道禅といえば馬術、馬具について釈尊《しゃくそん》であるかのように尊び、井戸底に入りこんだようにその道にひたすらはげんできたが、なんと世間はそうであったか、わぬしらはその名すら存ぜぬか。

「世間は、広大じゃな」

　本気で感じ入っているふぜいだったために、兵庫のほうは応答の仕様もなく、

（このひとは、存外、こどもなのだ）

と思い、一方、小次郎のほうは、新九郎という人をつかみかね、そのするどく削《そ》げて黒光りに光沢《つや》を帯びた頬《ほお》のあたりを見つめたまま、息をわすれていた。

「大坪道禅という人は、上総《かずさ》の人である。べつに素姓《すじよう》といえるほどのものはない。通称を孫三郎とかと言い、名は慶秀《よしひで》と申されしか」

馬術の名人ということで三代将軍義満に仕え、その厩奉行《うまやぶぎよう》になった。義満に馬術を教えるについて無官では形《かたち》がつかぬということで、式部大輔《しきぶだゆう》という官称をもらった。

そのころ、幕府に伊勢氏が仕えている。当時の伊勢氏の当主は貞継という人で、初代尊氏以来その身辺に仕えてきた。貞継は尊氏の父を烏帽子親《えぼしおや》としていたため、尊氏、義満ともども安心して庶務をまかしていたらしい。貞継は名人大坪に、

——大坪流の鞍の秘法を教えてもらえぬか。

と頼み、授けられたという。大坪としても、将軍の身辺にいる貞継の機嫌を損じたくなかったのであろう。

以後、伊勢氏は、当主はかならず秘法の鞍をつくるというふうになった。貞継、貞信、貞行、貞経、貞国とつづいて、つぎがこんにち、八代将軍義政の側近としてふしぎな権勢をもつ貞親である。貞親は鞍をつくるなど面倒に思い、一門のはしである新

九郎が手の巧者であるのを幸い、これにつくらせてきた。むろん、銘は「貞親」である。

「わかったか」

新九郎は、声に微醺《びくん》をのせていった。

「ところで、千萱《ちがや》どののことは、いかが相成ります」

兵庫がきくと、新九郎の表情が激しくひきしまった。

「今夜は、その名のことはよせ」


兵庫は、律義《りちぎ》な男である。

陽が昇る気配を察して起きてしまう。

仲間の小次郎は、むしろにめりこむようにして眠っている。兵庫は、いかに小次郎でもその体に手を触れることは礼の上から憚《はばか》ると思い、耳もとで、

「お起きなさらんか」

と、ささやいた。小次郎の息があおあおと生臭《なまぐさ》く、ゆうべ食《た》べた酒が腸《はらわた》に沁《し》みのこっているように思える。

小次郎は魂が抜けきったような体《てい》で起きると、新九郎がすでに居ないことに気づい

た。寝起きのいい兵庫が気づかず、寝呆《ねぼう》けの小次郎が、暗闇《くらやみ》ながらもとっさに勘をきかせるとは、小次郎の性《しょう》のすすどさ——敏捷《びんしょう》さ——のせいにちがいない。

手さぐりで井戸端に行き、楊枝《ようじ》などつかううちに夜があけた。そこへ伊勢家の小侍《こざむらい》が駈けてきて、

「わぬしら、殿が御目見得《おめみえ》くださるというぞ。稀代《きたい》のことじゃ。ゆめ、泣くな」

と、叫んだ。まことに物言いわるい小侍だった。なにが世にまれであるか、何が泣くな、であろう、伊勢伊勢守ごときの御目見得を受けるのが泣くほどうれしいことであろうか、と小次郎は内心、悪《あ》しざまにののしり、楊枝をつかいつづけたが、兵庫のほうは小心にもとびあがってしまい、

「装束《しょうぞく》は。装束は」

と、小侍の手をつかみ、ふるえながらきいた。装束は何をつけて罷《まか》り越せばよかろう、という意味だが、歯の根ががたがたと鳴って、ながながしくしゃべれない。

「わぬしらは、地下《じげ》の者じゃ。御目《おめ》をくださる時も、わぬしらは地《じ》に這《は》いつくばる。侍烏帽子《さむらいえぼし》だけをかぶって、身には菰《こも》など着けよ」

「菰でござるか」

きまじめな兵庫は、動転してしまっている。相手もそれをおもしろがってしまい、

つい要らざることをいった。

「田原の蛙《かえる》に衣裳《いしよう》が要るか」

といったとき、はじめの一撃で目の奥に稲妻が走り、あとの一撃であごが外れてしまった。あとはしゃがんだが、よだれが滝のようにながれ、物も言えない。

小次郎が、やったのである。小次郎は自分のことで腹をたてたのではなく、兵庫が嘲弄《ちようろう》されていることで怒った。それにしても、子供のころから十年ばかり雲水に習った体技が、これほどききめがあるとは思わなかった。頬桁《ほおげた》の急所をあてればあごが外れると教えられたが、小侍のあごは、こわれた獅子頭《ししがしら》のように、赤い口蓋《くち》を出しっぱなしになっている。

小次郎は、気の毒になり、小侍の頭を小脇《こわき》にかかえこんで固定し、二、三度しくじったあと、やっと入れてやった。

伊勢家の屋敷の構えは、質実そのものの武家ふうで、公家《くげ》のにおいはない。とはいえ、

——伊勢家は武家である。

といっても、たれが信ずるだろう。家風は柔弱という印象が世間にある。

そういう不安が、代々の当主にあるのか、見映えを武家ふうにしたがる。たとえば、代々が大坪流をまねた伊勢流の馬術に精進《しようじん》し、秘伝の鞍《くら》まで自家で製作して諸大名からありがたがられるという風儀《ふうぎ》をつくったのも、この意識から出ていた。正体は、あくまでも将軍家の事務官なのである。

中国、朝鮮、西アジア、さらにはローマにいたるまで、宦官《かんがん》というものが存在した。去勢者《きよせい》である。男子の機能を手術によって除去して宮廷に仕える者をいう。婦女の多い皇帝の家庭に常住するため、勢《せい》を去る必要があった。

中国においては、古代から存在したが、唐以後は、主として異民族の捕虜、外国からの進貢者、さらには貧窮者がみずから切りとって志願する者などを採用した。本質は、皇帝の私的奴隷であった。独裁皇帝の身辺に仕えるために異常な権力を得る者が多い。

日本史の奇跡は、宦官が一度も存在しなかったことである。

その理由は、よくわからない。

ひとつは、日本においては、平安朝も武家の時代も、後宮は女官によって運営されていた。ことさらに去勢した男子を用いなくても、女子に物事の運営能力があったということだろうか。

当代の将軍足利義政は、中国など他の国々の皇帝の独裁制などもっていなかったが、しかし幕府の行政組織がないにひとしかったために、将軍の権能（大きなものではなかった）ということでは、ひどく即断的だった。

このために、私的な側近が必要だった。権力者における「私的」とは、家内奴隷のことである。もともと「臣」という文字は家内奴隷が身をうずくまらせている象形から出たともいわれるが、伊勢家代々の当主は、まさにそういう意味での「臣」であった。

しかも礼儀作法など儀典的職務ももっている。そのあたり、公家《くげ》・官人《かんにん》に似ているだけに、屋敷の構造をことさらに武家ふうにしていた、といえる。

伊勢家の屋敷は、当世流行の書院造《しょいんづくり》だが、木割《きわり》がたくましく、いかにも武家のすまいにふさわしい。しかもこの屋敷には、書院が大小二棟あった。代々将軍の世嗣《よつぎ》を伊勢家があずかるという慣例になっているために、大書院《おおしょいん》がべつにある。

兵庫と小次郎が控えさせられたのは、小書院のほうである。もっとも屋内ではなく、地面であった。それも玄関さきではなく、小庭である。むしろすら敷かれていない。

「なるほど、田原《たはら》あたりの地下人《じげにん》は、荒木兵庫どのでも、かようなあつかいでございますか」

と、小次郎がささやくと、兵庫は吹きだして、田原にもどればわしの家の百姓は、しきいのむこうに這《は》いつくばって、土間にも入って来ぬがの、といった。

「その兵庫どのも、都に出れば」

「かように蛙《かえる》じゃ」

「順次、威張っているのでございますな」

小次郎は笑うどころでなく、腹をたてている。さきほど伊勢家の小侍《こざむらい》をなぐりつけた腹の虫が、まだ癒《い》えていないのである。

(こんなばかな世はない)

伊勢家の当主など、将軍の威光を藉《か》りて空《から》威張りしているだけではないか。あの小侍も、伊勢家の威光をかりて、わしらを人とも思わぬ。

(あっ)

と、小次郎は、目をむいた。

さらさらと侍烏帽子《さむらいえぼし》に大紋《だいもん》という姿で縁《えん》をわたってきたりっぱな武家が、横顔をみせてすわったのである。小次郎らの地面の上が階段《きざはし》であり、その上が縁になっていて、そこにすわっている。

「あれは、鞍《くら》作りの新九郎どのではありませぬか」

と、兵庫にささやいた。兵庫もそっと顔をあげると、なるほど、新九郎は別人のようになって、縁にひかえている。やがて、どこからか、

「しーっ」

という警蹕《けいひつ》の声がきこえたとき、新九郎らしい大紋が小腰をあげ、障子をひらいた。室内は暗かったが、一人の人物が奥からやってきてすわった気配《けはい》がある。

「あれなるは、田原の者でござります
といったのは、新九郎である。

「荒木兵庫に山中小次郎。地下人ながらも心すずやかなる者どもにござりまする。お言葉をたまわりますように」

「苦労であった」

と、いったのは、伊勢伊勢守貞親《いせのかみさだちか》であったろう。両人は土下座しているために、顔はわからない。

千《ち》萱《がや》

（なるほど、貴人というのは、嶺《みね》のほととぎすのようだ）

小次郎は、感心した。声一声だけが頭上に落ちてきて、両人が顔をあげるころには、当の伊勢守《いせのかみ》は書院障子のむこうに消えて、影もない。これが礼式だともおもった。しかも、この家は礼式の本山なのである。

そのうち、足音をたてて降りてきたのは、新九郎である。

「おい、行こう」

と若い友達に声をかけるようにうながした。新九郎は存外動作のすばやい男で、この間に足袋をぬいでふところに入れ、入れた手で草履をとりだし、足の指にひっかけた。いかにも小気味がよく、小次郎は、

（いい男だなあ）

と、はじめて相手とのあいだに一筋だけ橋ができた思いがした。

「こっちへ来い」

と、建物と建物の間のせまい石畳《いしだたみ》の小みちを横になるようにしてゆくと、やがて柴《しば》唐戸《からど》があり、そこに壺装束《つぼしょうぞく》をしてかぶりものを浅くかぶった千萱が立っていた。

千萱の背後には、雑仕《ぞうし》の者がふたり、長櫃《ながびつ》を前後にかくべく中腰でしゃがんでいる。

「支度はできたか」

と、新九郎は早口で千萱にきいた。いかにも親しげである。

「……道程《みちのり》は遠うございますか」

と、千萱がきいたとき、その言葉のあたまに「兄上様」という小さな呼びかけがあったのを、小次郎はききのがさなかった。

(新九郎どのの妹君だったのだ)

なにやら、ほっとした思いもある。

「ほんの二、三町《ちょう》だ」

新九郎は言ってから、

「いやなら、逃げてこいよ」

と、いった。

「わしはいつも鞍小屋《くら》で鞍をつくっている。……こいつらも」

と、兵庫・小次郎のほうをあごでしゃくって、

「一緒だ。きょうから鞍つくりになる」

「冗談じゃありませんよ」

兵庫が叫ぼうとしたが、自制心が無用につよいために、口だけが洞穴《ほらあな》のようにあいたままになった。

「こいつらは、お前のためなら命でも捨てるだろう」

新九郎は、今様《いまよう》のばさら男のように伝法な物言いになっている。どの面が新九郎なのかよくわからないが、えたいの知れぬ不満を蔵《ぞう》していることがわかる。

——きょうは堀川のあたりで大戦《おおいくさ》があるそうだ。

と、長櫃《ながびつ》かつぎの雑仕たちがささやきあっているのを、小次郎は小耳にはさんだ。

一行は、門を出た。みな徒歩《かち》である。行くさきを知りもせぬ兵庫が先頭をすすみ、ついで大紋《だいもん》姿の新九郎、それに当《とう》の千萱。

そのあとを長櫃がすすむ。殿《しんがり》をうけたまわっているのは、小次郎である。雑仕のいうとおり、堀川の方角から、戦声《いくさごえ》が、遠い雷のようにきこえてくる。

「また、民が痛む」

と、新九郎がつぶやいた。

そのくせ、内裏《だいり》、将軍《くぼう》の御所、公卿《くげ》・官人の屋敷、諸大名の第邸《だいてい》などがある朱雀大路《すざくおおじ》から今出川《いまでがわ》にかけて、大きな杜《もり》の中のようにしずかである。

「東へ」

と、新九郎は、兵庫の背にむかって、命じた。

なるほど、近い。

願阿弥につれられて通った道の右側の屋敷で、古びた築地塀《ついじべい》がつづいている。四脚門《しきゃくもん》があり、

「ここだ」

と、新九郎は言った。長櫃だけは裏門から入るよう命じた。

「ここは、どちらの殿《との》でございます」

兵庫がきくと、新九郎は驚き、お前、知らずにきたのか、といった。

「将軍様（義政）の御弟君《おんおとうとぎみ》で、一時はお世嗣《よつぎ》のおうわさの高かった今出川どの（またの通称は浄土寺どの。足利義視《よしみ》）だ」

「雲の上ではございませぬか」

兵庫は、迷惑顔になった。義視は、兄の義政の力で正二位権大納言になっている。しかしながら所領がないために、兵はもたず、奉公する者もわずかしかいない。四脚門は、閉ざされたままである。兵庫が不安になり、

「新九郎どの、かような貴人の正門からあなた様はお入りになるのでございますか」

ときくと、いつもは裏門から入る、と新九郎はいった。

「しかしきょうだけは千萱のために表門をあけてもらうよう頼んでおいたから、いずれ、開く」

「この御屋敷に、どなたか知る辺《べ》がございますか」

「なにをいっているのだ」

新九郎はわずらわしげに、

「わしは、この屋敷の申次衆《もうしつぎしゅう》なのだ」

と、いった。申次衆というのは、貴人の身辺に侍《じ》して、諸大名などの依頼をその主《あるじ》に申しつぐ重職である。

（まさか）

兵庫も小次郎もおもった。

（こんな鞍《くら》作りが、中次衆であろうはずがない）

中次衆は、鎌倉幕府のころにはなかった。室町幕府になってできた職制で、これが、たいそう権勢のあるものだということは、田舎者の両人でも知っている。

その後の時代の家老というものでもない。

こういう職制ができるのも、室町将軍という特異な権力と関係がある。室町将軍家の権勢は、第三代の足利義満のときに確立したといっていいが、義満は事実上の日本国王でありながら、さらにそれを国際社会（中国的対外秩序）で認承されようとし、明帝に国使を送り、国書をもらった。「日本国王源道義《げんどうぎ》」という名だった。つぎの明帝である永楽帝にかれが送った国書には「日本国王　臣源《げん》聞く」というかきだしで書かれていた。

この義満の対明外交は卑屈ということで評判がわるく、かれが死ぬと、つぎの代では明と通交を断った。

ともかくも、将軍が、対内的にはむろん事実上の国王であったことはまぎれもない。

しかし国王というには、所領がすくなすぎた。

このことは、初代尊氏《たかうじ》が野放図《のほうず》なほどに気前がよく、六十余州のあらかたを配下の者にわけてしまったことによるところが大きい。第三代義満が、所領よりも富と権威を得ようとし、明との朝貢貿易で利を得べくつとめたのもむりはない。ともかくも、将軍家の武力（所領に裏打ちされる）は、二、三の大大名が連合すれば踏みつぶされる程度に貧弱なものだった。

かといって、たれもが、連合して将軍家をつぶそうとしなかった。将軍をつぶせば、諸大名にとって、領地争いのもめごとの正邪判定機関がなくなるわけで、かれらにとってそのことがおそろしかった。

諸大名が正邪の判定をねがうときに、懇意の申次衆を通してやる。申次衆の口一つでうまく行ったりするために、この存在に金品その他がとどけられることが多い。将軍家の申次衆の一軒が、代々の伊勢家なのである。

が、新九郎の場合、この門内にいる将軍の弟義視《よしみ》の申次衆であるという。義視などという者の存在は無力そのもの、その申次衆も、秋の蚊ほどの力もないにちがいない。

「知行《ちぎょう》の土地ももたず、さらには諸大名、公卿《くげ》、門跡《もんぜき》もこの屋敷には寄りつかぬゆえ、申次衆とは名ばかり」

新九郎は、他人事《ひとごと》のようにつぶやいた。何の収入もない、ということである。従って、屋敷すらもたない。小次郎らがみたように、伊勢氏の氏《うじ》の長者である伊勢伊勢守《いせのかみ》貞親《さだちか》の屋敷に小屋をつくって住んでいる。

「御方《おかた》（夫人）もおられませぬか」

「とうの昔に、病んで身罷《みまか》うた（死んだ）わい」

「御子《おこ》もなく。……お手もとにあるのは鞍《くら》やのみだけ」

小次郎がついからかったのは、新九郎の境涯があわれというより変に可笑《おか》しく、おかしみを感じさせるだけの人柄のように思えてきたからである。

誘われて、新九郎の樫《かし》の地肌のような顔がわずかにふくらみ、ぷっと笑いを吐きだした。

門がひらいた。

兵庫、小次郎の身分では、門内に入れない。路上で待つことにした。

千萱が、新九郎にともなわれて門内に入ると、結構はまったくの公家《くげ》屋敷である。かつては、三条の某《なにがし》という大納言の屋敷だったという。

「千萱、そなたは男を知っておるか」

歩きながら、新九郎はきいた。田原郷《たはらごう》は田舎だから、娘が年頃になると、あだし男が通《かよ》う。

「尼寺に住んでおりましたので」

知らぬ、という。

「尼どのをおそれて誰《たれ》も通わなんだか」

「たれも」

「それは、哀れなことをした」

新九郎は大声で、しかも真顔である。

かれらの一族の者が晩年、通う女に千萱を生ませ、産後、生母が死んだ。その伊勢氏の者もまた死に、やむなく氏の長者伊勢貞国の命で、新九郎はまだ少年の身ながら、千萱をおぶって田原へゆき、尼寺にあずけた。

千萱への手当は、彼女の亡父の縁者の伊勢氏の者が十年ばかり出していたというが、その者が死んだあと、新九郎が鞍を作って得た金のいくらかを送りつづけてきた。貞国のあとを嗣いだ貞親は吝嗇《りんしょく》で、新九郎に対し、

「そこもと。千萱の兄になれ」

といって、仕送りをうけもたせたのである。新九郎も、少年のころ、千萱を背負い、山をいくつも越えて田原まで送って行っただけに、格別な思いがある。

いまは、彼女は伊勢貞親の養女ということで、足利義視《よしみ》に仕えようとしている。

「いっそ、わしが、通うてやればよかった」

と新九郎がいったので、千萱は驚いた。このひとは、兄ではないか。


足利義視の邸内に、橘《たちばな》の老木《おいき》があって、日蔭《ひかげ》をつくっている。

新九郎は、千萱をその日蔭に入れ、自分は陽をあびて立っていた。

「常世《とこよ》の木《こ》の実《み》の木とは、こういう木でございますか」

と、千萱はとげのある枝に触れ、殊勝《しゅしょう》げにいった。小次郎に対しては、野育ちの甘ったるさを見せるくせに、兄といわれる新九郎の前では、雅女《みやびめ》めかしくふるまっている。

「この橘の木は、この屋敷が、公卿《くげ》の三条家のものであったころからあったそうだ」

橘を邸内に植えるのは、公家《くげ》の風《ふう》なのだろうか。

世界中に多種類のミカン属の木があるが、日本原産のものはこの橘だけだという。あるいは、日本原産でないかもしれない。

『日本書紀』の「垂仁紀」といえば記紀編纂《へんさん》の時代からさかのぼること古く、記述は信用できないが、垂仁天皇という伝説上の天皇が、田道間守《たじまもり》という伝説上の人物に対し、常世国《とこよのくに》（海のかなたの想像上の不老不死の国）へ行って「常世の木の実《こみ》」というものをとって来いと命じた。田道間守は十年をへて持ち帰ったところ、天皇はすでになく、田道間守はその陵墓でなげきかなしんで死んだという。以後、このトキジクノカクノミという香菓が田道《たじ》の名をとって「たちばな」とよばれるようになったというが、田道間守が行った常世国とは耽羅《たんら》国（済州島）であったという説もある。いずれにせよ、この伝説によれば橘は外来種ということになる。

奈良朝以来、公卿・官人がその邸内に橘を植えることがはやった。武家ながら権大《ごんだい》納言《なごん》をもつ足利義視の邸にこの木があることで、千萱は、ちがう世界にきてしまったことを感じたのにちがいない。

新九郎と千萱は、迎えの者を待っている。

千萱が女であるため、主従の関係は義視夫人と結ぶ。夫人やその侍女たちは「北」とよばれる居住区に独立しており、新九郎は男であるという理由で入れない。侍女が千萱を迎えにくるはずなのである。

「新九郎様」

千萱が、ふいに言ったが、新九郎は即座にたしなめた。

「兄とよべ」

やがて、四十年配の女がやってきた。昏の古腐《ふるくさ》れたような下品な女だったが、物言《ものい》いも地下《じげ》女のようにずけずけしていて、千萱のほうがおびえてしまった。

(千萱は、存外、気が弱い)

と、新九郎はおかしかった。しかし、若い娘にとって、下品は威嚇以上の圧迫をあたえるのではないか。

女は、新九郎を黙殺して、千萱の手をいきなりとった。千萱はすくんでしまった。女は敬語をつかわず、

「お前を待っていたんだよ。ひと手が足りなくてね」

と、つかまえた以上は金輪際《こんりんざい》離すまいぞという勢いでひっぱってゆこうとする。

「御当家はね、お扶持《ふち》はないよ。絹一疋《きぬいっぴき》もくださらない。だけど、逃げればこのわたしがゆるさないからね」

(話が、ちがうじゃないか)

と、千萱は、新九郎に視線を走らせ、すがるような表情をした。千萱は伊勢家の娘として、つぎの将軍とも目《もく》される足利義視公のお屋敷にゆく以上、その夫人に仕え、夫人の申次衆《もうしつぎしゅう》のような立場になるときかされていた。べつに栄耀《えいよう》などのぞまないが、

これでは遠国《おんごく》にあるという潮汲《しおく》み女名子《おんななご》に売られてゆくようなものではないか。

「お局《つぼね》どの」

と、新九郎は頼んだ。

「心得を申しきかせるによって、ほんのしばらく千萱をお貸しねがえまいか」

「鞍《くら》作り」

と、女は、唾《つば》を飛ばした。

「心得なら、わたしが言ってきかせるよ」

「もっともだ。しかし兄として言わねばならぬことが」

「なにが、兄だか」

女は、急に陽気に笑った。

「寝た仲を、伊勢流では兄というのかや」

新九郎はともかくも千萱を五、六歩離れたところへつれてゆき、

「あれは、おがんというてな、義視公の夫人の下乳母《したうば》だった女で、夫人から気に入られている。この屋敷の事実上のあるじは自分だとあの女は思っているのだ。下鴨の百姓の女房で、たれひとりあいつの口にかなう者はない。ああいうやつだと思って立てろ」

「北ノ台《きただい》（夫人）様にむかっても、ああいう調子でございますか」

「二通りの自分を持っている」

言ってから、新九郎は、悲しそうに、

「伊勢新九郎の妹といったところで、なんの後楯《うしろだて》にもならぬということがわかったろう」

と、いった。


千萱が去り、新九郎が残った。

「さて」

と、この男は大紋《だいもん》の塵《ちり》をはらい、えりをただして、白書院《しろしょいん》にむかい、だまってあがってから、板敷《いたじき》の縁《えん》にすわった。

足利義視《よしみ》をまつ。

将軍義政はことし三十二、実弟義視はそれより三つ年下である。

義政も義視も、愚者ではない。学問があり、義政にいたっては卓越して琴棋書画《きんきしょが》の道に感じやすいこころを持っている。が、どちらも、常人のもつべき感覚が、それぞれ別の場所で欠けているらしい。

義政は二十代のころから、

「天下の事に飽きた」

というのが、口ぐせであった。かれは十四歳のときに将軍になっているのである。若くして老い、将軍とはなんと窮屈なくらしか、疾《と》くとく隠居をしたい、と言いつづけた。

隠居をして自由になれば、対明貿易の権利をにぎって金をもうけ、その金を趣味生活にそそぎこみたい、という希望が、かれの精神の病原のようになった。自在を欲する心が焦りにもなった。政治を仇敵《きゅうてき》のように見、巷《ちまた》に飢民が満ち、死体が鴨河原にうず高く積まれていようとも、心をうごかすことがなかった。

寛正の大飢饉《おおききん》のとき、洛中《らくちゅう》の民が幽鬼のように餓《う》えているのをよそに、かれがその美的追求のために新殿や庭園を造りつつあったのを見かねた人物がいる。後花園《ごはなぞの》天皇であった。天皇家は政権をもたぬことひさしく、とくに鎌倉以後は、神主《かんぬし》の元締《もとじめ》に似たような存在で、国際的には将軍が日本国王になっているのである。この後花園が、天下飢饉のなかでの義政のうかれぶりを見かね、わずかに一詩を送り、暗《あん》にいましめた。

残民　争《あらそ》ヒテ首陽《しゆやう》ノ蕨《わらび》ヲ採《と》ル
処々炉《ろ》ヲ閉ヂ　竹扉ヲ鎖《とざ》ス
詩興吟《しきようぎん》ハ酸《いた》マシ　二月満城ノ紅緑
誰《た》ガ為《た》メニ肥ユル

義政はこれらのことがあって自分が将軍職にあることをいよいよ厭《いと》うようになり、この時期、弟の義視を説きに説いて、還俗《げんぞく》して自分の後嗣《あとつぎ》になってくれ、とたのんだ。

義視はそのころ義尋《ぎじん》という僧名で、東白川《ひがししらかわ》村の浄土寺の僧として過ごしていた。かれは固辞した。兄がまだ若く、実子が生まれることが当然で、そのとき自分が捨てられることをおそれたのである。義政は、もし実子が生まれれば僧にしてしまう、と約束して、義視をむりやりに俗世にもどした。

足利義視が還俗したのは、寛正五年で、かれの二十六歳のときである。その後、今出川に住んだために、

「今出川どの」

とよばれ、高い官位を与えられた。だけでなく、足利大名の筆頭で、幕府の管領職《かんりょう》である細川勝元が、みずから義視の執事になった。むろん兄義政の配慮だが、この一事を見ても、還俗早々の重んぜられかたがわかる。ゆくゆく将軍職を譲ろうという兄義政の気持は、ほんものだったといえる。

足利将軍家は、代々公卿《くげ》の日野家から嫁が来ることになっている。当代の義政の御《み》台所《だいどころ》は、日野富子であった。

この夫婦仲は、婚姻の早々からうまく行っていなかった。十六歳で嫁した富子は義政を軽んじ、兄の日野勝光と組み、幕政にくちばしを入れ、利権をにぎって賄賂《わいろ》をとり、みずからの富を築こうとしていた。

富子は、当然ながら義視があとつぎになることに反対だった。彼女は伊勢貞親らを味方にひきよせ、義政が富子のもとに通うようにしむけた。験《げん》あって、義視が還俗した翌年、男子を生んだ。義尚《よしひさ》である。

——和子《わこ》を御世嗣《およつぎ》になさいますように。

と、再三、義政に説いたが、義政にすればそういう嬰児《えいじ》よりもすでに成人した弟義視にゆずってはやばやと自在の身になりたいという願望がつよかったために、容易にゆるさなかった。

富子は、義尚の保護を、大名中の実力者で、細川勝元と対立している山名持豊《やまなもちとよ》（のち宗全《そうぜん》）にたのんだ。いわゆる応仁ノ乱という糸のもつれのような原因のうちのひとすじが、この将軍継嗣《けいし》問題である。

伊勢新九郎が、一族の長者である伊勢貞親から命ぜられて義視の申次衆《もうしつぎしゅう》の一人になったのも、もはや義視があとつぎになる見込みの薄れた時期であった。

「万が一、今出川どのが将軍にならぬともかぎらぬ」

と、そういう政治の表裏に長《た》けた貞親はいい、新九郎を義視のほうに送りつけておいたのである。

新九郎にすれば、貞親の掌《てのひら》の上でおどるつもりはないが、ともかくも申次衆になった。貞親は、さらに千萱も送りつけた。あるいは義視のお手がつき、子を生むことになれば、という布石《ふせき》である。この時期の新九郎は、ただ白痴《こけ》のように貞親に従っていた。

一方、千萱は、北《きた》ノ台《だい》に拝謁していた。

この屋敷はもともと公家《くげ》の屋敷だっただけに、現代的な書院をもちつつも、古風な公家ふうの寝殿《しんでん》造りをのこしている。寝殿造りでは夫人の居る場所は、公家屋敷でいう対《たい》の屋《や》という建物で、檜皮《ひわだ》ぶきの屋根は流れるようにうつくしい。木割はことごとく細く、勾欄《こうらん》までが華奢《きゃしゃ》であった。

千萱はおがんにともなわれて中庭に面した縁《えん》から入り、正面の御簾《みす》にむかって拝礼していた。

(なかに、ひとが在《いま》すのかどうか)

千萱はふしぎにおもったが、やがて衣摺《きぬずれ》の音がし、御簾にひとが入ったようだった。おがんが、

「伊勢伊勢守どののむすめ、千萱でござりまする」

といった。

「田原の育ちであるとか」

御簾のなかから、齢若い女の声が洩《も》れた。千萱が答えようとすると、おがんがおさえた。公式の場で貴人が物をたずねたとき、申次《もうしつぎ》の者がこたえる。

「はい、田原の者でござりまする」

「田原は、物の用には立たぬ処であるな」

千萱は、むっとした。なるほど田原は山奥でどの里も小渓谷に面し、人よりも猿がすむようなところかもしれないが、田原の米はうまく、川には鮎《あゆ》、山には山ノ芋、あ

けびなどが自生し、人情があつく、この世でもっともいいところだとおもっている。

「気をわるくしたか」

御簾の中からでも、千萱の顔色が変っているのが見えるらしい。

「戦《いくさ》が来る。もう来ている。いずれこのあたりまで焼かれるのではないか。そのとき、殿御《とのご》はみな叡山《えいざん》に逃げましょう」

叡山は公家の山のようなもので、公家の出で僧になった者が無数の堂塔に住み、山中で一都市をつくっている。公家も、義視《よしみ》のような武家貴族も、知る辺《べ》を頼ってそこへ逃げるにちがいないが、叡山は女人禁制《にょにんきんぜい》であるため、この御簾の中の人はそこへゆけない。

「田原は、百姓持《ひゃくしょうも》ちの里になっておるそうな」

守護・地頭の力がよわまり、国人《こくじん》・地侍《じざむらい》といった連中が自主管理しているといった意味である。

彼女のような華冑《かちゅう》の者にとって、守護・地頭といった伝統的な体制がしっかりした土地が安全なのである。

「細川を頼ろうにも、本国の阿波は遠し」

と、御簾の中のひとはとりとめもないことをいって、御目見得《おめみえ》をおえた。

このあと、千萱はおがんに連れられ、渡り廊下をへて書院の縁《えん》へまがるところまできた。

縁には、新九郎がすわっている。かれはやや上体を前にかたむけ、視線を膝前《ひざまえ》数尺のところにおとし、なにごとかを話しつづけているのである。

(新九郎どの)

と、千萱は叫びたくなった。さっき別れたばかりであるのに、十年も出会わなかったような気がした。

相手は、むろん、書院の中の足利義視《よしみ》にちがいない。

新九郎は、右側に人の気配《けはい》がしたのに気づいたらしく、小声になった。

千萱がおどろいたことに、義視が立ちあがる気配がして、新九郎のそばに寄り、新九郎の口もとに耳をつけた。新九郎の声が小さすぎたからだろう。

(今出川《いまでがわ》どの——義視——はかわったお人でありますこと)

と、千萱はおもった。もっと声を出せ、と命ずればいいのに、自分から新九郎のそばに寄って行って、中腰になり、こどものように、耳を新九郎の左顔にくっつけるとは、見識のないことだ。

千萱の場所から、義視の目鼻だちまではわからない。が、ひどく色白の顔だった。（白餅《しろもち》と小豆餅《あずきもち》とがくっついているみたい）

千萱は、おかしかった。この様子をみれば、主従ひどく仲がいいように見えるが、実際はどうであろう。

義視がいっているのは、戦《いくさ》のことである。

戦の原因は、義政自身が政治に無責任であることから発している。側近の男女が、それぞれのひいき筋の利害を代表し、有力大名をひき入れ、大名どもも、なにが真の原因であるかがわからぬままに、武力で「事」を解決しようとしている。その「事」とは、みな宙《ちゅう》ぶらりになっている相続問題なのである。大《だい》は義視がからむ将軍の継嗣《けいし》問題から中《ちゅう》は畠山家の継嗣問題がある。その他、こまごまとした未決の相続問題につき、両軍が地方から兵力をかきあつめることでたがいに他を圧しようとしているから、すぐには大戦《おおいくさ》ははじまらない。が、思わぬ跳ねっかえりが小戦闘をはじめて、あすにも戦火が爆発するかもしれない。

おもしろいことに、将軍義政も、疑似《ぎじ》的な将軍継嗣である義視も、戦に対し超然としうる。戦は下々《しもじも》がはじめたものだからで、雲の上の二人になんのかかわりもない。これが、室町幕府の本質というものではないか。

足利義視《よしみ》は、いまの諸情勢を新九郎にきいているのである。

——細川勝元はどういう肚《はら》か、山名持豊はこのところなにを考えているか、畠山は、斯波《しば》は、さらには周防《すおう》の大内氏の動きは。……

などという実力者の名前が際限もなく、義視の口から出てくる。

義視の身にすれば、むりもなかった。かれは去年の一時期、ある勢力から殺される

というわさをきき、細川勝元の屋敷に逃げこんだことがある。

かつて将軍義政から義視の後見《こうけん》を委嘱された勝元も、逃げこまれて迷惑だった。義視をかばっていてはあらぬ噂《うわさ》をたてられてしまう。細川勝元は義視を立てて将軍にしようとしている、などと世上で取沙汰《とりざた》されれば、幼い義尚《よしひさ》の実母である日野富子が、山名持豊をはじめあらゆる勢力をあつめて細川勝元を攻撃するにちがいない。すくなくとも細川勝元にすれば大義名分《たいぎめいぶん》を敵方にあたえてしまう。

細川勝元もこまって、義視に、

——ぜひぜひ花ノ御所（幕府）に渡らせ給うように。

と、すすめ、いやがる義視をむりやりに兄の将軍義政のもとにほうりこんだ。細川勝元にすれば将軍義政のもとに身を置きさえすればたれも危害を加えない、といっ

た。たしかに義政は身内《みうち》に優しくて弟を殺すような男ではない。しかし、義政夫人の日野富子がいるではないか。富子のようにあくがつよく、実子義尚のためには地上に生かしておいてはならぬはずの義視を、どのように始末するか、知れたものではない。

義視は、細川勝元に、

――もう一度、細川邸《そこもと》に参りたいが。

と、再三、たのんだ。勝元は、

――それは大乱のもとになりましょう。

と、なだめすかすようにしてことわった。大乱のもとといっても、すでに大乱が慢性化してすすんでおり、いまさらしらじらしい言葉で、義視にもそれがわかったが、なんとも反論するすべもなく、この今出川の自邸にもどったのである。

「たれが、いつ襲ってくるか、わからぬ。この屋敷にいるだけでも勇気が要《い》る。要りすぎるほどだ」

と、義視は、新九郎にかきくどいた。

「人間の勇気など、瞬時のものだ。持続してもせいぜい三日か四日ほどもつづくまい。わしの身にもなってみよ。わが家《や》にいるだけで勇気が要る。勇気が要るということほど、人の不幸はあるまい」

足利義視《よしみ》の愚痴めいたことばは、さみだれのように新九郎の耳に降りつづいている。つらいことだ。

「つらいことでございますな」

と、新九郎はつぶやいた。聴くことが、である。主題がなく、救いもない愚痴をきかされることほど、つらいことが、この世にあと幾種類あるだろう。

「そなた、つらい、と申したな」

と、義視はするどくとがめた。

「どういう意味だ」

と、義視の顔が刃物のようになった。この男の癖といってよく、たえず、他人《ひと》が自分をばかにしているのではないかというきわどい思いを顔の皮の内側に蔵しているのである。

「私は鞍《くら》を作っておりまする」

新九郎は他のことをいうためにそのことを言ったのだが、義視は言葉尻《じり》をひったくった。

「お前が賤《いや》しいことをして米塩《べいえん》の資をかせいでいるということはきいている」

義政も義視も、教養はある。とくに義視はほとんど無意味なほどに典籍を諳《そら》んじて、諸大名をその無学の部分で軽蔑《けいべつ》していた。

「新九郎、君子《くんし》ハ心ヲ労シ、小人《しょうじん》ハ力《ちから》ヲ労ス、ということを知っているか」

この場合の君子とは、治者《ちしゃ》階級の紳士たちのことである。小人というのは「つまらぬ人」という意味でなく、治められる階級のことをいう。大明国《たいみんこく》にあっては政治をする官僚というものは鞍をつくるような労働は決してせぬものだ、というのである。

「そなたがつくった鞍には伊勢伊勢守（貞親）の銘《めい》が入る。人は争ってその鞍をもとめる。伊勢の名をありがたがって買う者もあるが、実際、乗り心地もちがうらしい。近来の名人というのは、そなたのことだ」

義視は、ほめているわけではない。

「新九郎。君子ハ器《き》ナラズ、ということが『論語』にある。意味は、わかるか」

「存じませぬ」

新九郎は百も知っているし、そういう思想を好んでもいない。さらには義視の教養主義が鼻についている。

「君子というものは一芸にとらわれてはいかんということだ。そなたは君子でないことになる」

「左様、君子ではございませぬ」

と、新九郎はいった。

「わたくしが鞍のことを申しあげましたのは、いっそ君子を捨てて鞍作りにでもおなり遊ばせば……」

「ばかを言え」

義視は、蠅《はえ》をたたくようにいった。

義視《よしみ》は、怒った。というには声に力がなく、糠《ぬか》が饐《す》えたような、自嘲《じちよう》とも、すてばちともつかぬにおいがした。

が、すぐさま、気味わるいほどに冷静な調子になり、ひとりごとのようにいった。

「わしが将軍の世嗣《よつぎ》であることは、すでにきまったことなのだ。わしの本意ではなかった。兄上がお勧《すす》めあそばしたからだ。そのために安穏《あんのん》な浄土寺の僧房を捨て、髪を貯《たくわ》え、兄上がお譲りなされる日を待った。わしを非難する者、わしを亡き者にせんとする者、ばけもののような者どもの影がわしのまわりに踊っているが、わしに非はない」

たしかに、非はない。足利義視のような人柄が市井《しせい》に存在するとすれば、みな愛するにちがいない。

「鞍《くら》のことは、たとえでございます。もう一度、おぐしをおろされて何もかもおすて遊ばすのが、一番かと」

「浄土寺にもどれというのか」

「浄土寺」

新九郎は、おどろいた。

「あれも、俗世ではありませぬか」

浄土寺には、所領多く、足利一門の者がその門跡《もんぜき》になる。六代将軍義教《よしのり》（義政や義視の実父）も、若いころ僧にされて浄土寺にいた。浄土寺ではないが、聖護院《しょうごいん》や梶井《かじい》の門跡寺《もんぜきでら》に、義政・義視の弟たちである義観《ぎかん》、義堯《ぎぎょう》といった僧が座《ざ》している。貴族が単に様変《さまが》わりしているだけで、俗世であることにはかわりがない。

「君《きみ》は」

と、新九郎は古風な敬称で義視をよんだ。

「寛正の飢饉《ききん》のとき、還俗《げんぞく》なされました。あのとき、飢民《きみん》に粥《かゆ》を施していた願阿弥《がんあみ》という者をごぞんじでありましょう」

「いまは、どうしている」

「捨聖《すてひじり》の消息など、わかりませぬ。たまたま御当家に奉公する私めが妹千萱を、伊勢守の門前まで送ってくれたそうでございますが」

「願阿弥は、当節、まれなる真人間《まにんげん》であるな」

義視には、そういう感受性もある。

「君にあられましては、願阿弥のように、すべてをお捨てあそばすのが、唯一つ御身《おみ》の立つ瀬であるかと存じます」

それほど、義視の存在そのものがきわどい。

「それは、こまる。一度、栄耀《えいよう》を約束された者の心は、そなたのような者にわかるまい」

やがて、義視は、おがんと千萱が縁のかなたにひかえていることに気付き、

「こなたに来よ、といってやれ」

　と、新九郎に命じた。新九郎がおがんの方向に顔をむけ、目顔で知らせると、おがんは、顔じゅうの皮を唇《くち》もとでひき搾《しぼ》ったように表情を緊張させ、そばまできて拝礼

した。

「これなるは、千萱でござりまする」

「おう、きいている。新九郎の妹であるそうな」

義視は、面《おもて》をあげよ、と命じた。

下々《しもじも》としては、面をあげよといわれても、すぐには顔を露《あら》わにあげず、視線を床《ゆか》におとしたまま、わずかにひたいを見せる程度にあげる。相手の威光に恐懼《きょうく》しているというふうを見せるのが、礼なのである。

が、この場の千萱はそれをしなかった。彼女にとって作法は肉の奥まで沁《し》みこんだものであったが、同時にそれに反発したいという衝動が、つねに可燃性の液体のように満ちている。

このとき、その衝動に突き動かされた。背をのばし、顔をまっすぐにあげて、義視を見た。

「見る」

とは、なんと無礼なことであろう。卑《ひく》い者が、貴人に対し、その目をまともに見るということは、非礼以上に矢を射こむほどに攻撃的なことでもあった。

「これっ」

と、おがんはうろたえ、千萱のそでをつかみ、そなたは伊勢家の者ではないか、礼を知らぬのか、といったが、千萱の姿勢は変らなかった。このため千萱の首筋をつかもうとさえした。

「そのままにしてやれ」

義視が、おがんをおさえた。

千萱は、湖心のように青い水気を目にみなぎらせて義視を見つめている。この男の手が付くかもしれないという洞穴に入りこんでしまっている以上、男が、おのれの生涯の頼みになるかどうかを見きわめておきたい。

男の顔は、桃の花びらが二枚、ハの字にはりついたように極端に目尻《めじり》の位置がひくい。足利家が世襲している目もとで、むしろ筋目をあらわすものだともいえる。鼻がだらしなく棒のようにながながとぶらさがっているのも、公家《くげ》に多い顔だから、千萱はなんともおもわない。

気に入らないのは、落ちつきのない目の光だった。先刻からの話は洩《も》れ聴いているから、ひとつは情勢についてのおびえがあるのだろうが、それだけではない。自分がない。無いはずの自分だけが可愛《かわい》く、自己愛だけが自己で、風の中に草のようにふるえているように感じられる。

義視は、千萱に無関心ではなかった。

(鼬《いたち》のような顔だ)

と、好意をもっておもった。顔の輪廓《りんかく》や目鼻だちもそうだが、いたちが光りの粒子を残して駈《か》けすぎるようなものが、千萱の体から出ていることも感じていた。

(いい女だ)

と思いつつも、いまの義視は、千萱どころではない。どこへ逃げればよいか。あすにも戦火がここに及ぶのだ、と義視は全身で感じている。

「新九郎、聖《ひじり》になるのはこまる」

と、いった。この場合の聖とは乞食《こじき》という言葉と寸分ちがいはない。

「忘れるな、わしは、天命を信ずる者だ」

中国では皇帝は天命によって即位し、天命によって人民を統治する、というが義視においては日本の将軍もそうだし、そうあるべきものだ、と信じている。兄の義政が世を譲るから還俗《げんぞく》せよといったことを承《う》けて俗世に還《かえ》った以上、天命が自分にくだったようなものだ、という。

「天が、民を救え、ということだ」

（りっぱなものだ）

と、新九郎はおもった。

義視のいうとおりなら、天下の兵をひきい、悪王である兄義政を亡ぼして自分が日本国王になり、天から付託《ふたく》された治民《ちみん》の大事業をやるべきなのだが、義視のいうことはつねに空論であることを新九郎はよく知っている。

「だから、時を待つために、都の騒動から逃げたいのだ。どこへゆけばよいか。やはり、叡山《えいざん》か」

叡山は、山中三千坊といわれる巨大な宗教都市で、都市の首長である天台座主《てんだいざす》は、大きな所領を統轄し、かつ僧兵を擁して、下界《げかい》の政争から一見超然としている。政治的亡命者は、ときにここに逃げこめば、数日は過ごせる。しかし下界の勢力が引きわたしを要請すれば、どうなるかわからない。

「伊勢の北畠を頼られるがよろしかろうかと存じます」

新九郎は、気乗りせぬままに答えた。

伊勢北畠氏は公卿《くげ》から出て伊勢を領し、武家として歴世威をふるっている。かつて南朝の藩屛《はんぺい》であったが、のち北朝に属した。しかし足利諸大名のなかでは独立の気勢《きせい》つよく、中央政界の紛争に参加しようともしない。

このやりとりの間も、千萱の目は義視の背までつらぬくほどに見つめている。

日が、小きざみに過ぎてゆく。

日ならず、刻《とき》ごとに、洛中の何《なに》寺が焼けたとか、播磨や尾張などからあらたに兵が上《のぼ》ってきたとか、小事《しょうじ》の移《うつ》ろいがはげしい。

が、大事《だいじ》はさほどに動かない。

乱の大親玉は、細川勝元と山名持豊のふたりである。双方が、諸国の大名に大兵をひきいて京にのぼれと勧誘し、たがいに人数を誇示《こじ》しあい、大きな決戦を避けている。ただ、小戦《こいくさ》は、のべつにやっている。小戦をうけもつのが、今様《いまよう》の足軽どもであった。

逃ぐること、恥辱にあらざるなり、前代未聞《ぜんだいみもん》……（『応仁乱消息』）

支配層からののしられた。

かれらのほとんどは、京都付近の没落農民で、ときに剽悍《ひょうかん》だが、進退の美しさを知らない。遠い源平の世以来、既成の武家にとって弓矢の道とはほとんど演劇的なほどの美しさを要求された。倫理と美を規律として戦場でのふるまいが決められてきたが、傭《やと》われの足軽にそういうものはない。敵がこもる邸や寺とみれば攻めあぶないとみれば風のように逃げ散ってしまう。手あたりしだいに物盗りをする。敵のいない社寺に押しこみ、手あたりしだいに物盗りをする。

ず、敵のいない社寺に押しこみ、

そういう物情《ぶつじょう》のなかで、千萱は、足利義視《よしみ》の屋敷にいる。

――足軽何百人が、どこそこの寺に押しこみ、盗るべきものがないと知って、瓦《かわら》まで剥《は》がして行った。

などというたぐいの噂《うわさ》をきかぬ日はない。

――いずれ、足軽がこの邸までくる。

と、義視が、薄茶の瞳《ひとみ》をふるわせるようにしてつぶやいているのを、千萱は日に何度もきいた。

千萱の毎日に、べつだんの用はない。

(貴人の装飾《かざり》なのだ)

と、自分の役目をそう思うようになっている。義視夫人のそばに侍《はべ》るだけが用で、おがんもそういう役目である。夫人が日野家の出であることはすでに触れたが、まだ若いというのに顔は日蔭《ひかげ》の瓜《うり》のように凋《しぼ》み、まれに吐くことばは幼なすぎ、侍女でも侍《じ》してでもいなければ、権大納言《ごんだいなごん》の北ノ台《きただい》とはとても見えない。彼女をその身分らしく見せるために、自分がいる。

そういう千萱にも、伊勢貞親が送りつけてくれた十歳の女孺《めのわらわ》がいる。この女孺《にようじゆ》がいればこそ、千萱もひとかどの身分として他《ひと》に見られるのである。

千萱には、扶持《ふち》などはない。

それどころか、さきに何人もいた侍女たちは、しかるべき国人《こくじん》階級の娘たちで、衣食の料は実家から送ってきていた。

去年、彼女らのほとんどが暇《いとま》をもらって実家へ帰ってしまったのは、彼女たちの実家が、

――今出川《いまでがわ》どの（足利義視）に見込みがないばかりか、いずれ細川か山名のどちらかにつくだろう。どちらについても、今出川どのはゆくゆく捨てられる。でなければ、将軍《くぼう》さまが今出川どのを亡きものになさるだろう。

と、判断したためであった。

もともと娘を義視の邸に奉公させたのは、義視が将軍になったとき、実家の勢力維持に役立つと思ったからで、義視が、根をもたぬ切り花のようになってしまっている

こんにち、義視につながることはかえって害がある。

「わたしは、もともと水仕《みずし》だったのさ」

と、おがんが、正直にいった。

「実家《さと》が、国人でも地侍《じざむらい》でもないからね。ところがみんな居なくなったから、金糸や銀糸を入れた衣装を着るようになったよ」

（つまり、女の足軽だ）

千萱は、おかしかった。

自分も似たようなものだ。伊勢家の一門の血をひいているときいているが、実家は消滅していて、どこに一枚の田地があるわけでもない。

米は、田原の大道寺家が送ってくれることになっている。衣装は、新九郎がどこかから都合してくれる。女孺《にょうじゅ》の食扶持《くいぶち》は、伊勢家から出るというが、いずれにしても、「伊勢貞親の養女」ではあるものの、何一つ両《りょう》の足が踏んで立つ実体というものがない。実体とは、実家が持つ田地である。田地なくして世に立つ者は、みな浮草《うきくさ》のようなものだ。

（足軽も弓矢をとる浮草、庭山を築《つ》く阿弥《あみ》も浮草、錦《にしき》をきて能《のう》を舞う阿弥も浮草、破《や》れ衣《ごろも》をきて念仏を勧《すす》めてまわる阿弥も浮草、鳥辺山《とりべやま》で死者の葬いをする阿弥も浮草。

……この千萱も浮草）

千萱は、心に暗いうさがつのるとき、謡《うた》をうたって淡々《あわあわ》と散らすのがくせだった。

ふとわが身が浮草であることを思ったとき、謡が口をついて出ていた。

君が愛せし綾藺笠《あやゐがさ》

落ちにけり　落ちにけり

さらさら

さいけの

秋の夜《よ》は

思ふて

詮《せん》の　あるべしや

かように、千萱の毎日はとりとめもない。

おがんという女も、品《しな》よからぬだけで、深情けなほどに千萱に親切であることがわかってきた。

「逃げるなよ」

と、おがんはたえずいった。

おがんは、義視《よしみ》夫人の遊戯の相手をするのがにがてで、千萱がきたのを幸い、その相手をさせた。義視夫人は、豆と麦の区別もわきまえぬほどに心薄いひとかと千萱は思ったが、遊戯となると、投扇《なげおうぎ》がうまく、囲碁もできた。

おがんは笑って、わしにできるのは、

草履《ぞうり》かくし
鷺《さぎ》あし
鷺相撲
蠑螺《さざえ》打

と、「さ」の頭韻《とういん》を重ねていう。鴨《かも》の百姓のうまれながら、むしろそういううまれであればこそ、千萱がときに目を見はるほどに、言葉や足腰の弾みが、リズミカルなのである。

ただ、男女の閨《ねや》のこととなると、異常なほどに心が昂《たかぶ》るらしいのが、千萱には閉口のたねだった。あるとき千萱が、おがんどのは嫁には参らせられなんだか、という意

味のことをきくと、

「男が通うたと聞きやるか」

と、問い返し、すぐ謡《うた》って、

闇《やみ》は良《よ》（夜）や
やよ　女子《をなご》
闇夜に品《しな》は
柔肉《やはじし》のみぞ

だから、実家《さと》にいるときは男も通ってきた、という。

娘が年頃になると、親たちは気をきかせて寝屋《ねや》の戸口ちかくに臥《ふ》せさせる。忍《しの》うでくる若者に供《そな》えやすくするのである。おがんには妹がいて「びんじょう（美女）」などと村の若衆が昼でも囃《はや》すほどにきりょうがよく、通う男も何人かいた。が、おがんには通わなかったために、親が妹の寝床を奥にやり、おがんをそこに寝かせた。

案の定《じょう》、

「冠者《かじゃ》（若衆）がきたわ」

と、おがんは笑いながら今様《いまよう》を謡った。

冠者は　妻儲《めまう》けに来《き》んけるは
かまへて　二夜《ふたよ》は寝《い》ねにけるは
三夜《みよ》といふ夜の　夜半《よなか》ばかりの暁《あかとき》に
袴取《はかまど》りして　逃げるにけるは

夜明けになって抱いている相手がおがんであると知って、袴をつかんで逃げてしまったわや、と彼女は笑うのである。

この時代、たれもが今様がすきであった。
ちなみに、今様とは「当世ふう」もしくは「当世の流行」という意味だが、転じて「今様うた」を略して、今様という。
『古今《こきん》』や『新古今《しんこきん》』の和歌もよく、連歌《れんが》の催しにいたっては庶民にまでおよぶほどに賑《にぎ》わっている。しかし和歌では詞《ことば》の華が洗練されすぎ、形式もうるさく、たとえば、

酒の一つも食べ候へ
今様の一つも謡《うた》ひ候へ

というくだけた気分には適《あ》いにくい。
今様ならば、男女の睦《むつ》びの露《あら》わをうたって、一座を笑わせることもできる。

男をし　せぬ女《ひと》
加茂《かも》姫《ひめ》　伊予《いよ》姫《ひめ》　上総《かづさ》姫《ひめ》
はてし　あかてる　すしの女《ひと》
室町《むろまち》わたりの　あこほと

右は、男と寝ぬ女には、これこれがある、という意味である。
また、この時代、山伏という階級超越者が、おのれの修験《しゅげん》を空誇《そらほこ》りして庶民に好かれていなかった。それをからかう今様にも、

山伏の
腰に付けたる
法螺貝《ほらがひ》の
ちやうと落ち
ていと割れ
砕けてものを思ふころかな

といったように、真夏の裏戸の草いきれや、川で鍋《なべ》を洗う音、岸辺に跳ねる馬のゆばりの音まできこえてきそうな浮世の暮らしの中の匂《にお》いが今様にはある。

公家《くげ》や守護といった貴族どもも、表むきは和歌を詠じ、ときに漢詩の韻《いん》を調べたりするが、うちうちともなれば、戯《ざ》れて今様を謡った。

千萱は、今様をうたう上手であるために、義視《よしみ》が、北ノ台の住む対《たい》の屋《や》までわたってくると、ときに、

「聴かせぬか」

と、命じたりする。

が、義視が今様を聴く姿勢は、叡山の青学生《あおがくしょう》が経の講義でもきいているようで、顔

の筋肉《すじ》もうごかさず、そのくせ両眼が洞《ほら》のようにひらいたきりで、どこに情趣を感じているのか、つかみようもない。うたいおわると、

「苦労であった」

と、いう。

この時代、婚姻は男から通《かよ》う——婿入りする——ものとされていた。とくに箱根から以西、京をふくめ、九州、南西諸島までがざっとそのようで、関東ではむしろ、嫁《よめ》入婚《いりこん》のほうがやや多かったかもしれない。

千萱は、すでに熟《う》れはじめた上は、通う者を待つ身になっている。が、村の娘たちのように、誰《たれ》が通うかというときめきはない。通うかもしれぬ者は、すでにきまっている。義視だけであった。わが身のこの境涯についての疑いは、生いたちとして育ちにくかったのか、それとも心のどこかが欠けているのか、さほどには持たない。

夜、男が、忍んできてもかまわない。が、できれば、干魚《ひざかな》のような義視よりも、甘《あま》瓜《うり》が日照りの下で皮をはちきらせているような小次郎のほうがいい。しかし小次郎が、来るべうもない。来るべうもなければ、いっそ新九郎のほうがいい。

（あれは、兄ではあるまい）

と、ちかごろひそかに感じはじめている。

千萱は、田原の里では村々の娘たちの世界から切り離されて育てられたが、娘たちの気分だけは、同じ淵《ふち》の魚として共有している。たれが通うてきてもいい。闇《やみ》のなかの密事《みそかごと》であるため、たれが自分を抱いているのか、においや息づかいで、かすかに覚《さと》る。やがてたねを宿したとき、たれの子であるかという指名権だけは娘たちの側にある。彼女らは、通うてきた男たちのうち、好もしいと思う男を名指すのである。指されて、逃げる男はまずなく、若者も娘も、いわばそういう不文律にくるまれて生きている。

ちなみに、北アジアの遊牧社会では、古代このかた、父系のたねが骨をつくると信じられてきたために、娘たちの貞潔が要求され、かつは、嫁として占有して他のたねの混《まじ》ることをふせぐ必要から、右のようなことは一切ない。遊牧社会の伝統とかかわりがあるのか、中国や朝鮮では同血の者とすら通婚しない。

この点、西日本の土俗は南方稲作社会に多い通い婚《こん》の系譜をひき、関東の土俗は――一円でないにせよ――北方にやや近い。

鎌倉・室町の武家政権の成立後、関東御家人《ごけにん》を、箱根以西、とくに山陰・山陽・九州に所領をあたえてさかんに移したために、西日本の婚姻も表層だけが関東風になる土地も多くなったが、基層的には、千萱のように、通う者を待つという気分が、ごく普通であった。

千萱は、ひとりになると、謡《うた》う。

女の盛りなるは
十四五六歳《しごろく》 二十三四とか
三十四五にし　なりぬれば
紅葉《もみぢ》の下葉《したば》に　異らず

自分の若さはまだ稚《おさな》さをわずかに残しているとはいえ、うかと時を過ごせば熟《う》れはてるにちがいない。

(早う、殿御《とのご》は通わぬか)

という思いの切なさが、自分にこういう謡をうたわせているとまでは気づかぬものの、なにごとも、わが身におこらぬことは、血のにおいのするいらだちともいえる。

洛中の戦いが、ますます激しくなり、室町のあたりの公家《くげ》が、国々《くにぐに》に知る辺《べ》を頼って避難すべく都を落ちたという噂《うわさ》がしきりになっている。

その空《あ》いた公家屋敷に、国々からのぼってきた大名が入り、その兵どもが、いままで閑《しず》かだったこのあたりをうろうろするようになった。

「もう、念《ねん》が切れたぞ」

と、義視《よしみ》が言いさわぐようになった。念が切れるなど、何のことやら、千萱には意味すらわからないが、辛抱のほども尽きはてたということか。室町あたりは将軍が在《いま》すゆえに戦う者ども遠慮し、まして足にわら一筋もはかず、足の裏を白《しろ》ませて駈《か》ける足軽どもも、この界隈《かいわい》ばかりは踏み入れなかった。

が、大名どもが、公家の空《あき》屋敷に兵もろともに入ったとなれば、念が切れる。その大名どもの敵の足軽どもが、夜討して火を掛け、物を盗り、女を担《かつ》ぐ、ということが、刻《とき》を置かずしてあるのではないか。

ある朝、千萱が門のそとをのぞくと、この今出川邸のむかいの公家屋敷が、色とりどりの甲冑《かっちゅう》で身をかためた武者どもで満ちているのを見た。言葉をきいても鳥が啼《な》くようで、何のことかわからない。

その日の午後、対《たい》の屋《や》の東に湧《わ》く泉に足を浸《ひた》して脛《はぎ》から洗っていると、つい、いつもの謡《うた》をうたってしまったらしい。

驚いたことに、その謡がおわると、和《わ》するようにして野太く甘味《あまみ》のある声が湧いた。

よく知られた今様である。

東《あづま》より
昨日《きのふ》来《き》たれば　妻《め》も持たず
この着たる紺《こん》の狩襖《かりあを》に　女《むすめ》換《か》へ給《た》べ

この絹裏地をつけた紺の狩衣《かりぎぬ》を進ぜるからむすめをくれないか、という謡である。

駿河舞《するがまい》

千萱《ちがや》がふりかえると、狩衣《かりぎぬ》姿のわかわかしい男子が一個、そこに湧《わ》くようにして立っていた。

かれの狩衣の生地《きじ》は生絹《すずし》のかろやかなものであった。襲《かさね》の色目は、表《おもて》は白、裏は萌《もえ》葱《ぎ》（萌え出ずる葱《ねぎ》の色）である。この二色のとりあわせはとくに「卯の花《うのはな》」とよばれ、四月にだけ用いられる。

（公家《くげ》だろうか）

と思ったが、栗色《くりいろ》に心地よく日焼けした顔と外界の動きに機敏に反応しそうな両眼は、馬上の運動で鍛えられた者だけが持っているもので、武家であることはまちがいなかった。齢のころは、二十五、六であろう。

「駿河（静岡県）からきた者だ」

と、笑顔が、えもいえず可愛い。

「駿河が、東《あずま》でございますか」

千萱は、相手の正体よりも、言葉の枝葉に反射してしまうくせがある。たったいま、この卯の花の狩衣の若者が、

東《あづま》より
昨日来《きのふき》たれば　妻《め》も持たず

と、今様《いまよう》を謡《うた》ったことについて、千萱がこだわったのである。

あずま（東・吾妻）という地域が、どこからはじまるかは、時代によって異る。はるかな時代は美濃《みの》の不破《ふわ》の関（関ケ原）から東をさした。奈良朝以降、しだいにいまの関東地方をさすようになったから、駿河はあずまではなく、とくにいえば東海地方である。

鎌倉以後、京でつかわれるごく特定のことばとしては、鎌倉幕府をさす。この室町時代では、関東管領《かんとうかんりよう》のことである。しかしこの若者がわざわざ「関東管領からきた」と、娘っ子をつかまえていうはずもあるまい。

「御所の」

と、若者がいった御所とは、将軍の室町御所のことではなく、公家の御所のことである。

「歌舞《かぶ》にて、東遊《あずまあそび》があろう」

公家にして、東遊が舞えぬ者はない。

「東遊のなかに、駿河舞《するがまい》がある以上は、駿河はあずまではないか」

といってから、若者は、駿河舞ではなく、当節『早歌《そうが》』とよばれる今様歌謡のうちの道行《みちゆき》のくだりをひとさし舞った。

駿河なる　田子《たご》の浦浪
久《ひさ》かたの　天の乙女の
見尾《みを》が崎

「聞いたぞ、そなたの女孺《にょうじゅ》の名は、ヤスというそうな」

と、卯《う》の花狩衣《はなかりぎぬ》の若い男はいった。

「ヤスに、今夜、寝《いね》ずに、裏戸のそばにおれ、と申しておいた」

その意味は、

――今夜、お前の女主人のもとに忍んでゆくから、戸を叩《たた》けばあけるよう、寝ずにひかえておれ。

ということである。

千萱にとっての申次衆《もうしつぎしゅう》は、ただひとりの奉公人であるヤスである。申次なる中間《ちゅうかん》の者の役得《やくとく》は、申次を願うてくる者がいなければ得られない。この卯の花狩衣の若者は、ヤスにたっぷり明銭《みんせん》を袋に入れて渡したのに相違なく、いまごろあの女童《めわらべ》はその重い袋を抱きしめているにちがいない。

――なぜ、私にことわりもせずに、そのようなことを。

と、この場合、卯の花狩衣に対し、千萱は抗議すべきであったが、彼女の思考法《あたま》は問題の本質を衝《つ》くよりも、水面をかすめて飛ぶ投げ土器《かわらけ》のように、他へ――この場合はヤスの身――のほうへ飛んでしまう。

「可哀そうに」

と、叫んでしまった。

「あの子は、まだ童《わらべ》で、眠くなると、気も心も堪《たま》りませぬのに」

「むごいことをしたか」

若者が笑ったので、千萱《ちがや》はやっと気をとりなおした。意志を無視されたのは、自分のほうではないか。

そのことで声をほとばしらせようとしたとき、若者は、

常に焦《こが》るるものは何《なに》
不二《ふじ》の嶺《ね》　浅間《あさま》の嶽《たけ》とかや
須磨の浦なる海士《あま》小舟《をぶね》
われらが恋する胸もあるは

と謡《うた》いつつ去ってしまった。

やられた、という悔《くい》が、存外な小気味よさで残ったのは、どうしたことであろう。

それにしても、卯の花狩衣の若者は何者なのか。

「駿河」の謡をさきにもうたい、いまも、焦れて煙を吐く不二（富士）の嶺という言葉をうたいこんだ以上、駿河の男であることにまぎれはない。それに、当邸に見えたのは、義視《よしみ》に拝謁《はいえつ》するためであろう。とすれば、国人《こくじん》・地侍《じざむらい》を超えた身分の男に相違ない。

小半刻《こはんとき》ほどして、千萱は、書院からさがってくる新九郎に、廊下で出会ってしまった。

(なんと、御殿へ来ていたのか)

出会《であい》がしらということもあったが、千萱は、なにか悪いことをしていたようにうろたえた。

「いらっしていたのですか」

「なにをいう」

新九郎は、指先で千萱のあごの下を弾《はじ》いた。

「わしは、申次衆《もうしつぎしゅう》だぞ」

「でも」

いつもは新九郎はこの御殿に来ず、鞍《くら》ばかりをつくっているではないか。

——客の来ぬ店とおなじだ。

と、新九郎自身いったことがある。義視の申次衆は何人もいるのだが、大名の受持を、誰《たれ》は細川、誰は山名、たれは北畠といったふうに決められている。そのように、京都政治の好きな大名が受持ならば御用も多く、それらの大名から頂戴《ちょうだい》する金品も多いが、新九郎の受持は京都政治に疎遠《そえん》な大名ばかりなのである。

「きょうは、朝からひさしぶりでいそがしい」

「どなたが、お見えになったのでございますか」

「千萱《ちがや》は、まだ女童《めわらべ》よの」

当家に侍《さぶら》いながら、誰が拝謁《はいえつ》しているかを気づかぬとは疎《うと》いことよ、といったふうに、新九郎は子供でも見るような表情をした。

たしかに、千萱は女童だった。朝から北《きた》ノ台《だい》のお遊戯の相手をしていて、表《おもて》（政所《まんどころ》）のことはよくわからなかった。

「駿河の民部大輔《みんぶだゆう》どのが来られた」

幼名は彦五郎、官は上総介《かずさのすけ》・民部大輔、足利氏の支流で、歴代の将軍家から格別手厚く遇され、先代などは「副将軍」といわれたこともある。

今川義忠である。

英邁《えいまい》だった範忠《のりただ》の子で、年少で駿河国守護職を継いだ。後世、著名な戦国時代の義元の二代前にあたる。

千萱は、鋳物黒《いものぐろ》のように光る新九郎の片頰《かたほお》を見つめている。

その鋳物黒の頰が笑《え》みでふくらんでいるのがなんとも人好きがして、もしこのひとが今夜忍んできてくれるならどんなにいいだろうと思った。

「そなたも、この今出川どのに御奉公する上は、諸国の守護のことはことごとく諳《そら》んじているほうがいい。駿河の今川どのといえば、たいそうなものだ」

「景色のいいお国ですか」

と、千萱の話は、新九郎のこの場の話の主題から、蛙《かえる》が飛ぶように、外《そ》れてしまう。

「いい」

新九郎は、やむなく蛙の背に乗るようにしてその方角へゆかざるをえなかった。

「なんといっても、富士のそびえるお国だ。その富士も、甲斐《かい》（山梨県）ならば大きな蔭《かげ》をつくって物成《ものな》りのわるい土地もできるが、南に海を展《ひろ》げている駿河はちがう。富士が逆に北に立ちはだかって冬の風をふせいでくれる」

「今川どのとは、お公家《くげ》？」

「武家だ。さきに、足利の支流といったではないか」

名家ではあるが、領国はすくない。

いま、この乱で一方の盟主になっている山名《やまな》持豊《もちとよ》（宗全《そうぜん》）などは、足利の筋目からいえばよい家とはいいにくいが、山陰の但馬《たじま》、因幡《いなば》、伯耆《ほうき》の三国に備後をもち、さらにかれ一代で播磨《はりま》、石見《いわみ》をもらい、他に支流が美作《みまさか》と備前を領しているから、八ヵ国の守護という大勢力なのである。

それにくらべれば、今川は本家が駿河をもち、分家が遠江《とおとうみ》（遠州）をもつだけで、強大とはいいがたい。

ただ幕府における格式だけが高い。ほかに足利一族の吉良《きら》氏が三河《みかわ》一国だけの守護ながら今川より一枚ぶんだけ格式が高く、東海地方の国人《こくじん》・地侍《じざむらい》たちのあいだで、
御所（室町将軍家）が絶えれば吉良が継ぎ、吉良が絶えれば今川が継ぐ。

といわれている。もっとも今川家の者が編纂《へんさん》した『今川記』にあることばで、真偽など詮議《せんぎ》のほかながら、それほど名家だということを、領国内での地生《じば》えの者どもに言いきかせることで勢力を保っているようなふしがないでもない。

千萱には、そんなことはどうでもよかった。新九郎に、今朝、今川義忠に声をかけられたことを言おうとしつつも、ためらいのほうが強く、しばしば息を忘れた。

新九郎はこのあと、足利義視《よしみ》に拝謁《はいえつ》した。

けさから、二度、この貴人の前で平伏している。一度は、いうまでもなく、駿河の今川義忠に付き添ってのことである。

そのとき、義視と今川義忠は、一つの座敷のなかに入ってひそひそと話を交わしたが、新九郎と義忠の重臣二人は、縁《えん》に侍《じ》していて、はなし声はきこえなかった。

いま、二度目によばれている。廊下をわたって書院の縁にすわると、蟬《せみ》しぐれが熱っぽく降ってきた。

やがて奥のほうから義視の足音が近づいてきて、縁近くにすわった。

「今川は、頼りにならぬ男だな」

と、義視はいった。

「どういうことでございます」

「駿河へくだりたい、といってみたところが、存外、あの若僧、真顔《まがお》で、渋いことを言いおった」

義視にすれば、継嗣《けいし》問題が過熱して京に大乱がおこってしまいそうなこんにち、いつ殺されるともわからぬこの危難を遠くへ避けたい。この点、今川ならば足利の一門である。そのうえ中央政界で手を汚していないため、よろこんでかくまってくれるだろうと思ったところ、それまで笑顔でいた今川義忠は、戸を閉めるように、

——それは、なりませぬ。

といったというのである。

と、新九郎は、肚《はら》のなかで思った。

(たいした男だ)

もともと今川義忠にいそぎ上洛をもとめたのは、将軍義政だった。ありったけの兵をひきいてきてくれ、と義政が頼んだのは、義政自身を警固する直属の兵力がきわめて乏しく(それが足利幕府の特徴の一つであった)不安だったからである。

今川軍は、中立者である将軍義政を警固するため、中立軍になる。

しかしながら、政治的に無色ではありえない。

一方の盟主である細川勝元が幕府の管領《かんりょう》である以上、他方の盟主である山名持豊にしてみれば、今川が自分の味方につくことは決してない。情勢が苛烈《かれつ》になれば、当然、細川方につくと見ている。

どう見られているにせよ、今川義忠にすれば将軍を守るという中立性を崩したくない。じつをいうと、将軍夫人日野富子は実子義尚《よしひさ》が継嗣になれるよう山名持豊に頼んでいる。継嗣問題での義尚の敵である義視をもし今川が保護するなどという挙《きょ》に出れば、たちまち義忠は政争の泥沼におち、乱を大きくする。

「私は、天下のため、茶にも酒にもなりませぬ。味なく色なき水であらねばなりませぬ」

　と、今川義忠はいったという。


　夜になった。

　この今出川殿《いまでがわどの》の表門のむかいの空き屋敷は、今川義忠がひきいてきた武者どもの宿所になっているため、路上のあちこちに大篝《おおかがり》が燃え、不意の敵襲にそなえる不寝《ねず》の武者どもの長柄《ながえ》の刃が、北国の冬の大つららのように光っている。

が、今出川殿の裏戸はしずかな闇《やみ》が満ちている。初夜のころ、当主の足利義視《よしみ》がまだ起きていて、

「当家にあるものといえば、権大納言《ごんだいなごん》の位階と夜の闇ばかりだ」

　と、こぼしているのを千萱《ちがや》はきいた。篝火というのは、兵力をあらわすものであり、兵力の多さは所領の多さをあらわす。なるほど、今出川殿にふんだんにあるというのは、夜の闇だけということだろう。

（本当に、裏戸の闇を、あの若者はほたほたと叩《たた》くのだろうか）

　朝のあの出来事が、千萱には、手でも唇でも触れられぬ夢の中のことのように思わ

れる。しかし、女孺《にょうじゅ》のヤスが、こまったような表情で、

――まだ御寝《ぎょし》あそばしませぬか。

といったことで、あのことが現実《うつつ》であったことがかろうじてわかる。

千萱は、ヤスにすすめられるまま、早目に臥《ふ》せた。

途中、うとうとしてしまい、にわかに目がさめたのは、夢魔《むま》に襲われたためであった。寝返りを打って耳を澄ませると、隣室にヤスの気配がない。

(可哀そうに、裏戸のほうに行っている)

いまごろは眠気をこらえかねて、泣きだしそうになっているにちがいない。

千萱は、新九郎のことを思った。

べつに、罪悪感はない。千萱に通うて来ぬ新九郎のほうの問題であって、千萱の問題ではない。この時代、娘を拘束するものとして操《みさお》の倫理が明快でなく、娘はただ自分を好く者を受け容れるだけであり、ときに新九郎をふくめた複数であってもよく、むしろそのほうが自然であった。誰《たれ》が最初にきたかということは男側の課題であるにすぎない。

娘の立場は、わるくないものであった。受胎したときに、はじめて自分の好む男の顔に指を突き立てることができる。

もし新九郎があとからきてくれるとして、しかも受胎したとなれば、千萱はたれの顔に指を突き立てたものだろうか。千萱が悩むとすれば、その課題になってからである。

女孺のヤスは、裏戸の内側にしゃがんで、眠気をこらえている。蚊が多い。古扇子を動かしては追っているが、眠りに誘われるたびに、蚊が、肥って落ちるほどに血を吸った。

ヤスは、女童《めわらべ》ながら、忠誠心のつよい性格といえるだろう。ただし、教養によって得た忠誠心ではなく、即物的なものであった。忠誠心についての教養主義の時代は、ずっと後世でないとはじまらない。

ともかくも、ヤスは、今川義忠から一袋の明銭《みんせん》をもらったことで、抗しがたい眠気とたたかっている。

たしかに彼女の主人は千萱であったが、そのことは実感としてはない。ヤスの実家《さと》が、口減らしのために彼女を伊勢家に頼うだわけであり、その伊勢家が命じて千萱付きにしたにすぎない。主家は伊勢家であった。伊勢家には、恩がある。

「恩」

というのは、この時代、衣類を貰《もら》い、毎日の食を保証してもらうということで、ごく具体的な事柄であった。武士たちが、主人から所領や扶持《ふち》をもらうというのは、恩の大いなるものであった。ヤスにとっても、伊勢家から恩をうけている。この世に伊勢家がなければ、いまさら実家にも帰れず、鴨河原で餓死するほかない。

義忠からの一袋の明銭は、生命維持を保証する継続的なものではないために、恩とはいいがたい。情《なさけ》というべきものであった。数ならぬ女孺にすぎぬ自分に、とくに心をかけてくれたというしるしが、一袋の明銭である。

恩の主《しゅ》（註・主人）より情《なさけ》の主《しゅ》。

という諺《ことわざ》が、ヤスのこの時代よりずっと後にうまれるが、おそらく、食うことがこの時代より容易になったために、そういう諺もうまれたのであろう。しかし、ヤスの気分として、平素食べさせてもらっている伊勢家は「恩」の対象ではあるものの、義忠のように、貴人みずからが声をかけ、明銭までくれたというような情は、一度もうけたことがない。義忠は、情の主といっていい。

やがて、裏戸を叩《たた》く音がした。

ヤスはいそいでかんぬきを外してそとをみると、義忠は従者三人ばかりを従えている。が、入ってきたのは、当然ながら、義忠だけであった。かれは、赤児をあつかうようにヤスを抱きあげ、眠かったろう、とねぎらってくれた。

千萱の部屋は古い形式の建物で、南側が蔀戸《しとみど》になっている。

ヤスは腰を低めて、それをあげた。義忠が入り、ヤスはそこまでで精根《せいこん》尽きはてたように自分の臥床《ふしど》へ走りこんだ。あとは、冬の小蛙《がえる》のように眠りこんだにちがいない。

千萱のまわりは、闇《やみ》である。麻衾《あさぶすま》に紅《べに》色を打った夜具を顔まで引きあげたまま、さすがにふるえがとまらない。正体のさだかでないおびえが千萱の身を襲いつづけ、そのくせ、悪寒《おかん》も熱も伴わずに快いというのは、どういうことであろう。

闇に、義忠の体臭が満ちている。真新しい稲わらのようなにおいで、汗の重くるしい匂《にお》いもまじっている。

義忠は、千萱の枕《まくら》もとにおおきくあぐらをかいて、しきりにおのれの顔をこすった。女《め》のそばにきて顔をこするというのは、なにか駿河あたりの通いの儀礼なのかどうか。この時代、

「八雁《やかり》」

ということばがあった。沢山《さわ》に空《あめ》をわたる雁のむれのことである。空渡る八雁を眺めていると、自分が空にいるのか、八雁の中にいるのか、我《われ》にもなく、われの存在が浮いてさだかでなくなってしまう。しかし私は人の子だ、と我にかえったように自分を確認するという謡《うた》である。

義忠は、低い声でそれをうたった。

天《あめ》なるや　八雁が中《なか》なるや
われ　人の子
さあれどもや　八雁が中なるや
われ　人の子

自分の魂は、いま恍惚《こうこつ》のなかにあるのだ、という意味であろう。

義忠のそれは物を燻《いぶ》すようにながながとしていた。もし娘のほうが、呼《よ》ぼうてきた男を好まない場合、衾をぬけだして駈《か》け去ればよい。義忠がこのように衾の中の千萱を呼ぼうているのは、戦場での騎馬の者の名乗りのようなつもりであったろう。名乗られて相手は逃げることもできるが、死よりもつらい恥をのこすことになる。義忠は、千萱に選択のゆとりを与えているかのようである。

いまの千萱に、思慮などはなかった。それどころか、体じゅうの関節から力が蒸発してしまったようで、ただ自分の吐く息の生熱《なまあつ》さにだけは堪えられなかった。この自分自身の生熱さからのがれるには、自分自身でなくなる以外になく、自分自身が消滅するのは、義忠が衾のなかに入ってきてくれるほかはない。

やがて千萱は、細い骨を撓《たわ》ませるような重さに堪えねばならなかった。重さには、相変らずあたらしい稲わらのような匂《にお》いがした。

千萱の頭は、働くことを忘れている。ただ片隅で、女童《めわらべ》の頃《ころ》のある早春、口うるさい庵主《あんじゅ》にかくれて遊びに出、野の隅で寝ころんだ日の景色が、あざやかな色彩とともにうかんでいた。黒い土が、意外に温かかった。土を割って草の芽がよほど伸びていたし、野びるの長い葉にいたっては放埒《ほうらつ》なほどだった。千萱は、関節が外れそうになるほどに、手足を伸ばした。日常がいやだった。

(庵から逃げだしたい)

と、何度おもったかわからないが、逃げてどこへゆくというのか。飢えて死んでしまうという恐怖が子供にかろうじて自律を強いているものだが、千萱も例外ではなかった。亡父は伊勢家の一門だときいていた。亡母はどこのひとであったのか。ときに茫々《ぼうぼう》としたさびしさに襲われることはあったが、両親をとくに恋しいとも思わなかったのは、顔も声も匂いも記憶になく、像を結びにくかったことにもよる。ともかくも、早く大人になりたかった。

大人になれば、庵を出ることができるし、毎日の糧《かて》を自分で手に入れるすべを心得るようになる。さまざまな拘束からも解き放たれるのではないか。

いまが、大人であるとは、千萱はおもっていない。男が通うようになれば——いまのこの瞬間のように——大人になるのか。でなくて、単に母親になることなのか。それとも、もっとすばらしいことが大人にはあるのか。

田原の野のその日、冬をぐってきた「野ひげ」とこのあたりでよばれる暗緑色のひげ状の細葉をもつ草が、この粗末な草にふさわしくないほどに美しい実をつけていた。瑠璃《るり》色に小さくかがやいたその実を、千萱は草が生む宝石のように思っていた。

記憶の片隅に、その実だけが輝いている。千萱が指をからめてその実をちぎったとき、激しい痛みが全身をつらぬいた。

この時代のほとんどの娘たちと同じように、千萱はそのことに快楽《けらく》を期待していなかった。多分に、というより多量な好もしさを伴う儀式であるように思っていた。

今川義忠は、淡泊な男だった。

千萱の体から離れると、うつむけになり、枕元《まくらもと》の朱漆の高坏《たかつき》に三切れのせた羊羹《ようかん》をつまんだ。

「これは、羊羹ではないか」

驚いている。小豆の餡《あん》を砂糖汁でこね、釜《かま》で蒸したものである。

日本の漢音ならヨウコウだが、明音《みん》にちかく発音していることによっても、対明貿易でつたわってきたものであることがわかる。明ではふつう、羊肝餅《ようかんべい》と書き、長江下流付近では、九月九日の重陽《ちょうよう》の節句のころにつくる。民家でもつくり、寺でもつくる。日本へは、かの地の禅寺から日本の禅寺へ移ってきたのであろう。

いずれにしても、羊羹など、よほど有力な禅寺か、将軍、あるいは貿易に関係のある有徳人《うとくじん》（金持）しか、口にしない。それも、常時ではない。

「京は、たいそうなものだな」

駿河の王ともいうべき今川義忠が、羊羹のひときれでおどろいてしまった。

「ちかごろは、今出川どの（義視《よしみ》）に奉公していても、かようなものが手に入るのか」

「いえ、新九郎から貰《もら》ったのでございます」

と、千萱はいった。考えてみると、義忠に対して今夜、最初に口をきいたのは、この羊羹の会話だった。

「新九郎とは、あの申次《もうしつぎ》の新九郎か」.

これも、意外だった。義視の申次衆のなかでもっとも貧しい男だということを、新九郎が今川申次《いまがわもうしつぎ》だけに、義忠も知っている。

「作りの鞍《くら》で、得たのかな。ちかごろ、諸大名の京のぼりが相次ぐために、伊勢の鞍は繁昌《はんじょう》しているそうだ。それはそうと、まさか新九郎がそなたに通うているのではあるまいな」

語尾が、真剣になった。が、すぐ笑い、わるいことを言うた、わしが初《はつ》に通うたことを、いましがた、知ったばかりだ、とつぶやいた。

「それに、新九郎はそなたにとって兄だときいたが、まことか」

「伊勢守《いせのかみ》(伊勢貞親)がそのように申しておりましたゆえ、あるいはそうでございましょう」

「法楽《ほうらく》なことをいうではないか」

義忠がいかにも気に入ったように声をたてて笑った。ひとに言われたから兄だと思う、という言いかたが、なにやら虚空《こくう》にいる仏のようで、淡々《あわあわ》としている。

「あすも今頃《いまごろ》、通う」

と、義忠は貴族らしく当然のように宣言した。千萱は、不意に、そのことに腹が立った。

「あすは、宿《やど》さがりいたします」

と、拒絶した。宿さがりだけは、事実である。

「伊勢家に泊るのか」

「はい」

「では、伊勢家へ通う」

今川義忠は、夜明けの鶏が鳴く刻《とき》まで千萱《ちがや》の衾《ふすま》のなかにいた。

やがて、脱けるように起き出、衾にかけた自分の衣《きぬ》をとって身につけはじめた。千萱も、おのれの衣をひきよせて、まず乳房を覆《おお》った。

義忠は、ひくい節《ふし》でうたった。

東雲《しののめ》の
ほがらほがらと
明けゆけば
己《おの》がきぬぎぬ
なるぞ悲しき

なるぞ悲しき、と繰りかえしうたったあと、義忠は去った。そのあと、しばらく千萱は眠った。

蔀《しとみ》の格子から射しこむ陽ざしが顔の上に遊びはじめて、目をさましたあとも、義忠のうたが体のなかで響いているように思われた。

ヤスが持ってきた耳だらいに手をつけては化粧《けわい》をしてみたが、紅《べに》がいつものようには唇に伸びない。

（女になった。……）

という思いが、不意におしよせた。洛中を駈《か》けまわる武者どものいくさがどのように進もうとも、千萱にとってはこの一事のほうが大きかった。

この日の午後、里《さと》の伊勢家にもどった。

新九郎は、相変らずだった。その小屋をのぞくと、相変らずのみの頭を木槌《きづち》でたたいて鞍《くら》をつくっている。

兵庫や小次郎はいなかった。きくと、できあがった鞍を、稲荷社にこもる連中に届けに行ったという。

「伏見の稲荷社に？」

戦場が京都南郊にまでひろがっているのかとおどろいたのである。

「届けさきは、骨皮道賢《ほねかわどうけん》というはやて（足軽）の大将だ」

と、新九郎はいった。

千萱は、そのすさまじい名――本名なのか異名なのか――を、田原郷を出て宇治を経、東山の東麓《とうろく》に入ったときに、耳にした。あのとき、

――骨皮道賢を首領とする足軽数百が、稲荷山を占拠して京都への山道を断っている。

という噂《うわさ》だった。当時、骨皮の徒党は東西両軍から独立した勢力のようにきいたが、いまは東軍（細川勝元）に抱きかかえられて、西軍（山名《やまな》持豊《もちとよ》）の勢力下の五条や七条のあたりを放火しまわっているという。新九郎の話では、東軍総帥の細川勝元が、骨皮に、呉服の織物（中国・江南から輸入した絹織物）と金作《こがねづくり》の太刀を贈った

という。これに対し、骨皮のほうは、

「作りの鞍（伊勢流の鞍）もくれ」

といったので、新九郎は勝元の命のまま、作り置きの鞍を一つ、兵庫と小次郎とに持たせてやったという。

「災難《つつが》はないでしょうね」

と、千萱は不安だった。当節、使いにゆくのも、命がけなのである。

この日、平素無愛想な新九郎が、千萱に、

――夕餉《ゆうげ》を馳走《ちそう》してやろう。あとで小屋へ来い。

と、彼女にとってうれしいことを言った。

千萱は、せっかくの宿《やど》さがりであるとはいえ、伊勢家の邸内にいても、わが実家《さと》という実感がなく、落ちつかなかった。夕刻前、新九郎の作事《さくじ》小屋の荒蓆《あらむしろ》にすわったとき、

（ここが、実家だ）

という思いが、湧《わ》いた。

新九郎は平素、悋嗇《りんしょく》かとおもうほどに、質素な身なりをし、食事もごく粗末にして

暮らしている。

が、千萱にこのときふるまった様子といえば、燭台《しょくだい》も三基置き、平素どこにしまってあるのか、調度や什器《じゅうき》をいろかず多くならべ、その上のくさぐさの物も、貴族の垸《おう》飯《ばん》（招宴）かとおもえるほどに豊かにしていた。

（なにもかも、ふしぎなお人だ）

と、おもわざるをえない。

「千萱に、垸飯のときに恥をかかぬよう、教えておくためだ」

と、新九郎はいった。女が垸飯に招ばれることなどめったにないのだが、新九郎はそのようにいう。最初に、冷たい酒が出た。

朱塗りの盃《さかずき》に溜《た》まったその酒も、見るだけでとろりとして香りが高い。新九郎は、盃の干し方をおしえた。次いで、汁が出た。大根一種類だけの汁だが、とびきりうまかった。

次いで、陳皮《ちんぴ》である。橘《たちばな》の実のなる季節には、その皮を剝《は》ぎ、皮の裏綿《うらわた》を小刀でこそげ、その皮を料理に出すのだが、いまここに出されたものは、ぜいたくにも砂糖漬けされた皮だった。

「これは、何でございますか」

「福州（中国南部の港市）渡りのきんかんだ。堺の商人からもらったものだ」

と、新九郎はいった。

幾種類か出たなかで、千萱をもっともよろこばせたのは牡丹餅《ぼたもち》だった。大和の長谷寺《はせでら》や当麻寺《たいまでら》では、遠い世の唐の長安の大寺《おおでら》をまねて、むかしから牡丹を植え、季節には里人《さとびと》に境内を開放して見せる。この日、寺では、餅をつくる。糯米《もちごめ》と粳米《うるちごめ》をまぜて蒸した飯をかるくつき、それをまるめて、小豆餡《あずきあん》をかぶせたものである。

千萱は物よろこびのはげしいたちで、ひとしな出るごとに小弾《こはず》みしてうれしがった。

あとは、干し雑魚をさかなに、酒になった。千萱はしたたかに酔い、そのせいか、涙が落ちた。

不覚なことに、出はじめるととめどがなかった。新九郎は、気づかぬふりをしている。

そういう男なのである。

新九郎は、みずから酒器をとりあげて、自分の朱塗りの盃《さかずき》に注《つ》いでいる。

頬《ほお》が、使いふるした樫材《かしざい》の道具のように光っており、いかにも堅固な意志をあらわしているが、その意志がどちらを向き、何であるのか、千萱にはつねにわからない。千萱は、姿勢を正しつづけていた。ただその頬に、涙が玻璃《はり》の細片のようにきらきら落ちてくるのを、自分でどうすることもできない。新九郎が涙を止《と》めてくれるべきではないか。そのくせ、無言のままでいるこの男に彼女は狂いたくなるほどに腹が立ってきた。

「なぜ、お問い遊ばさぬのです」

と、彼女はついに叫んだ。

「なぜ泣いているのかと一言《ひとこと》お問い遊ばしても、御損《ごそん》にはならぬと存じます」

新九郎は、横顔でそれを黙殺した。盃に酒が満ちると、いったん高坏《たかつき》の上に置き、両ひじを水平にし、両手でもって、たかが盃を、重いものでもあるかのように持ちあげ、唇にちかづけた。この期《ご》におよんでなお伊勢流の酒のたべ方の作法を演じているのである。千萱は、ばか、と心の中で叫んだ。そんな悠長に構えていずに、なぜ義忠のように忍んで来なかったか。

「駿河どの（義忠）が、ゆうべ、お通いあそばしました」

と、千萱は、唐襖《からぶすま》でもぶちやぶるような唐突さで言った。破ることによって、新九郎の反応を知りたかった。

「今夜も、この伊勢家にお通い遊ばします」

新九郎は、さすがに表情が変った。この男がこんな貌《かお》のままで千萱を見つめたのは、はじめてだった。黒い顔に血がのぼり、両眼が青く光った。下唇が見えなくなったのは、上唇の内側で嚙《か》みつけているせいらしいが、怒っているようでもあり、悲しんでいるようでもある。

「新九郎どのは、なぜ通うてくださりませなんだ」

「わし？」

新九郎は、しんそこ驚いたらしい。

「わしは、兄ではないか」

「千萱には、兄なる君とは思えませぬ」

千萱は、ゆっくりと手をのばし、新九郎の空《から》の盃《さかずき》をうばった。

「御酒《おささ》を。——」

と、女ことばで要求した。新九郎はそれを黙殺し、

「しかし、表むきは兄と妹だ」

と、言い、千萱の手もとから空盃をとりあげようとした。

「もう、飲むな」

新九郎がいったが、千萱はすばやく盃を背後に隠し、唇を突きだして、

「注《つ》いで」

と、いった。体に、ということであろう。

「わしは、兄だぞ」

新九郎は、千萱のいう寓意《ぐうい》がわかったのである。

「考えてみろ、わしはそなたが襁褓《むつき》のころ、京から田原の郷《さと》へおぶって行ったのだ。仮りに兄でなかろうとも、そういう赤児《あかご》のもとに通えるか」

「昨夜から、あかごでは、ない」

千萱が、言葉を区切りつついった。

「それも、そうだな」

新九郎は、他人事《ひとごと》のように笑った。

「民部大輔《みんぶだゆう》（今川義忠）どのが子守りのつもりで通うはずもない」

「駿河（義忠）どのは、つややかな若殿御《わかとのご》です」

「そのとおりだ」

新九郎は、わざと無表情でいった。

「娘には、若者がいいのだ」

「新九郎どの」

「兄とよべ」

「兄上には、もはや初桃《はつもも》の初々《ういうい》しきにうき立つこころがありませぬか」

「ないわけではない。人にして、佳き女《よめ》を想わぬ者があろうか」

「では、わたくしが、佳き女ではないために？」

「馬鹿《おこ》なことを。佳くあろうと、醜《しこ》であろうと、妹では仕方あるまい」

「またそのようなうそを」

「千萱」

新九郎は、そのあたりの器《うつわ》を片付けはじめた。

「もう、帰れ」

「今夜は、こなたにて寝《やす》ませていただきます」

「駿河どのが、通うぞ」

と、新九郎は千萱の手をとって立ちあがらせようとしたとき、紙片が落ちた。

新九郎は、面付《つらつき》の奥に、本然《ほんねん》のものである鋭い心を隠している。が、かれ自身、自分のこのするどさを憎んでいるために、このときもそ知らぬふりをした。しかしそれが、義忠の文《ふみ》であることは気づいている。

男が、女と一夜をすごしたあと、気に入れば後刻《ごこく》かならず後朝《きぬぎぬ》の使いというものを女のもとにやる。歌などをしたため、自分の心はそなたの上にある、という意志を示すのである。

（駿河どのは、本気だ）

と、新九郎は、不意にさびしさが襲って、我にもなく、気を砕かれたような表情になった。

骨皮道賢《ほねかわどうけん》

千萱《ちがや》が去ったあと、新九郎は蓆《むしろ》の上にめりこむようにすわった。

(あいつが、好きだ)

と、思った。が、そういう自分を、片方で鞭《むち》打つ気分もつづいている。伊勢貞親がそのようにしつらえたとはいえ、世間に対し、千萱は新九郎の妹ということになっている。世間といっても、巷《ちまた》ならともかく、足利義視《よしみ》という将軍世嗣《よつぎ》——事態が怪しくなっているとはいえ——に対してそのようになっている以上、あくまでも自分は兄であることを守らねばならない。

(義視)

と、心中、ときに呼びすてにしたくなるほど、新九郎はこの貴人がきらいだった。軽忽《けいこつ》で、人というものが見えぬ男。まして人のよからぬうまれぞこない。そのくせ僧のころから内典《ないてん》だけでなく外典《げてん》まで諳《そら》んじていて、いまなお学問誇りをするばかりか、ふたことめには正《せい》に則《のっと》り義を践《ふ》むというせりふをつかいたがるならずもの。あの男が正義ということばを使うときは、かならず卑怯《ひきょう》な下心があるか、見えすいた功利性に燃えているときなのだ。

一度でもいい、とおもっている。義視の前で、右のことばを吐きつけてやりたい。が、そういう義視でも、主《しゅ》は主なのである。一粒の扶持米《ふちまい》ももらったわけではないが、新九郎は、自分という――恣意《ほしいまま》にさえなれば――猛獣にもなりかねない男を、義という鉄柵《てっさく》の檻《おり》の中に入れておくことに馴《な》れていたし、そのように自分で自分を縛ることが、精神の生理としてきらいなたちではなかった。

だから、千萱という者については、自分はあくまでも兄であることを守らねばならぬ。そのことも、かれが自分を容れている鉄柵の檻であるつもりだった。

刻《とき》が経って、驚いた。

(兵庫と小次郎がまだ帰って来ない)

伏見村の骨皮道賢のもとに鞍《くら》をとどけたあの二人は、早ければ日が暮れてほどなく帰ってくるはずだった。

(途中、東西いずれかの足軽に殺されたか)

帰りよりも、往《ゆ》きのほうがあぶない。鞍という金目《かねめ》のものをかかえているからである。

そのあと、新九郎は、待つことに堪えた。

初更《しょこう》（午後八時）の鐘がきこえてきたとき、この戦乱のなかでけなげに、時の鐘をつく寺があるのかと思ったりしたが、二更《にこう》（午後十時）の鐘のときはそれどころではなかった。

（骨皮まで往《い》ってみよう）

と、小屋を出た。往って、途中、入れちがう可能性もあり、無駄でなくもないが、無駄なら二人のために喜悦すべきことであった。ともかくも、出かけた。

新九郎は、歩いた。

あちこちの火事のおかげで、炬火《たいまつ》に火をつけずに歩けるが、辻々《つじつじ》に武者や足軽がたむろして、いちいち新九郎をよびとめた。

新九郎は、番匠《ばんじょう》（大工）の仕事着のままで寸鉄《すんてつ》も帯びていない。

「金目《かねめ》のものは、持たんか」

と、ふところをさぐるやつもあった。新九郎は、尋常に歩いた。ときに、長柄《ながえ》をしごいて追ってくる者もいた。そういう場合でも、走らなかった。

「どこへゆく」

とたずねる武者もいた。

「伏見村へ」

正直に答えた。

「伏見村に、何をしにゆく」

「あすの朝、一番に地をならすのだ」

なかには、

「この面《つら》つきを見ろ、どこからみても番匠じゃないか」

わざわざ大声で保証してくれるやつもいて、新九郎を苦笑させた。

「伏見村の何者を訪ねてゆくのだ」

ときく者もいたが、新九郎としては骨皮道賢の名は出せない。みな驚いて、新九郎を寄ってたかって叩《たた》き殺すだろう。たれもが、骨皮とその徒党をおそれていた。骨皮はちかごろ東軍にだきこまれたというが、東軍所属の武者・足軽でも、骨皮ときけば凶々《まがまが》しく思い、その片割れであるかのような新九郎を生かしてはおくまい。骨皮が東軍についたといっても、東軍総師の細川勝元一個のはからいで抱きこまれただけのことなのである。東軍といい、西軍といい、参加してきた守護・地頭たちが、二本の蚊《か》柱《ばしら》のように蚊どもが飛びむらがっているだけで、蚊がいつどちらの蚊柱にまじるか風むき次第であった。組織というようなものではない。

「骨皮」

というのは、おそらく当人が気に入って称している異名だろう。いかなる貴顕でも骨と皮にしてやるぞ、という恫喝《どうかつ》が、苗字にこめられている。

この男の名は、この戦乱についての諸文献に出てくるが、乱の前は、この名でもって所司代の目附《めつけ》を委嘱されていた。目附とは吏でも民でもないが、しかし公的活動をする密偵であった。市中の暴民を、自分の私兵をひきいて取り締まる警吏と考えていい。警吏自身も悪事を働く。しかしそれは公辺《こうへん》が大目に見ている。

一方、西軍は、似たような存在として、東福寺門前に住む御厨子《みずし》某《なにがし》をかかえていた。京の市中を事実上、支配しているのは、将軍でも管領《かんりょう》でもなく、骨皮党と御厨子党ではないか、という者もいた。

新九郎は南にくだっている。

大和大路《やまとおおじ》の月輪のあたりにきたときは、五本目の炬火《たいまつ》が燃えつきた。

やがて稲荷坂までくると、辻《つじ》を守るためか、足軽十人ばかりが篝火《かがりび》をかこんで雑談していた。骨皮党の者に相違なかった。新九郎は、義視《よしみ》や千萱《ちがや》などに見せる屋敷者の印象とは、まったく別の男になっていた。どちらがこの男なのか、新九郎自身にもわかるまい。

「名は存じておろう、私は鞍《くら》をつくる伊勢新九郎だ」

と、いきなりいった。

気合《きあい》をくじかれたというべきか、足軽どもにとって不覚な発作《ほっさ》がおこった。かれらは地面にすわりこんでしまったのである。新九郎は、刀槍《とうそう》をきらめかせて仮りの威を誇っている者どもの気を殺《そ》ぐなにかを本然《ほんねん》としてもっているらしかった。

新九郎がきいたのは、ごく簡単なことである。

「きのうの夕刻であるか、昼すぎであるか、わしは作りの鞍を骨皮どのにとどけさせた。そのこと、存じておるか」

全員が、いっせいに点頭したのは、新九郎にもおかしかった。

「骨皮どのは、大よろこびでございました」

と、一人がいった。

「その使いの者二人は、この辻を通ったか」

「まだでございます」

「頭立《かしら》つ者は、たれか」

ときき、その者が名乗り出ると、骨皮どのの陣屋まで案内《あない》の者を出してくれ、と命じた。

二人、案内の者がつけられた。

稲荷坂をのぼった。ときに、這《は》って登らねばならぬ勾配《こうばい》もあった。この時代、日本国の稲荷の総本社であるこの稲荷社も、本社はふもとの平地になく、平地には拝礼所しかない。

稲荷山は、峰が三つならんでいる。そのもっとも高い峰の頂きに上《かみ》ノ社《やしろ》という本社があり、順次、峰ごとに中《なか》ノ社《やしろ》、下《しも》ノ社《やしろ》がある。

骨皮道賢の本営は、上ノ社にあるという。

この稲荷社の社家《しやけ》は代々羽倉《はくら》氏で、当代は羽倉出羽守という者である。この社家までが乱に加担し、東軍に気脈を通じていた。細川勝元が出羽守にたのみ——というより骨皮が出羽守をおどしたというのが真相らしいが——上ノ社に本営をもうけていた。上ノ社からみれば、洛中が一望に見え、さらには背後の山科《やましな》盆地までがみえたから、絶好の城塞《じようさい》といっていい。

頂上の上ノ社まであと二十段ほど石段を登らねばならぬところまでくると、右手の木立《こだち》に一棟の籠堂《こもりどう》があって、庭前にいくつもの篝火《かがりび》がもえていた。堂は、存外大きい。

（骨皮の陣屋はここか）

新九郎は、兵庫と小次郎がぶじでありさえすればよく、骨皮に会う必要などない。堂内に入ると、五十人ばかりの足軽が薪《まき》ざっぽうを散らかしたようにして眠っている。新九郎は炬火《たいまつ》をかざしていちいちの顔を照らしてみたが、兵庫と小次郎の顔がない。この上は、骨皮をおこしてきくほかなかった。

「骨皮どのの寝所は、どこにある」

と問うと、案内の者はいや、ここにおられます、といって、一つの寝顔を照らした。

猪《いのしし》の生首が一つころがっているように顔が大きく、眠っていながらも皮膚にぎらつくような精気がある。あごの頑丈さもいかにも物食いたくましげに見え、総じて生物として他の人間どもより生命の量が多量であることを思わせた。

（こういうたくましげなやつは、累代《るいだい》の武家にはおらぬなあ）

と、新九郎は、茶の数寄者《すきしゃ》が茶器を愛撫《あいぶ》するようにして、そのひげ面《づら》をなでてやった。

ころがっている骨皮の頭には、まげがない。

聖《ひじり》のように頭を丸めていればこそ道賢という法名《ほうみよう》を名乗っているのだが、しかしいまは毛を伸ばす気か、うにの棘毛《とげけ》ほどに伸びている。

「骨皮どのは、還俗《げんぞく》する気か」

ときくと、案内の者があきれて、

「なんと、うかつなことをおおせられます」

と、いった。骨皮道賢はさきごろ、東軍総大将の細川勝元の推挙《すいきよ》により、左衛門尉《さえもんのじよう》の官位に任ぜられたという。

「左衛門尉。――」

新九郎は、驚いてしまった。

もともと朝臣《ちようしん》の官で、衛門府《えもんふ》の高級士官の官名である。通称、判官《はんがん》（ほうがん）という。むかし源義経が左衛門少尉に任ぜられたことで九郎判官とよばれた。それほどの官に、この骨皮がついたとは、何と乱世であることか。

新九郎は、むかし住んでいた備中（岡山県）の山の中のことを思いだした。

後月郡荏原郷《しつきごおりえはら》という山間の盆地で、こんにちでいえば井原市とその周辺あたりである。盆地に山城があり、高越の館《たて》とよばれていた。鎌倉期、関東から地頭職としてここに移ってきた宇都宮氏が築いたもので、新九郎がいたころには廃城になっていて、ただの山にもどっていた。

新九郎は、少年のころ、この山でよく遊んだ。かれの家の長者は伊勢新左衛門《しんざえもん》行長という人物で、このあたりの小地域を領する地頭のはしくれだったが、近年——享徳《きようとく》二年（一四五三）——荏原六ヵ村、三百貫の地頭になった。

新九郎が高越の館山であそぶたびにふしぎだった。土地では、

「鎌倉殿《どの》が、ムクリ（蒙古兵）の襲来にそなえ、宇都宮氏に命じて築かせた」

というが、鎌倉期の元寇《げんこう》さわぎというのは、こんな備中の山間に防御《ぼうぎよ》用の城をきずかせるほどに大変なものだったのかとふしぎな思いがした。

この山は、さまざまな喬木《きようぼく》が茂って遠望するとうさぎが耳をたててうずくまっているように見え、土地にはこの山とうさぎについての民話もあった。

ところが、ある年、山火事があって、七日燃えつづけたあと、豪雨のおかげで鎮火した。そのあとうさぎの山容はうそのように消え、ただの土くれに焼けぼっくいが無数に突きたっているだけの山になった。新九郎は、村びとたちとともに山の灰の中に

足を突っ込んでは歩き、焼け死にしたうさぎや鹿《しか》をひろってまわった。

(世の中も、あのうさぎ山のようなものか)

いまでもそのように思い出しては、たとえばこの世の虚仮《こけ》と考えあわせざるをえない。民のことをまったく考えずに豪奢《ごうしゃ》な趣味生活のなかにいる将軍義政、そういう将軍の座に焦《こ》がれる義視《よしみ》、あるいは領国の装飾物にすぎぬ守護大名といった山の樹々の世の中がいつまでつづくだろうか。一陣の風火によって消えるうさぎ山のようなものではあるまいか。

(世は、きっとかわる)

という怖れのようなものが、骨皮道賢のすさまじい寝顔を見ているうちに湧《わ》いてきた。

やがて骨皮道賢は、目をさまして、新九郎を見た。

「誰《た》そ」

「鞍《くら》をつくる新九郎という者だ」

「……これはまた。なぜこのような夜中に。――」

と、起きあがり、しかし新九郎のほうは見ず、かれを案内《あない》してきた足軽二人を見つめた。

（こいつは、わしらの手下《てした》ではない）

と、骨皮はとっさに思ったということを、後刻《ごこく》、新九郎に話している。骨皮は、ただの乱暴者ではない。

「伊勢どの。ちとお顔を拝借したい」

といって、新九郎を堂の入口まで連れてゆき、まず、観音扉《かんのんとびら》を閉じた。

（わしを堂内に閉じこめる気か）

新九郎はふと思って、身構えたことを、あとになって恥じた。骨皮はこのとき、新九郎に、この山上まできた道筋と状況をきいた。

「稲荷坂の辻《つじ》では、大篝火《おおかがりび》をたいて番をする者十人ばかりいた。そのうちの二人に案内をたのんでここまできたのだ」

と、新九郎がいうと、骨皮は、

「わしらは、稲荷坂の辻に番を置いていない」

と、言った。

「察するに、辻番の者もここまで伊勢どのを案内してきた二人も、御厨子《みずし》のやつらだ」

「——わかった」

新九郎は、急をさとった。

御厨子党は、夜が明ける半刻《はんとき》ばかり前に押しよせてきて稲荷社とこの籠堂《こもりどう》に火をかけ、飛び出してくる骨皮党の連中を叩《たた》っ斬《き》るつもりでいるらしい。稲荷坂の辻の番どもは、骨皮党に擬装《ぎそう》しつつ、前哨《ぜんしょう》の役目をつとめるのである。

それにしても、新九郎を案内してきた二人の勇気はほめられていい。ああいう形の勇気は、戦場で名乗りをあげて一騎打《いっきうち》をする武家貴族の伝統にはないものだった。

(世が変るのだ)

と、おもった。あの二人の勇気をみろ、と思った。二人は御厨子党が襲撃してくるのにあわせ、この籠堂を焼き、骨皮党を混乱させるつもりでいる。

それにしても、骨皮道賢というやつのみごとさは、そこまで見ぬいていながら、初対面の新九郎を疑っていないことだった。新九郎が西軍の走狗《そうく》になり、御厨子党に一味《いちみ》していると疑ってもふしぎはない。

「一味」

というのは、この時代の流行語である。

将軍を頂点として、地方の将軍である守護大名、その下にいる村落の専制者であった地頭、さらにその下で地面を這いまわっている国人・地侍、農民といった者どもが、上から下まで串で刺しつらぬかれたようになっていたのは、鎌倉の世までのことである。

いまは、地面を這う国人・地侍、農民が、武器をたくわえ、生産にも力を持ってきた。それまでの一ヵ村というのは、一枚の煎餅《せんべい》をいくつかに割るように、たとえば一片を公家《くげ》が所有し、一片を社寺が所有し、他の一片を武家が持つというぐあいだったが、いまは田原郷もそうであるように、

「惣《そう》（総）村《むら》」

というものになっている。官制がそうしたのではなく、村の者が、一村が一枚として結束したのである。村のことは、総寄合《そうよりあい》とよばれる私的合議制がきめる。用水のこと、入会山《いりあいやま》のこと、講《こう》のこと、一揆《いっき》のこと、すべて総寄合できめられる。室町体制という夕テ系列に対し、まったくのヨコの私的体制が一般化し、幕府も守護もいかんともすることができない。

もっとも、惣村のなかでは国人・地侍といった自力《じりき》で地主《おとな》になった者が指導力はもつが、しかし若衆《わかしゅう》というヨコの集団がどの惣村にもあって、程よくかみあっている。

それら惣村が、村ぐるみ、他の村と一つの目的のもとに行動する場合、誓いあうことは、

「一味」

ということである。もともと仏教語で「法（絶対の真理）の前にはすべて平等である」というのが原意で、願阿弥《がんあみ》など聖《ひじり》たちが、

一味の雨はありがたや。

などといって、法を説きまわる。雨が、国土や草木に平等にふりそそぐように、真理は平等である、ということから、

——ある目的のためには、身分の上下はない。みな気をそろえ、平等に力をつくそう。

ということから、一味が社会的な用語になった。このことばが流行語になるというのは、社会にそういう状況と基盤がうまれているということである。

「骨皮どの。なぜわしが、御厨子《みずし》党と一味だということを疑わない」

と、新九郎はいった。

「わしは疑わぬ。人間など疑えば、きりがないのだ」

と、骨皮道賢がいった。

「わしらは、失うものは何一つもたぬ身だ。室町御所のひとびとのように、位階《いかい》で人《にん》を見ぬ、所領で人を見ぬ。人をば、この目玉でじかに見る」

「わしが裏切り者であったとすればどうするのだ」

「われらが、亡ぶだけだ。人を信じたために亡ぶならたれを恨むこともない」

（おそれ入ったな）

こういう思想も、室町御所のひとびとはかけらも持たない。

「わしも、手伝おう」

と、新九郎は、こみあげてくる客気《かっき》ともなんとも形容しがたいものにつき動かされて言った。新九郎はいままで人の言いなりのままに生きてきたが、うまれてはじめて自分の情熱と考えで行動するというこの異常な運《め》にぶちあたって、われにもあらず、昂揚《こうよう》してしまった。

「わしに、足軽《はやて》を二十人貸してくれ。夜あけ前に麓《ふもと》へ駆《か》け降り、稲荷坂の番《ばん》どもを突きころばし、兵を埋《うず》めて御厨子党が来るのを待とう。骨皮どの、わぬしは麓で刀槍《とうそう》の音がすればいちはやく本軍をひきいて駈け降りてきてくれ」

「伊勢どの、わぬしは兵法を学んだか」

「諳誦《そらん》ずるほどに。ただし戦《いくさ》はしたことがない」

「わぬし」

と骨皮がいった。

「わぬしを仮りの総大将とする。しばしこの山上にすわっていてくれ。わしが二十人ほどをつれて麓へゆき、稲荷の坂の番どもを殺し、兵を埋める」

「心得た」

新九郎は、骨皮という男がうれしくなった。

「ただ骨皮どの」

と、たのんだ。案内してきた二人を殺さないでくれ、あいつらは勇気がある、というと、骨皮は、それもわぬしにあずける、といった。新九郎の顔をみただけでここまで信用すべきものかどうか。

骨皮は大喝して一同をおこし、同時に、例の二人の者に大刀をつきつけ、手下《てした》の者に縛らせた。

「御厨子が押しよせてくるのは必定《ひつじょう》。一味の衆、奮《ふる》え」

と言い、

「この場の采配《さいはい》は、わしの義兄《あに》伊勢新九郎にまかせたによって、指一本といえどもその下知《げち》にしたがえ」

骨皮が二十人をつれて山を駈《か》け降りて行ったあと、新九郎は上《かみ》ノ社《やしろ》の頂上で、思いもかけず大将分《たいしょうぶん》になってしまった。

(夢でも見ているのか)

新九郎は、いまのいままでおだやかに暮らしてきた。鞍《くら》を作り、用があれば出仕して、義視《よしみ》のもとで繁昌《はんじょう》せぬ申次衆《もうしつぎしゅう》をつとめた。

――あいつは、陽の下をきらう蔭虫《かげむし》のようなやつだ。

と、一門の長者伊勢貞親などがいって、人柄まで地味な番匠《ばんじょう》じみた男を便利使いしてきた。新九郎としては、食ってゆくのにそれしか生き方がなかった。

新九郎は、いままで出したことのない大声で叫んだ。

「よく顔をみろ、この顔が、骨皮道賢に代って下知《げち》をするのだ。戦については、わしに任せろ。いったん決まって下知した以上は異論はゆるさぬ。無用の論をなす者は斬《き》る。敵をおそれるな。下知どおりにすればかならず勝つ」

と、朗々というあたり、鉄の心を持った武将のように見えた。

ただ、かんじんの戦が未経験なのである。

それどころか、人間が、けもののように闘《たたか》いあっている姿をみると、ひざ頭《がしら》がふるえた。臆病《おくびょう》というのか、動物的な精気がやりきれないというのか、まして人の血を見るのがかなわない。

もっとも、物事の構想が湧《わ》くたちであるために、それを事務化することにいそがしく、この場合、慄《ふる》えているゆとりがなかった。

まず、峰々に散在する兵を一ヵ所にあつめねばならない。骨皮党はぜんぶで三百人ちかくで、中ノ社や下ノ社などにも分宿している。

新九郎は手もとに十人の使番《つかいばん》を置き、かれらを四方に走らせた。使番に対しては、最後に突入するとき、新九郎の手許にあつまり、かれとともに敵陣に斬りこむ、というふうに言いきかせてある。

といって、番匠姿の新九郎は身に一寸の刃《やいば》もつけておらず、刀を欲しいとも思わなかった。かたわらの古箒《ふるぼうき》の竹の柄を切って、手にしているだけであった。なまじい刃物などをもてばかえっておそろしかろう、これならば死ねる、と思った。

(今夜、ここで死ぬのだ)

と、自分に言いきかせた。死ぬのは平気だと思うところがあり、この点、この男には臆病ということがあてはまらない。

新九郎は、籠堂《こもりどう》の庭前に丸太の切ったのを一つ置いて腰をおろしている。篝火《かがりび》が、この男の背いっぱいをあかるくしていた。

かれは、骨皮が配置した防御のための陣を、攻撃用の隊形に変えているのである。

稲荷山が、峰が三つあることはすでにのべた。上ノ社、中ノ社、下ノ社。

骨皮は、三百の兵力を分散してこの三つの峰に薄く配置していたのである。

新九郎は、兵力のほとんどを、上ノ社に集中しようとしている。骨皮がもしここにいたら、

「そんなことをして、中《なか》や下《しも》が奪《と》られたらどうするのだ」

と、驚いたにちがいない。新九郎にとっても中と下を奪《と》られればこまる。が、防御には攻撃側より数倍の人数が要ることを骨皮は知らないのである。骨皮は、草餅《くさもち》にきなこでもふりかけたように薄っすらと兵力さえ散らばせておけば済むと思っている。三百程度の人数で、この大きな稲荷山を防御しようということじたいが、むりなのだ、と新九郎はおもっていた。

もっとも、骨皮が無能というわけではない。元来、骨皮が稲荷山にこもった目的

は、山科《やましな》盆地との間の山越えの兵糧・人数輸送の道を断て、という東軍の依頼によるもので、防御ではなかった。この目的なら、きなこで十分なのである。

が、いまは敵から攻められようとしている。これによって、稲荷山の性格が変った。城塞《じょうさい》になった。しかしこの城塞を守るためには、人数が足りない。

新九郎は、防御をすてて攻撃に転じようとしている。ただし、攻撃には、難《なん》がある。山麓《さんろく》で決戦がおこなわれる場合、新九郎が御厨子《みずし》党なら、一隊を割《さ》いて、骨皮党が空《から》にした稲荷山にのぼらせ、骨皮党に拠《よ》るべき陣地をうしなわせる。

新九郎にとって、この不安を解消する法は、ただ一つしかない。骨皮道賢が御厨子党の前衛と戦っているうちに、新九郎は主力をひきいて敵の大将の陣に斬《き》りこみ、大将の御厨子の首をあげてしまうしかない。

それには、

「御厨子」

という牢人《ろうにん》がどこにいるかを知らねばならず、このために五人の捜索者をすでに走らせてある。

これらのことで、新九郎はいそがしかった。多忙が、かれを物思いから救っていた。物思いとは、ついにいくさの一方に加担してしまった、という詠嘆である。

人数があつまると、新九郎はいっせいに下山を命じた。

「炬火《たいまつ》は、わしだけがもつ」

と、いって、他には使わせなかった。晴れた夜だが、月はない。鳴るように星がかがやいていたが、目の前も足もとは泥墨《どろずみ》を踏むような闇《やみ》である。足軽どもは、ときにくだり勾配《こうばい》の尾根みちを這《は》った。谷へころげ落ちる者もいた。

――死んでも声を出すな。

と、言いきかせてある。

さらに、全員に蓑《みの》を着せていた。闇夜に、敵味方を分別させるためだった。ちなみに、蓑については骨皮にも進言しておいた。骨皮の先発隊も、蓑を着ているはずであった。

新九郎は炬火をかざして、先頭をくだっている。途中、ふもとの稲荷坂の辻《つじ》のあたりで、たけび声がきこえた。たちまち太刀で叩《たた》き合う音が激しくなったが、新九郎はいそがなかった。骨皮道賢が、辻にいる十人ばかりの御厨子党を襲っただけのことだ。

（骨皮が苦もなく勝つだろう）

と、見込んでいる。ただ、思いっきり派手にやってほしい。物声が激しければ、後方にいる御厨子党の主力が駈《か》けつけるはずであった。

新九郎の構想では、骨皮自身は気づかぬものの、かれと配下二十人が御厨子党をひきだすための囮《おとり》になっている。新九郎の部隊は、敵の主力がきたときに、にわかに闇から躍り出て叩く。叩くときに、声はだすなと命じてある。声を出せば敵に人数を知られてしまうのである。無言ならば、敵の恐怖心と想像力を脹《ふく》れあがらせ、襲撃部隊が何千もきたと思ってしまう。

やっとふもとに降りたとき、稲荷坂の辻のほうで、敵の新手《あらて》が追いついたらしく、炬火《たいまつ》がむらがって動き、足音の地ひびきまできこえて来そうだった。

新九郎は、兵を三つにわけた。

そのうちの一つは背後に迂回《うかい》させ、一つについては、敵の脇腹《わきばら》を突かせるようにし、それぞれに指揮者をつけた。自分自身は二十人をひきい、長駆、敵の大将の御厨子の首を刎《は》ねるべく遠くへゆく。

辻に出ると、骨皮が血しぶきをあびて闘っていた。

「伊勢どの、参られたか」

と、ふりかえって笑い声でいった。

しばらくすると新九郎の作戦が、弾《はじ》けるように功《こう》を奏《そう》した。「中入り《なかいり》」と新九郎がよぶ戦法で敵の縦隊が断ち切られ、逃げようとするのを、前から骨皮らが襲い、背後から、迂回隊が斬《き》り伏せ、突き伏せした。

新九郎は、炬火をかざして、南へ走った。そのあとから、二十人の蓑《みの》姿の骨皮党の者が慕ってくる。

——御厨子《みずし》の頭《かしら》は、田中《たなか》ノ社《やしろ》にいます。

と、物見《ものみ》の者がつきとめたのである。

——どこの田中だ。

田中というのは、もともとはただ「田舎」という普通名詞にすぎなかった。京の市中にも田中が点々とのこっている。それらの多くはそのまま地名になってしまっており、この稲荷山のふもとにも、二ヵ所田中がある。

——還坂《かえりざか》の下の田中です。

(あの田中か。いやなところにいることよ)

還坂は高燥《こうそう》の場所だが、その下の田中はどろどろの低湿地で、ちかごろは水排《みずは》けがわるいために作《つく》り人《びと》も逃げ、一円青みどろに淀《よど》んでいる。わくのはひるると蚊だけであった。

そこが、御厨子の悪賢さというものだった。この男は、平素は東福寺門前に住んでいるのだが、そこを本陣にするのは、要害がよくないとみて、近所の田中に陣を置いた。

「田中ノ社」

と、土地でよばれている祠《ほこら》が朽《く》ちたまま、青みどろの廃田《はいでん》の中央にあり、その前に床几《しょうぎ》を置いているらしい。田中ノ社まで、小径《こみち》がひとすじしかない。小径の両側は、泥沼である。攻めるには小径を通るしかない。

御厨子は、その小径を固めているだろう。

田中に着いてみると、なるほど廃田の中央に小島のように土の乾いたところがあって、古祠《ふるほこら》が朽ちたまま建っている。その乾いた場所に、四つ五つも篝火《かがりび》がもえ、しかもべつに松葉でも盛りあげて燻《くす》べているのか、夜目にも乳のように白い煙があがっている。蚊がたまらないからだろう。

（いやなやつだ）

人にも、景色というものがあるのだ。新九郎は、印象としておもった。骨皮道賢などは、みずから陣頭に立って斬《き》り働いている。さらには、骨皮が陣所にしていた稲荷

える。

山の籠堂《こもりどう》では、かれは一同と一緒に寝ていた。

（御厨子は、いのち惜しさに蚊いぶしの中に煙っていやがる）

それに、篝火のために、四方から透《す》けて見え、御厨子の身動きまで、こちらから見える。

「そのへんで、田舟《たぶね》をさがして来い」

できれば十艘《そう》ほどだ、と新九郎は言い、全員を散らした。

ただ、思わぬことが出来《しゅったい》した。

兵庫と小次郎が駈《か》けてきたのである。

「ああ、いいところにきたな」

と、新九郎が言っただけだが、両人はそれどころではない。

「新九郎どのは、どうされました。いくさなんかをなされて。――」

二人にとって、この伊勢新九郎という男の印象ほど戦《いくさ》というものと結びつきにくいものはなかったし、第一、新九郎は政争というものから、はぐれたように無縁でくらしてきたではないか。

「こういうはめになったのだ。人間というものは、信念や計算のとおりにゆかぬものだ」

「なぜ」

「汝《わい》らをさがしにきてこうなったんじゃ」

と、言葉まで足軽ふうにがらがわるくなっていて、

「人変りなされた」

と、兵庫が不安に思ったほどだった。かつての伊勢新九郎、典雅な——といって典雅につきものの甘味《あまみ》がなく、やや渋柿《しぶがき》っぽくはあったが——あの挙措《きょそ》動作《どうさ》はどこへ行ったのか。

「兵庫、小次郎、お前たちこそどうした」

「いえ、さほどには行かぬうち、背後の稲荷の辻《つじ》のほうでいくさの物音がしたものですから、同行してくれた足軽ふたりが戻る、というのです。それならいくさ見物でもして帰ろうと思ってひっかえすと、こなた（新九郎）が箒《ほうき》の柄《え》一本でいくさをなされているると骨皮からきき……」

「骨皮などと呼びすてするな。あれは六位の左衛門尉《さえもんのじょう》で、無位無官のわしより上《うえ》つ人《びと》だ」

「まことに、この世は」

様変《さまがわ》りしたものだ、と兵庫があきれていうと、新九郎は大笑いして、

「左衛門尉の官位が下落《げらく》したか、骨皮道賢が上昇したか、掌《てのひら》は一つでは鳴らぬ。両《りよう》の掌を拍《はく》してはじめて鳴るように、その鳴る現象《もの》がこの世間をうごかしはじめているのだ。今夜、わしにもわかった」

と、いった。

「兵庫、小次郎、汝らは、足軽どものように、無法無残に戦えるか。それなら今夜、使ってやるぞ」

まことに、一郷の悪水がみなここに集まるのかと思えるほどである。このためまわりの乾いた土地のためにはよりよほど低く、雨がふれば四方から雨水が流れこむ。このためまわりの乾いた土地のためには格好の遊水池になるが、水が排《は》けて出てゆく口がないために、重苦しい藻《も》のにおいがする。その泥の中にいる御厨子《みずし》の鼻は、においで曲がりそうになっているのではないか。

（いかにも御厨子だ。いやなところを陣地にするではないか）

新九郎は片方でそう思い、片方では、いかにも足軽の世だとも思った。源平以来、綺羅《きら》と潔《いさぎよ》さを進退の価値基準にしてきた武家ならば、たとえ戦術的に不利でも、高

くて見映えのする場所を選ぶだろう。

田舟《たぶね》が、そろった。

新九郎は、指示した。一艘《そう》に一人ずつ乗り、二艘一組で進退する。全員が蓑《みの》をぬぎ、蓑とともに舟にわらを積み、それへ油をそそがせた。油は、稲荷山の上《かみ》ノ社《やしろ》から盗んできたものだ。荏胡《えご》麻油《まあぶら》など貴族の家か富裕な社寺が灯明《とうみょう》につかうぐらいのもので、世上まことに高価《こうか》なものだ。油を注ぐとき、足軽どもがその高直《こうじき》さにおそれをなし、

「南無阿弥陀仏《なむあみだぶつ》」

と、お名号《みょうごう》をとなえたのには、新九郎はおかしさと憐《あわ》れみを覚えた。貴族や僧侶《そうりょ》たちから悪党のように思われている足軽どもの正体こそ、可憐《かれん》というべきではないか。

「火攻だ」

と、新九郎はいった。花のような武者が一騎打で武と勇を競いあう武家の戦法にはこういう考え方はまれで、これを思いついた新九郎じしん、足軽どもの気分のなかに浸《ひた》りこんでいるといっていい。

新九郎は、沼の北にいる。すべての田舟組をば沼の南側に展開させ、中央の洲《しま》にむかって漕《こ》ぎむかわせることにした。洲に近づけば油に火を点じ、火のついた蓑やわら

をほうりあげろ、そのあとすぐ舟を漕《こ》いで逃げ、稲荷坂の辻《つじ》に帰れと命じた。

「御厨子は、どうします」

と、たれかがきいた。

「かまうな」

御厨子が火に逐《お》われて小径《こみち》をこちらへ（北へ）走ってくるかもしれない。そのときは、兵庫と小次郎がここにいる。新九郎は、三人で御厨子を片付けるつもりだった。

田舟組が、田舟をかつぎ、やがて南岸一帯に点々とうかべたころあいを見はからい、新九郎は炬火《たいまつ》を大きく振って輪をえがいた。かれらは、この合図で漕《こ》ぎ出したであろう。

兵庫と小次郎は、北岸の葦《あし》の中にひそんでいる。兵庫は弓に矢をつがえてしゃがんでいるが、眠ったように息までがかすかで、ものもいわない。新九郎から、

——足軽のように無法無残に戦えるか。

といわれて、考えこんでいるのである。武家ならば、白昼堂々と名乗りあげ、相手がこれに応ずるを見てから弓をひきしぼる。

（それが、作法《さほう》だ）

兵庫は、思う。兵庫は武家ではない。武家とは厳密には地頭以上をさす。あるいは鎌倉の後家人《ごけにん》といわれたひとびとをさす。武州熊谷の住人熊谷次郎直実《くまがいのじろうなおざね》、おなじく畠山庄の住人畠山庄司重忠《はたけやまのしょうじしげただ》、あるいは相州土肥庄《そうしゅうどひのしょう》の住人土肥次郎実平《どひのじろうさねひら》……なんと華麗な武者たちであったことだろう。かれらはいまは琵琶《びわ》法師が弾《ひ》き語る物語のなかにしか生きていないが、しかしこの時代、兵庫や小次郎といった、国人《こくじん》にもなれぬ、地侍《じざむらい》というほどでもない草莽《くさむら》の弓矢取りでさえ、かれらの進退の美しさにあこがれつづけているのである。

かれらは一様に、

——名こそ惜しけれ。

という美的倫理のなかに生きた。兵庫や小次郎にすれば、非力《ひりき》なりともかれらにあやかりたいと思っている。

(新九郎どのは、足軽のようなお人だったか)

と、不審に思わざるをえない。

新九郎がいうには、御厨子《みずし》のやつは火に逐《お》いたてられて、小径《こみち》をつたい、その配下二十人とともにこちらへ逃げてくる。そこを射よ、という。

「一矢《いっし》放って逃げろ」

というのである。ただし、小次郎が行動して、それが失敗したあとに射るのだ、という。

小次郎に対しては闇《やみ》にまぎれて御厨子の背後からとびつき、かまいたちのように短刀を頸《くび》に突き刺し、短刀も抜かずに逃げよ、という。これが、武士か。

と、新九郎はいった。むこうは二十余人、こちらは三人、いかに夜の闇が味方してくれるとはいえ、ただのやり方では勝てぬ。

——足軽《はやて》のやり方だ。

——御厨子を殺さぬかぎりは、いずれ稲荷山をとられてしまうぞ。

と、新九郎はいう。しかしとられて歎《なげ》くのは、骨皮ではないか。

兵庫と小次郎がかがんでいる頭上が、葦《あし》の葉末《はずえ》である。風が思いだしたようにわたってきては、葉を鳴らしてゆく。そのつど兵庫はびくりとした。

(敵か)

と、思う。

(新九郎どのは、信ずるに足るお人なのかどうか)

兵庫は、疑わしくなってきている。

（新九郎どのは、矢を射よ、とおおせられるが）

この暗闇《くらやみ》のどこにむかって射よというのか。なるほど、狙うは、御厨子である。しかし会ったこともない御厨子をどう分別《ぶんべつ》して狙えというのか。

むろん、大将というのはおのずとわかるものだ。しかしこの闇では弓に矢を番《つが》えて相手の顔まで三尺も近づかねばわからぬだろう。斬《き》られるのは、こちらではないか。

（もっと哀れなのは、小次郎だ）

と、兵庫はおもった。

新九郎の作戦では、小次郎はまっさきにとびだし、おおぜいの敵をかきわけて御厨子を見つけ、短刀をにぎって、そいつの首っ玉にしがみつかねばならない。

兵庫は、自分が臆《おく》したとは思っていない。大将である新九郎の能力に疑問を感じはじめたのである。

（いまにしてわかった）

指揮者への絶対の信頼だけが卒伍《そつご》を勇敢にするのだ、と兵庫はおもった。

「山中の若厄介《わかやつかい》よ」

と、兵庫が、ひさしぶりに、若厄介という村での呼びかたで小次郎をよんだのは、おなじ村仲間として相手の肚《はら》の中をきいてみたかったのである。

「逃げて田原へ帰ろうか」

と、言いかけて、だまった。

人間というのは、ときにこんな土壇場《どたんば》になっても本音《ほんね》がいいにくいものだ、と兵庫はおもった。たとえば大飯《おおめし》を食《くら》って瞼《まぶた》がたるんでくるようなときにぽろりというくせに。……

土壇場にきてしまったのも、そもそも本音でない虚仮《うそ》やまぼろしでもって、新九郎とつきあってきたからに相違ない。新九郎に従ってさえおれば、いまは鞍《くら》作りを手伝っていても、いずれ一人前の武士になる手がかりがえられるという、自分がえがいた虹《にじ》の車に自分の運命を載《の》せてきたためだろう。虹の車は、自分自身の精神の緊張が創《つく》りだしたうそというかがやきだし、うそがつくりだした極《きょく》であればこそ、本音をいう管《くだ》が塞《ふさ》がってしまっているのか。

「若厄介よ」

と、兵庫はもう一度小次郎にささやきかけた。

「逃げよう」

とはいわずに、新九郎という人間についての軽い――まことにささいな――不満をいってしまった。

「あの人は、伊勢流の御家元《おいえもと》のお人だ。伊勢流の武家作法《ぶけさほう》といえば小笠原流とならんで、武家の進退の規範たるべきものを教えるものときいている。日常の行儀から馬の乗り方、軍陣での馬上の会釈《えしやく》、徒歩《かち》の立礼《りつれい》から御大将《おんたいしょう》の首実検《くびじっけん》の仕方……すべて武家はどうふるまえば美しいかということを教える。であるのに、あのお人のなさり方はどうだ」

「兵庫どの、おしずかに。――」

小次郎は、兵庫の声が高くなるために、その口を手でふさいだ。この若者は、敵にきこえるよりも、新九郎にきこえては、新九郎が気の毒だと思いやったのである。

「若厄介、手を放せ」

と、兵庫は払った。

「足軽ですらやらぬきたないやり方をわれわれに強《し》いて、なにが伊勢流か」

「兵庫どの、あなたはそんなことをおおせられているが、じつは、心底《しんそこ》は、怖《こわ》いのではないか」

小次郎が、意外にも言い返してきた。

「若厄介、人の言葉を逆手《さかて》にとるか」

逆手というのは、巫女《みこ》がやる拍手《かしわで》の仕方の一種である。手を拍《う》つのに、掌《てのひら》を裏返して拍つ。人を呪詛《じゅそ》するときや凶事《まがごと》のときにそのようにする。

「この場に臨んでの逆言《さかごと》は凶事を呼ぶぞ」

「私はもう凶事だと思っているのです。死ぬつもりです」

「若厄介」

兵庫は、絶句してしまった。小次郎がここまで覚悟している以上、何をいってもいいと思いなおした。

「若厄介、わしらは、二人で描いた虹《にじ》の車に乗ってきたためにこの破目《はめ》になった」

と、感じていることをすべて吐きだした。

「兵庫どの。日《ひ》の本《もと》の国は神《かむ》ながら言挙《ことあ》げせぬ国、まして目上《めうえ》に論《ろん》は立てぬものぞときかされて参りましたが、あえて兵庫どのに申しあげます。おおせあるところの虹のためにここで死にましょう。人のよき死とは虹のために死ぬことではありますまいか」

(地声《じごえ》の大きなやつだ)

新九郎は、あきれた。自分の悪口をいっている兵庫の密話《みそかばなし》が、背後にいる自分の

耳にまできこえてくる。そういう兵庫の無器用さがおかしかった。それに、兵庫のいうことに、

（むりもない）

と、おもった。それより、こんな無法な作戦に、二人が逃げずにいるだけでも、感謝すべきことではないか。

それに、

（兵庫は、死がおそろしいのではなく、死ぬことに華やぎを求めているのだ）

と理解していた。源平の武者のように、梅花一枝《ばいかいっし》をえりに挿《さ》し、雲霞《うんか》のような敵軍に駈《か》けて行ってこそ武者は死ねるのだ。

（兵庫は、熊谷次郎直実《くまがいのじろうなおざね》や、畠山次郎重忠の時代にうまれたかったのだ）

それはいまは、『平家《へいけ》』を語る琵琶《びわ》法師の弾き語りのなかにしか生きていない。

こんにち、人のふるまいのいさぎよさという灯火《とうか》が、どこにあるだろう。

ともあれ、新九郎が二人に強《し》いていることは、ひどすぎる。

野鼠《のねずみ》が夜、塵芥《あくた》の山にもぐりこんで鼬《いたち》のむれが通るのを待つようなことを強いている。ここで死んでも、たれがその勇気や、死の美しさを讃《たた》えてくれるだろう。それにこの勇気の代償はなにもない。骨皮道賢ごとき者のために死んでも、褒賞《ほうしょう》というもの

がない。

（であるのに、この二人はまだ葦《あし》の間にひそんでくれている）

というだけで、新九郎はこの者たちのために自分の生涯を使ってもいいと思ったりした。

「新九郎どのは、ばかだ」

という兵庫の声が、葦のあいだからきこえてきた。

（ここが、物事の切所《せっしょ》というものだ）

と、新九郎は、肚《はら》の中の磊塊《かたまり》を麻縄《あさなわ》でしばりあげるようにして気持の痛みに堪えている。

（兵庫と小次郎に、足軽の心をわからせたい）

と、考えていた。

「足軽」

というものについて、新九郎は、骨皮道賢からうけたいわば思想的衝撃というべきものがいまものこっていて、この作戦はそのあらわれといっていい。

——足軽流をやってみよう。

と、思ってこの作戦を思いついたのである。成功しようがしまいが、自分と兵庫、そして小次郎の三人が、新時代というものを兵火のなかで体験してみたかった。いま、新九郎がやりつつあるのは「素破《すっぱ》」といわれる者どもの戦《いくさ》の仕方である。素破というのは、のち、野伏《のぶし》とか忍《しの》びの者という意味になるが、この時代は、足軽一般を蔑《べっ》称《しょう》したことばだった。

かれも、まさか、御厨子《みずし》とその党二十人に、自分たち三人が刃向《はむ》かえるとはおもっていない。が、二人に、切所まで堪えさせる。名もなく死ぬとはどういうことであるか。その一事を切所のなかで二人に教えこみたい。むろん新九郎自身も、自分をそのように教育しようとしている。その証拠に、手に箒《ほうき》の柄《え》一本しかもっていない。ということは、二人よりも弱い立場に自分を置いている。

(おそろしいのは、むしろわしのほうだ)

と、新九郎は思っているが、ただ、二人よりも一つだけ有利な事を知っているというちがいがあった。この点、新九郎はずるい。

骨皮道賢が、稲荷坂の辻《つじ》の御厨子党を片付ければここへ手下をひきいて駈《か》けてくるはずだということである。もっとも、稲荷坂の辻で骨皮が勝っていればのことだが。

——

（もう、追っつけやってこねばならぬはずだが）

と思ううち、田舟《たぶね》のむれのほうが中洲《なかす》に着いたらしく、蓑《みの》の燃える炎が三つ、四つ、五つと闇《やみ》に弾《はじ》けたかと思うと、それぞれが宙を飛んで御厨子がいる祠《ほこら》のあたりに落ち、さらに舟底に積んだわらが投げられ、洲ぐるみ燃えあがるような火勢になった。

（やったわい）

新九郎は、躍りあがりたい自分を抑えた。

（御厨子が小径《こみち》をつたってこちらへ逃げてくるぞ）

と思ったところ、小径にいる御厨子の配下二十余人が、逆に火のもえる洲にむかって駈けだした。

新九郎の計算が、外れた。

（人の動きとは、そういうものか）

と、意外だった。

（なんと、新九郎どのの思惑は外れたぞ）

と、小次郎とともに葦《あし》の間にかがんでいた兵庫も思い、ほっとせぬでもなかった。

「若厄介《わかやっかい》、敵が去ってゆくわい」

と、兵庫がささやいたのと、小次郎が狂ったように立ちあがったのと同時だった。

小次郎は、敵を追おうとしている。

「小次郎っ」

と、帯をつかんだのは、兵庫ではなかった。新九郎だった。

「早まるな。あいつらは、蕩漾《とうよう》しているだけだ」

と、むずかしい漢語をつかった。人ひとりと、人が群れをなすときとは動きがちがう、と新九郎はいう。たれか一人が炎のほうへ走ったからみなが群れて走ったのだろう。

「炎の中の御厨子をたすけるためでしょうか」

と、兵庫がきいた。

「いかにも」

と、新九郎は両手をひろげて、兵庫と小次郎の肩を抱いた。

「あいつらは御厨子の異変に驚き、それを救け出そうとするために、勢いがちがう。あの足音の踏みとどろきようはどうだ。あんな勢いのかたまりを追ってゆけば叩《たた》っ殺されるだけだ。いまに御厨子をかこんでもどってくる。このときは、たれもが左右の沼の闇《やみ》をすかしながら、見えぬ敵におびえている」

「そこを衝《つ》け、とおおせられますか」

と、兵庫がきいた。

「待て、待て」

新九郎は、いった。

「敵のおびえもまた、力だ。わずか三人で飛びかかれば、敵は気狂《きぐる》いしたように武器《えもの》をふりまわし、蛇をおおぜいで叩《たた》き殺すようにして、こっちがやられてしまう」

「――当初」

と、小次郎が、腹を立てた。

「そのようにおおせられたはずです」

「すこし待て。運がよければ、もう一つ異変があるはずだ」

洲《す》の炎がしずまってきたが、それでも洲に群れている敵の様子は手にとるように見える。御厨子はぶじだったらしく、下知《げち》する声がきこえる。不埒《ふらち》にも火攻《かこう》を仕掛けてきた骨皮の腰ぬけどもをさがせ、とでもいっているのか、手下の者が手に手に炬火《たいまつ》をかざして、泥の面《おも》を捜している。

「田舟《たぶね》の者たちは、どうやらぶじに逃げたようだ」

と、新九郎がいった。

新九郎は、かがんで物探《ものさが》しをはじめた。

小次郎は、歯噛《はが》みしてふるえつつ、新九郎の動作をけげんそうに見ている。

やがて、新九郎は一丈ほどの長さの古棹《ふるさお》を一本見つけだし、草の束で棹の泥をぬぐった。材は榊《さかき》の一本木である。榊は、上から下まで太さがおなじという特徴がある。それに重くて粘りがあり、棹には最上のものであった。棹の尖端《せんたん》は削ってとがっているため、ただの棒切れよりは武器になる。ただ重いために容易にふりまわせないのだが、新九郎は意外にもそれを苧殻《おがら》のようにかるがると上下左右に振ってみた。

(なんという馬鹿《ばか》力だ)

と、小次郎はあきれた。

それにしても、いまごろになって武器をさがすなどは、ばけものじみた度胸といっていい。

言ううちに、小径《こみち》にふたたび敵兵が満ちた。といっても、一列である。その列が、こちらへやってくる。おそらく、この陣地を捨てるつもりだろう。

新九郎は、幸運な男だった。背後で五十個ばかりの炬火《たいまつ》があらわれ、やがて足音が鳴りみだれてこちらへやってきた。

「骨皮道賢どのとその党だ」

と、新九郎は二人にはじめて教えた。

「いまだ。――」

新九郎は、小次郎を突きとばした。小次郎がすっ飛んでゆくあとから、新九郎も走った。

敵は、気づいていない。二人は小径が尽きて陸《おか》になるところに伏せ、様子をうかがった。

――骨皮のやつらがきた。炬火を消せ。

と、どなった大男が、御厨子《みずし》であると知れた。

――ここは、不利だ。東福寺へひっかえす。

とその声がいったとき、小次郎がとびついて、頸《くび》の根に短刀を突き刺し、抜きもせず、すばやく別方向へ飛んだ。異変に気づいた一人が小次郎を追おうとしたのに対し、新九郎の古棹が光のように奔《はし》ってその胴を突いた。にぶい音がし、男が叫び、かつ泥の中に落ちた。新九郎は古棹をすてて、すっ飛ぶように逃げた。その新九郎を追おうとした男の背に、兵庫の矢がつき刺さった。兵庫は、弓矢をすてて逃げた。

そのあと、骨皮党が殺到した。御厨子の者のほとんどが泥の中へとびこんだ。沈む者、辛うじて小径の草をつかんで浮いている者、泥の面《も》に浮いている頭を叩《たた》き割られる者、足軽のいくさは、すさまじかった。


新九郎は、骨皮に声もかけずに、京にむかった。

すぐ、東が白《しら》んだ。兵庫と小次郎が、そのあとを追った。

(妙なお人だ)

と、兵庫はおもった。一晩じゅう、いのちがけで戦ったのに、忘れたように歩いている。兵庫が追っつくと、

「帰れば、すぐ寝よ。ただ、寝る前に、一昨日《おとつい》割った生木《なまき》をぜんぶ干しておいてくれ」

と、いった。もう鞍《くら》のことしか考えていないらしい。

「御厨子は山名《やまな》どのが追いつかう足軽でございますから、それを討ったということで、細川どのはおそらくおよろこびでございましょうな」

「俗なことをいうやつだ」

と、新九郎は機嫌がわるかった。たしかに兵庫がいうとおり、山名持豊《もちとよ》(宗全《そうぜん》)の敵である管領《かんりょう》細川勝元がこれをよろこんで褒賞《ほうしょう》の一つもくれるだろう。新九郎をひきたて、すこしはましな職をくれるかもしれない。

さらには、申次衆《もうしつぎしゅう》として新九郎が仕えている足利義視《よしみ》は細川勝元に庇護《ひご》を頼んでいるために、義視がもしこの一件を知れば躍りあがってよろこび、勝元に、

——ありがたく思え。

と、恩に着せるであろうことは、目に見えている。

勝元は、べつな感想をもつにちがいない。義視を保護しながらも、一面迷惑に思っているために、

——こんなお人に恩を売られてはたまらない。

一方、将軍夫人日野富子は、とんでもない反応を示すだろう。彼女が、足利義視を排除して実子義尚《よしひさ》に相続権を得させるべく、その保護を山名持豊に頼んだということは新九郎の耳にも入っている。このためかならず新九郎を、敵と思うにちがいないのである。

伊勢氏一門の長者である伊勢貞親は、まったくちがった反応を示すだろう。

——いかに端《はし》くれとはいえ、伊勢の門流にある者が足軽ごときのむれにまじり、足《あし》

白《じろ》どもとともに駈《か》けまわるなど、醜《しゅう》のきわみと思わぬか。

この乱の本質は、そういうところにある。

(ことほど左様な世界だ)

こんなことを兵庫に言ってきかせてもわからないだろう。

一夜《ひとよ》念仏《ねんぶつ》

千萱《ちがや》のもとには、夜ごと駿河《するが》の今川義忠《よしただ》が通うてきている。

（なにやら、物足りぬ）

と、義忠について思うのは、その薄さについてであった。あるいは、贅沢《ぜいたく》というものかもしれない。

義忠は、武家貴族にしては気概もあり、進退にも華《はな》がありそうだ。駿河今川家の家督を嗣《つ》いだ男だけに、歌道はおろか、音曲《おんぎょく》にも素養があり、当節、これほどの大名はめったにいない。

が、それだけのことだ。器用で千萱が話す話題にもかかるがると反応する。なにやら人間でなく、楽器のような感じがするのである。琴を二つに割ればなかみが中空《ちゅうくう》であるように、義忠という男には、精神に塡《つま》ったものがない。

（それにくらべれば、新九郎どのは。——）

と、思ってしまう。通うてもくれぬ新九郎と、夜ごと、千萱を賞《め》でてくれる義忠とをくらべるばかもない。

さらには、一方は大名で、一方は所領もなく、禄《ろく》もなく、家もなく、妻《め》もなく、年が長《た》けても冠者《かじゃ》でいる男ではないか。

それに、義忠はよく鳴る楽器だが、新九郎は、千萱が弦糸《いと》を搔《か》い撫《な》でても鳴りはせぬ。新九郎に物が塡っているといっても、中身は重いばかりの鉛ではあるまいか。

(あの人は、鞍《くら》の番匠《ばんじょう》が似合いなだけのお人だ)

と、千萱は自分に言いきかせようとしている。たしかに、ながめていると、千萱は、自分は錯覚しているのではないかとときに思う。番匠が持っている寡黙《かもく》さ、番匠以外、たれもが持たぬ物事についての重味のある自信、さらにはおしなべての番匠のにおいともいうべき自分の法則についての忠実さとそれ以外のことについての身勝手さ、さらには他人への無関心。すべてが、新九郎の人柄を構成している要素なのである。

(ただ、それだけのお人だ)

と思うのだが、なぜああいう男に自分は焦《こが》れるのだろうか。

目の光が、義忠とちがう。

たれとも、ちがっている。やや吊《つ》って深く切れあがった両眼からのぞいている光に、正体があるのか。あるとすれば、それは何か、とつい考えこんでしまう。ひょっとすると、動物的な精気というだけのものかもしれない。新九郎には、野生の動物だけがもっている何かがある。

（いらだってしまう。……）

新九郎のことを思うと、である。

御厨子《みずし》を倒した一件に新九郎らが加担していたことは、容易に世間に洩《も》れなかった。

かれらが泥だらけになって帰ってきたあの朝、千萱はそのことを女孺《にょうじゅ》のヤスからきいた。

ヤスは、戻ってきた新九郎と出会い、背後の二人もろとも、髪といい、顔といい、脛《すね》までも泥だらけであるのにおどろき、

――どうなされました。

と、まだ幼女の声でかん高くきいた。

新九郎は、千萱には固い表情で接しつづけているが、子供好きということもあっ

て、千萱の女孺にはときに軽口の冗談などもいう。新九郎の軽口など、千萱にとって想像もできない。

「おお、ヤスか」

新九郎は上機嫌で応じた。

「鳥羽《とば》の蓮池《はすいけ》まで蓮根《れんこん》を掘りに行ったのだ」

女孺がそのことをあるじの千萱にいうと、

「寒《かん》にもあらなくに」

千萱は歌でも詠《よ》むようにいって笑った。ヤス、そなたはかつがれたのです、というと、ヤスはいつになくむきになって、

「新九郎さまは、うそをおつき遊ばしませぬ」

と、口答えした。

「うそばかりのお人ではないか」

千萱も、むきになった。

「きっと、田蓮《たはち》でございましょう」

ヤスは、新九郎のために好意的に解釈した。

彼女の村では、田蓮とよぶ栽培用の蓮根を田に植える。そのとり入れは、いまごろ

か、秋の彼岸《ひがん》前だ、というのである。

「それならば、はちのねをひと根《ね》、ふた根、分けて給《た》べ、という歌をとどけて見や」

ヤスが番匠《ばんじょう》小屋へ行くと、兵庫と小次郎は生木《なまき》を干していて、新九郎はなかで眠っていた。ヤスが小次郎にゆりおこして貰《もら》い、千萱の歌を見せると、新九郎は横に臥《ふ》せたまま、

剝《は》ぐものは
蓮《はちす》の根なる
皮のみかは
四条あたりの物盗りは
根まで剝《は》ぎてぞ
失《う》せにけるは

蓮の根は、四条で追剝《おいはぎ》に奪《と》られたわ、という。

ヤスはそのうたをそのまま千萱に伝えた。

「追剝に？」

千萱は淡く嘲《あざけ》った。追剝に剝がれるような人か。

今夜、三条の鴨《かも》河原で、踊り念仏が催されるという。

——このいくさ騒ぎのなかで。

と、公武《こうぶ》の貴族や官人、門跡、官僧、社僧など、古い秩序に生きるひとびとは顔をしかめていたが、国々の名だたる聖《ひじり》たちがあつまり、鉦《かね》をたたき、足を踏みならし、念仏をとなえつづけて終夜踊るという。楼上で踊る。

楼といえるかどうか。河原に大きな高床の建物を組み、屋根は板でふき、二階に板一重《ひとえ》を敷きつめ、階下は柱だけの吹きとおしである。その階上に、踊り念仏をする聖たちが二百人ほどもあつまるのだろうか。

それを見物すべく数千の老若《ろうにゃく》男女《なんにょ》が押しよせるのだが、武家も足軽もやってくる。この夜ばかりは敵も味方もなく、一様にむれあつまって、一念一声《いちねんいっしょう》の功力《くりき》を得ようとするのである。

息のあやつり　絶えぬれば
この身にのこる　功能《くのう》なし

過去遠々《をんをん》の昔より
今日《けふ》今時《こんとき》に至るまで
思ひと思ふ事はみな
かなはねばこそ
悲しけれ

念仏を唱え、ときに右のようなうたをうたい、踊りに踊る聖どもの陶酔を見ているうちに群衆も酩酊《めいてい》してきて往生《おうじょう》の結縁《けちえん》が果たせたといって歓喜《かんき》する。

この件につき、きのう、鳥辺山《とりべやま》に栖《す》む願阿弥《がんあみ》から、千萱のもとに使いがきて、
当夜、我は篝《かがり》の番をぞする。

幸ひに、結縁なし候へ。

と、申し越してきてくれた。願阿弥は謙虚な男だから階上でおどる聖にならず、階下で火の番をすることにしたのだろう。篝のそばまでは群衆は近づけないから、願阿弥のもとで踊りを見るというのは、最上の場所であるにちがいない。

千萱はこのことを義視《よしみ》夫人にいうと、ぜひゆくようにとすすめてくれた。独りの夜道はあぶないために、新九郎を誘おうとしているのだが、今朝、泥まみれで帰ってきて以来、蓮《はちす》の根《ね》の一件でおこしても起きず、その後も眠っているらしい。

新九郎は、夕餉《ゆうげ》の支度をせねばならない。兵庫と小次郎をおこし、それぞれが手わけして飯を炊《た》き、菜《さい》を煮、汁をつくった。

食べおわると、新九郎は、

「千萱を案内《あない》して三条河原にゆく」

と、いった。すでに千萱の手もとから再度ヤスが文《ふみ》をもってきて、願阿弥《がんあみ》から三条河原の踊り念仏によばれている件を新九郎に伝えていた。

新九郎は、そのことをふたりに言い、留守の番をしてくれ、と頼んだ。

こんな朽ちた番匠小屋《ばんじょうごや》に盗賊などは入らないし、その留守の番をすることなど、たあいもないことだ。ところが、新九郎という男のおかしさは、この男が、頼む、といって軽く頭をさげると、兵庫も小次郎も胸がおどるようにうれしくなってしまう。

「新九郎どのは、時宗《じしゅう》（時衆）がお好きでござるか」

と、兵庫がきいた。

「一遍《いっぺん》は、えらい男であったそうな」

新九郎のいう時宗という遊行《ゆぎょう》の聖《ひじり》の元祖である一遍は、すでに百七十年か、百八十年前に死んだ。しかし時衆の徒が一遍の思想とその遊行の一代を語りつづけているために、新九郎だけでなくこの時代のたれもが、一遍については自分の曾祖父《そうそふ》の人柄や事歴よりよく知っている。

兵庫も小次郎も、時衆である願阿弥が大好きだが、時宗のふんいきは好まない。ふたりは、新九郎が、

——あんなものは、きらいだ。

といってくれるのを待っていたのだが、新九郎はそれに乗って来ない。ただ二人の気持を察しているらしく、

「むずかしいものだ」

と、いった。

「一遍は、自分が、弥陀《みだ》にとって特別な人間であるとは思っていなかった。しかしひとびとの情《じょう》というのはそういう一遍では困るらしく、弥陀の縁者であるかのようになってほしかった。尿《しと》の話は知っているだろう」

「存じております」

と、兵庫はいった。

一遍が道端《みちばた》で尿をすると、ひとびとがあらそってそれを取り、臓腑《ぞうふ》を病む者はそれを飲み、目を病む者はそれを目にこすりつけたというのである。

「一遍もいい気なやつだな」

と、小次郎はいった。その情景だと、一遍は尿をしながらひとびとがそれを器《うつわ》に取るのを許していたことになる。

「それは、わからん。あとで、ひとが、尿溜《しとだめ》からすくったのかもしれん」

「それならたれの尿か、わからぬではありませんか」

「尿のことなど、どうでもよい」

新九郎は、話題をうちきった。

ふたりが、今出川《いまでがわ》どの(足利義視《よしみ》)の屋敷を出たときはまだ足もとがあかるかった。

千萱は、壺装束《つぼしょうぞく》である。

小袖《こそで》の上に、透《す》けたすずしの小袿《こうちぎ》を頭からかずいて、朱の紐《ひも》でゆるく腰を結び、歩きやすいように裾《すそ》を折りつぼめている。

新九郎は、反《そ》りの深い太刀を佩《は》いて、侍姿である。念のために、馬を一頭、別当《べっとう》に曳《ひ》かせた。馬も別当も、伊勢家から借りてきた。万が一、足軽どもに逐《お》われたとき、千萱をのせて逃がすためだった。

今出川に沿って、南下した。

この当時、今出川とは、単に地名ではなく、そのような名の掘割《ほりわり》の川が流れていた。

足利義視《よしみ》邸の東側を南流している。ほどなく直角に東流し、やがて鴨川に並行してふたたび南流する。その果ては六条のあたりで鴨川に流れこんでいる。

「兄上、うれしゅうございます」

と、千萱は、新九郎と二人で歩けることで、足を踏みおろすさえおぼつかなげによろこんでいた。

「わしも、願阿弥《がんあみ》どのにひさしぶりで会えるとおもうと、うれしい」

「兄上」

千萱は、腹が立った。

「願阿弥どののことを、申してはおりませぬ」

「踊り念仏のことか」

「あなた様は、女の気持というものが、おわかりなさらぬお人でございますか」

新九郎はだまっていたが、今出川の角をふたたびまがったところで、

「女は、厄介なものだ」

と、千萱の襟《えり》を刺そうとしている蚊を、手にもった槙《まき》のあおあおとした小枝で追ってやった。千萱は、その一刷《ひとは》けの感触に驚き、心の梁《はり》が落ちたような気がした。

「なぜ？」

千萱は、新九郎に寄り添ってしまった自分自身を奇怪に思いつつも、みずから制するすべもない。千萱は、新九郎の胸もとから匂《にお》う汗のにおいを嗅《か》いでしまった。

「千萱、そこもとは、足軽どものことばでいうところのびんちょう（美女）だ」

「えっ？」

新九郎は自分をそれほどに認めてくれているのだろうか。

「それも、尋常なびんちょうではない。京でも、ふたりとは居まい」

「だから？」

千萱はきいた。

「だから、わしには厄介だ」

そのあと、新九郎は押しだまってしまった。

新九郎は、自分に正直でない。

かれは、荒磯《あらいそ》にいる自分を感じていた。千萱が好きであることと、間断なく押しよせてくる波とが、一つのものになっている。ともすれば体のしんから白い波頭《なみがしら》が立ち、足がすくわれそうになる。そのことに、懸命に堪えている。

(なぜ、堪えるのか)

ということについては、新九郎には何の理屈づけもない。堪えることが男だと頭から信じているだけである。

新九郎はいままで、一門の長者である伊勢伊勢守のために、名子《なご》や、あ、ら、し、こ、のような従順さで働いてきた。

――千萱を、お前の妹分とせよ。

と、貞親からいわれ、仕送りをうけもたされたときも、貞親の言いつけのままそのようにした。千萱がまだ襁褓《むつき》のころ、この児を田原の光明庵につれてゆけと貞親の父、貞国にいわれたときも、それに従った。まだ年少の身で、児をおぶって歩くのがはずかしかったことを覚えている。

千萱は、京につれもどされた。貞親の手配りにより、新九郎の妹ということで今出川どの(足利義視)に仕えた。義視にいたっては、まだ千萱の名を覚えきらずに、

——新九郎の妹。

とよんでいる。

(わしは、伊勢家のあらしこなのだ)

と、新九郎はいつも思う。

日本国の世は、そういうものなのである。

一村の長者の家にうまれても、弟分《おとうとぶん》ならば本家の当主である兄の家来にならざるをえない。弟の子の代になると、本家に対する身分はいよいよ低くなる。弟の曾孫《そうそん》ぐらいだと、一代抱え、飼い殺しといわれたあらしこになりかねない。あらしこは、当主への忠誠心をもつかぎり、めしの食いはぐれがなかった。

新九郎は、貞親という男を好まない。

(が、伊勢家の当主に従順である以外、仕方がないのだ)

と思ってすごしてきた。

いま、波にすくわれるままに千萱を抱いてしまえばどうなるだろう。

貞親に従順であった自分自身の過去のすべてを自分でくつがえすことではないか。

義視についても、新九郎は、誰《たれ》よりもこの主人を信用していなかった。しかし千萱を抱いて妹でなくしてしまうことは、新九郎が、義視という男の申次《もうしつぎ》衆《しゅう》という基盤を自分で崩すことになる。

むろん、そんなものは崩してもいい。鞍《くら》さえ作っていればいい。しかし、鞍作りすら、あらしこととしての従順のあらわれなのである。抱くことによって、そのような分《ぶん》のすべてが無くなってしまう。

やがて三条河原についたときは、堤《つつみ》も河原も、さらには橋でさえ（洲《す》から洲へ切り継ぎにかかった橋桁《はしげた》なしの橋である）人でうずまっていた。

顔のくずれた病者がうずくまっているかとおもえば、そのとなりに牛車《ぎつしや》に乗ってやってきている貴人もいる。商人《あきうど》、職人、武士、さらには近郊からやってきた農民たち……。

足軽もいる。

いるどころではない。そこここに三十人、五十人とかたまり、長柄《ながえ》をかつぐ者、銹《さ》び刀の鞘《さや》を粗布《あらぬの》で巻き、肩からかけている者、戦場でひろったのか、みごとな重籐《しげどう》の弓をもつ者などが、手に手に数珠《じゆず》をかけ、なかには聖《ひじり》たちがまだやぐらに登らぬというのに念仏をとなえている者もいる。

信じがたいほどのことだが、敵味方の足軽どもが、たがいに隣りあい、ときには膝《ひざ》を触れあわせてすわっている。

「きょうばかりは、いくさがない」

と、千萱《ちがや》はよろこんだ。

「そういうことだ」

新九郎はいった。

「かれらは、今夜、ここで往生《おうじょう》の結縁《けちえん》が決まれば、あすから安心して戦うのだ」

ばかなやつらだ、と新九郎はつぶやいたが、千萱の耳には入らなかったらしく、彼女のような者でさえ、この現象を念仏の功能《くのう》とみて、目をかがやかせて、弥陀《みだ》の名を何度も唱《とな》えた。その唱名《しょうみょう》の声調子がすずやかであることに新九郎は感じ入り、

「いい唱名だ」

と、いったが、よく考えてみると、彼女が育った田原の光明庵は、門流こそ異《こと》なれ、念仏の宗旨であった。いわば念仏が、千萱の耳と体にしみこんでいる。

「兄上も、念仏申されませ」

「わしは、念仏はせぬ」

新九郎は、後生《ごしょう》など願ったことがない。

「おそろしいことを。死ねば、私は極楽に生《しょう》じますのに、兄上は、なにやらに堕《お》ちて

も平気でございますか」

なにやらとは地獄のことである。そのことばを口にするのも忌《い》むほどにこの時代のひとびとは地獄を怖《おそ》れていた。

しかしながら、一方では、禅宗の渡来と普及によって、地獄についての恐怖は、とくに武士階級においてやや薄らいだかに見える。地獄は地理的に存在するのではなく、自分の中にあり、解脱《げだつ》することによってそれを体からたたき出せばよいという勇ましい思想が禅家のものであり、新九郎はどちらかといえばそのほうに近い。

（どこを、どうゆけばよいか）

新九郎は、堤《つつみ》の上から遠いやぐらをのぞんで、人の混みようにあきれる思いだった。願阿弥《がんあみ》は、おそらくやぐらの下で待っているだろう。

「伊勢どの」

と、背後から両肩をつかんだ男がある。

ふりむくと、骨皮道賢《ほねかわどうけん》が、ひげっ面《つら》をくずして笑っていた。

「きたのか」

新九郎は、無意味に問うた。

「きた」

骨皮も、無意味に答える。たがいに先夜のことについては言わない。

骨皮は千萱の方をみて、

「よき女《め》と、ともどもに御結縁《ごけちえん》なさるか」

とからかったが、新九郎は、

「妹だ」

とのみいった。

骨皮の背後には、かれの徒党が押しならんでいる。そのなかから、つぎつぎと人が前へ出てきて、新九郎にあいさつをした。稲荷山の上《かみ》ノ社《やしろ》の籠堂《こもりどう》の前で新九郎から下知《げち》をうけた男ども、田舟《たぶね》に乗って田中《たなか》ノ社《やしろ》の泥沼の中を中洲《なかす》へ漕《こ》いで行った男たち、みな新九郎を慕わしげに見てあいさつをしたが、新九郎は朴念仁《ぼくねんじん》のような顔で突っ立っていた。

この連中に、親しみをこめて応酬すれば、骨皮の迷惑になる、と新九郎は思っている。骨皮こそかれらの棟梁《とうりょう》であり、新九郎としては、自分に人気を吸収すべきではない。

むろん、骨皮は、そんなことにこだわる男ではなかった。ただ、田中ノ社の合戦については何もいうな、とかれは一同に言いふくめてあるらしく、たれもそのことには触れない。

（骨皮は、わしがあの合戦に加勢《かせい》したことで、わしに迷惑がかかるかもしれぬということを心くばりしているのだ）

と、新九郎は思い、骨皮という男の心やさしさに感じ入った。

驚いたのは、あの夜、稲荷坂の辻《つじ》から新九郎を案内《あない》して山上の籠堂へつれて行った御厨子《みずし》党の二人の者が、この一団の中にいたことだった。二人は最後に新九郎の前に出、

「おかげじゃ、おかげじゃ」

と、しきりに頭をさげた。新九郎の口ききのおかげで命拾いをした、というのである。

「このいのち二つは、あんたのものじゃ」

と、骨皮がいった。

「いのち？」

新九郎は、そういう思想に驚いてしまった。

「当座、わしがあずかっておく。あんたに二人の命が必要なら、いつでも言ってきて

くれ」

新九郎は、千萱《ちがや》とともに人混みをかきわけた。

夏の雲が、崩れぬまま、暮色のなかで赤くかがやいている。

やがて、やぐらのそばまでくると、願阿弥《がんあみ》が砂の上にすわっており、そのまわりだけはひとびとも遠慮をして近づかない。

すでに願阿弥のそばの篝籠《かがりかご》の中には薪が盛りあげられ、補給のための薪もわきに積みあげられている。

「よう、渡《わた》ろうて来られた」

と、願阿弥は千萱に黙礼し、新九郎にはかるく会釈《えしやく》をした。新九郎は、わざわざ膝《ひざ》をつき、

「おかげさまにて、果報《かほう》なことでござる」

と、念仏には無関心ながら、願阿弥の好意に感謝するあいさつをした。

「新九郎どのに、かような場で、ゆるゆるとお目にかかれることになり、うれしく存じております」

願阿弥のほうも、どれほど本心であるかどうか。

新九郎も、礼式の伊勢家の者だけに、無愛想ななかにも、ひととおりのやりとりはする。

「願阿弥どのも、いつもながら、つつが無う……」

「息災《そくさい》なだけが取柄《とりえ》。しかしながら、当節、世のみだれのために、念仏坊主といえども、あのようなものを持たねばなりませぬ」

と、かたわらの菰苞《こもづと》をさした。

(太刀か)

と、新九郎は思った。

僧というものが武器をもつのは南都北嶺《なんとほくれい》の僧兵、高野《こうや》の行人《ぎょうにん》ぐらいのもので、禅僧ももたず、まして、古い宗旨の僧から僧の端《はし》とも見てもらえない時衆《じしゅう》の徒にいたっては身に寸鉄《すんてつ》も帯びない。

「守護不入《しゅごふにゅう》」

ということばも、流行《はや》っていた。守護とは、国々の地上の権力をもつ大名のことである。大名の権力も武力も、寺々には一切入らない、という約束を大名と交《かわ》している寺がふえているのである。

このような、踊り念仏を興行する場合も、この場は暗黙のうちに「守護不入」という慣習ができていて、京を二つに割っている西軍と東軍も、この念仏の場ばかりは兵を入れたりしない。

「京のうち、今宵《こよい》、この場所ばかりは刀杖《とうじょう》の音がせぬとききましたが、願阿弥どのの用心ぶかさよ」

「時衆仲間が、割れておるのじゃ」

「時衆は、一枚とききましたが」

「一枚よの。本来は」

と、願阿弥は、悲しげな顔をして、

「何事も二つ、三つに割れねば済まぬ当世の風《ふう》が、時衆にまで及びましたわい」

と、いった。

願阿弥が、二なきひととして崇敬している一遍捨聖《いっぺんすてひじり》は、その生涯、口ぐせのように、

——捨ててこそ。

と、言いつづけた。

かれにとって、寺や教団をもつことも、捨てるということの逆になった。生涯、一

ヵ寺にも住《じゆう》せず、一ヵ寺をも建立《こんりゆう》せず、遊行《ゆぎよう》の旅のなかで世をおえた。

旅衣　木の根　萱《かや》の根いづくにか　身の捨てられぬ　ところあるべき

という一遍の歌を、願阿弥は日頃《ひごろ》の覚悟として唱しつづけている。

一遍は、鎌倉の世を歩いた。元寇《げんこう》があった北条時宗《ときむね》の世であり、時宗が若くして死んでからは、世の執権は貞時にかわった。一遍は、その正応二年（一二八九）の夏のさかりを歩きつづけ、阿波で病んだ。しかし、屈せずに歩き、淡路にゆき、播磨《はりま》にわたり、播磨の印南野《いなみの》で死ぬつもりでいたところ、結縁《けちえん》のために舟に乗り、兵庫の和田《わだ》岬《みさき》にゆき、土地の観音堂を最後の宿とした。

ここで一遍は、所持していた経典を書写山《しよさざん》に寄贈し、書籍、書きもののたぐいはすべて焼いた。このため、一遍の著述というものは、ほとんど後世に伝わっていない。

すべてを焼くことによって、

一代の聖教《しやうけう》　みなつきて、南無阿弥陀仏《なむあみだぶつ》になりはてぬ。

と、いった。

この最後の日日のあるとき、傍《かたわら》の人が、

——上人《しやうにん》御臨終の後、御跡《おんあと》をば、いかやうに御定《おんさだ》め候や。

と、きいた。その臨終の地にどういう墓なり寺なりをつくるのか、ということである。

一遍は、答えた。

法師のあとは、跡なきを跡とす。

葬儀も、儀式の整うたものをおこなうな、屍《しかばね》については、野に捨て、けだものにほどこすべし、といった。

しかしその死後、門弟のおもだつ者がたがいにかたまり、いくつかの寺ができ、やがて教団らしい組織もでき、念仏者の間に上下もできた。また寺々も寺格の貴賤《きせん》をあらそうばかりか、尊貴な聖たちは寺に住し、遊行《ゆぎよう》しなくなった。

一遍《いつぺん》が念仏をすすめてあるくについて、紙片に「南無阿弥陀仏《なむあみだぶつ》　決定《けつじよう》往生《おうじよう》十万人」

と刷った算《ふだ》を賦《くば》った。これを、かれは賦算《ふさん》といった。

かれの思想からいえば、この算はまじないでも何でもなく、結縁《けちえん》のための方便にすぎないのだが、のちの人にとっては、極楽往生のための関所手形《せきしょてがた》のようにおもわれるようになった。

一遍は、この板木《はんぎ》を、異母弟で弟子でもある聖戒《しょうかい》にあずけておいた。このため、聖戒は、一遍の死後、自分こそ御跡《おんあと》を継ぐ法灯のぬしである、と思うようになった。

べつに、ひとびとが押したてる人物がいた。一遍の遊行に生涯つき従った真教《しんきょう》（他阿弥《たあみ》）である。

聖戒は真教を軽んじて、

――真教どのというのは、上人の生前、念仏唱和のとき、かけ声をかけて拍子をとっていたひとだ。

それだけの存在だった、というのだが、たがいに門人をひきいて競《きそ》うようになった。一遍は、たえず念仏の先導者のことを「知識」とよんでいたが、真教はこの呼称を相続し、位《くらい》として絶対化した。真教の没後、その弟子智得《ちとく》という者が、三代目を跡目相続した。一遍の思想が、教団になることで流布《るふ》されはするが、同時に権力機構になって堕落してゆく。教団になると、つねに組織を強化せねばならない。そのために、一遍の思想がはなはだしくゆがめられた。最高の法統である板木の相続者のことを代々「遊行上人」とよんで尊んできたが、その権力と権威とありがたみをふやすために、信じがたいほどのことだが、極楽に往生するかどうかは、法主《ほっす》である代々の遊行上人がきめるという教学に変化した。

このため、『過去帳』という地獄帳がつくられた。死者について気に入らないことができると、この『過去帳』に名を書き入れられる。そうなれば、極楽から地獄に一挙に転籍させられてしまう。

京都でも、七条道場や四条道場といった遊行でなく定住の寺ができて、室町将軍家や諸大名ともつながりをもった。

「今夜の踊り念仏には、七条も四条も参加していない。ほんものの遊行たちのみのあつまりだ」

と、願阿弥《がんあみ》はいった。教団から自由な連中による興行ということだろうが、それに対し、七条道場の聖どもが攻めてくるといううわさが高く、だからこのように太刀を用意しているのだ、といった。まことに、聖の世界すら乱世が入りこんでいる。

天に残光が消えるとともに、やぐらのまわりに五基、六基と据えられた篝籠《かがりかご》の火がかがやきはじめた。いつのまにか、やぐらの上に僧尼が満ちている。

そのうちの一人が、よく透る声で一遍の和讃《わさん》を唱し、他の僧尼が鉦《かね》で和した。

身を捨つる
捨つる心を　捨てつれば
思ひなき世に　墨染の衣

群衆はひくく名号《みょうごう》を唱しているのだが、新九郎だけはだまっている。黙っていると、自分ひとりが沖の岩礁《はえ》の上に立っているようで、まわりに潮が満ち、潮騒《しおさい》のなかにゆすぶられているかのように思えてくる。

念仏踊りが、いきなりはじまるのかと思ったが、うたからであった。しずかな和讃の独唱がつづいている。

一遍念仏は、人のいのちがつかのまであることをしきりに説く。つかの間のことを、一遍が慣用することばとして「出《い》で・入《い》る息の間《ま》」という。

身を観《くわん》ずれば　水の泡
消えぬる後《のち》は　人ぞなき
命を思へば
月の影
出で入る息ぞ　止《とど》まらぬ

さらに、一遍はひとびとに地獄を怖れさせる。つかのまに地獄へ落ちるぞ、という。

和讃も、そのような意味のうたが、つぎつぎと高唱される。

（いい声だ）

と、新九郎は思った。かたわらの千萱《ちがや》などは、頭上から降《ふ》りおちてくる声に、念仏することもわすれ、身をふるわすようにして聴き呆《ほう》けている。

和讃がすすみ、やがてすべての衆生《しゅじょう》は阿弥陀如来《あみだにょらい》によって救われる、それが如来の本願であり、ひとりも洩《も》れる罪人《とがびと》はない、というあたりになると、やぐらの上で高唱する僧尼が五人になり、十人になり、二十人、三十人とふえてゆく。やがて、

仏も衆生もひとつにて
南無阿弥陀とぞ申すべき

というくだりになると、僧尼のすべてが合唱する。和讃が尽きると、鉦をたたき、足を踏みならし、ただひたすらに名号をとなえつづけるさまは、狂ったようにしか見えない。

闇《やみ》が、欣求浄土《ごんぐじょうど》で揺れている。

(粘《ねば》つくようだ)

刻《とき》がたつにつれて、新九郎は居たたまらなくなってきた。

だれでもいい。

——地獄へ行こうではないか。

と、叫びだす酔狂者でも出て来ないか。

一人々々が融けてしまって、欣求浄土という潮騒《しおさい》の泣く波になりはてるなど、人間というものは可憐《かれん》すぎはしまいか。

(船のようだ)

と、やぐらを見あげた。

やぐらの上で、根太《ねだ》をきしませて踊っている聖《ひじり》たちは、群衆が低唱する念仏の波の上を漕《こ》ぎゆく船の漕ぎ手に似ている。

(いい気なやつらだ)

と、思わざるをえない。

千萱《ちがや》も、気味わるくなりはじめているらしい。

「地獄というのは、あるのでしょうか」

と、願阿弥《がんあみ》にきいている。願阿弥は、ある、と言えばいいものを、

「わしは、見たことがない」

と、野ぶとい声でいった。千萱は、新九郎にむかっておなじことをきいた。

「ない」

と、新九郎はいった。

仏教が堕地獄《だじごく》とする罪科《とが》の第一は殺生《せっしょう》であろう。魚をとる漁師、猪《いのしし》を殺す猟師、みな地獄に堕ちる。生計《なりわい》のために地獄に堕ちるなどと、もし仏《ぶつ》がいったとすれば、仏などくそをくらえ、人は道を歩いても知らずして蟻《あり》を殺し、刺されれば痒《かゆ》さのあまり

蚊を殺す。それらはみな殺生であるがために蚊いっぴきで地獄に落ちねばならない。その蚊を蜻蛉《とんぼ》が食う。蜻蛉は地獄へゆくであろう。その蜻蛉をつばめが食う。つばめは、地獄必定《ひつじょう》である。

（仏が、そんなおろかなことをいうはずがない）

げんに、経典では、阿弥陀如来《あみだにょらい》というものの本性として願《ねが》い（本願）は衆生《しゅじょう》を差別なく救うことだ、といっている。罪があろうがなかろうが、浄土へつれてゆく、いやがる者でも不信心な者でも追っかけ、差別せずに浄土へつれてゆき、洩《も》れることがない。

「つまりは、浄土もなく地獄もなく、すべての者は洩れなく死ぬのだということを阿弥陀経はいっているだけだ。そのことは、一遍《いっぺん》はわかっていた。死ぬまで安心して生きよう、というのが、一遍の名号《みょうごう》くばり（賦算《ふさん》）だ」

「しかし」

と、千萱はいった。

「ここにいるひとたちは、地獄が本当にあるということを信じていらっしゃるのでしょう」

（たしかに、たれもが信じ、それ以上に恐怖をもっている。この場のひとびとは、ひ

とえに地獄へ落ちぬように聖《ひじり》たちの念仏にすがっている）

と思ったが、反面、人間はみなそんなものだろうか、とくびをひねった。この場のひとびとのうち、十に二、三人は、地獄も極楽もあるものか、と心のどこかで思っているにちがいない。それでも、この踊り念仏の河原に集まってきている。

（それは、娯《たの》しみというものにちがいない）

と、新九郎は考えた。人間には、群衆を前にしてうたをうたい、踊りをおどり、あるいは所作をしたがるという性《しょう》があるのではないか。いま、やぐらの上で足を踏みならしている聖たちが、そうにちがいない。かれらがいかにあつい信心をもつといっても、野中《のなか》でただひとり鉦《かね》をたたいて踊るだろうか。見られることを欲しているわけだし、見る側も、おおぜい群れてひとの所作を飽きずに見つめたい性があるかのようで、もし見物がただひとりなら、踊るほうも見るほうもやめてしまうにちがいない。

「千萱、もう存分に見たか」

ときくと、千萱はほっとしたようにうなずき、

「飽きた」

と、小声でいった。その言い方が千萱らしく露骨だったために、新九郎は苦笑した。彼女が踊り念仏を見たいというからきたのではないか。

河原のはしで、馬にのせた。

「もっと、見たかった」

と、馬上から新九郎にいったのには、おどろいた。

「飽きた、といったではないか」

「兄上がわるい」

と、千萱がいう。新九郎のように冷たい顔で見物していられたら群れの気分のなかに融けこめない、というのである。

「では、河原へひっかえすか」

「いや」

千萱は、できれば別当をかえし、新九郎と一緒に歩いて帰りたかった。

「千萱は歩く」

といったが、新九郎は相手にならず、千萱のわきを離れて別当の前に立ち、炬火《たいまつ》をかざした。

そのとき、背後で、地が揺れるようなどよめきをきいた。

念仏や鉦の音が、ひとびとの叫びあう声にかわった。

背後の河原の闇《やみ》が、どよめきとともに、盛りあがったり、崩れたりした。

(願阿弥《がんあみ》が言ったあのことがおこったか)

あの鳥辺山《とりべやま》の聖《ひじり》は、万一の襲撃にそなえて、太刀を菰苞《こもづと》にくるんで横たえていた。おそらく同じ宗旨の七条道場派が襲ったのであろうか。

(人間は、愚劣だ)

と、新九郎は、人間であることをやめたくなるほどの悲しみとともに思った。むろん、七条道場のほうが悪かろう。あの連中は捨聖《すてひじり》ではないか。なぜ、我執《がしゅう》を捨てないのか。寺院、教団を持てば、守護(大名)や地頭のように、一国一郷を所有したような我執ができ、一遍《いっぺん》以来の無寺院主義をとなえる願阿弥らの一派が、危険分子のように見えてくるのであろう。七条道場を俗世の公家《くげ》や武家とすれば、願阿弥らはちかごろ流行《はやり》の足軽衆ともいうべきものだった。

念仏の足軽衆である願阿弥らが、公家・武家である七条道場の手足につかわれているときは、七条道場にとって都合がよかった。

足軽衆が、道場なみに、人をあつめ、念仏踊りを興行するとなると、

——越階《おっかい》の沙汰《さた》なり。

と、道場側が怒ったのにちがいない。

七条道場としては「賦算《ふさん》」の権をもつことによって権威がある。この道場から、「南無阿弥陀仏」と刷った紙片を頂戴《ちょうだい》することによって往生の結縁《けちえん》が成立するのだという、ばかばかしさはどうか。

——人は、誰《たれ》でも死ぬ。

死ぬことに勿体《もったい》をつけて商売《しょうばい》のたねにしようとしているのが七条道場であるか、と新九郎はおもった。

——お算《ふだ》を頂戴して死ね。

と、七条道場は権威をもって衆生《しゅじょう》にすすめている。が、野《や》にある願阿弥らは、お算など紙片にすぎぬ、それをも捨てよ、念仏のみ唱《とな》え参らすべし、という。七条道場にすれば、そういう精神の世界の足軽どもが出てきては、権威が干《ひ》あがってしまう。願阿弥は、あのとき、

——そこもとの主人である今出川《いまでがわ》どのを、七条道場はかついでいるのだ。

と、新九郎に洩《も》らしたが、かれはそんな事情は知らなかった。ともかくも七条道場が俗世の権威と結ぶなど、極楽で一遍がきけば動顛《どうてん》するにちがいない。

やがて、やぐらが燃えあがった。

手のつけようのないさわぎである。北へ逃げようとする人影は、新九郎と千萱《ちがや》の目の前を飛ぶようにゆきすぎてゆく。逃げ遅れた者は川に飛びこみ、あるいは橋上を駈《か》けて東へ走っている。たれも襲撃者のむれとたたかおうとはしない。逃げているなかに骨皮《ほねかわ》やその徒党もまじっているだろう。

「願阿弥どのを、救わねば」

と、千萱がいった。

「むだだ」

と、新九郎はいった。

このさわぎのなかに飛びこんで命をおとすほど無意味な死はない。

「だけど」

と、千萱はいった。

「願阿弥どのは、菰苞《こもづと》に太刀をくるんでおられました。こういう場合、斬《き》り防ぎなさるおつもりでしょう」

「あの太刀は、万一のことが出来《しゅったい》したとき、千萱を守るためだ、と願阿弥はいっていた。その千萱が途中で去った上は、願阿弥ほどのやつだ、菰苞をかかえ、背をまるめて逃げたろう」

である。

「わしのことかい」

新九郎は、おどろいた。ひとから人格について罵倒《ばとう》されたのははじめてだったので
「薄情者。――」

ある。

「わしが、薄情というのか」

新九郎は腹を立てずに考えこんでしまった。

「そなたをここに置きすててあの修羅場《しゅらば》にもどるほうが情《じょう》が濃いというのか」

と、大まじめで千萱に問い返したとき、人の波がこちらに押しよせてきた。

「千萱、馬から降りるのだ」

と、新九郎はあわてて、右手で千萱の腰を鞍《くら》から払いおとし、左手で抱きとめた。

馬上にいれば、かえってめだつと思ったのである。新九郎は別当《べっとう》をかえし、千萱を背負って駈けた。

(三度目だ)

闇《やみ》の中を、すねを飛ばしながら思った。千萱が嬰児《みどりご》のころこのように背負って田原まで山を越えて行ったことを思いだしたのである。

糺《ただす》の森の方向をめざすうち、松林のなかに入りこんだ。息が切れていた。息を入れ

るために千萱を砂の上におろした。

人波のどよめきは、遠ざかっている。

新九郎は、すわっている。

千萱は、臥《ふ》せて、寒い、といった。

「――この暑い夜に」

なんの寒かろう、とまでは言わず、新九郎は取りあわなかった。ひたすらに闇《やみ》のむこうを警戒していた。

「寒い」

と、千萱が新九郎の手をとった。

「千萱、そなたは駿河《するが》へくだることになろう」

闇のむこうを見ながらいった。

「なんと?」

千萱は、息をとめた。

「今川どの（義忠）の領国にさわぎがおこって、京にながながと居ることができぬ。隣国の尾張の斯波《しば》どのが、遠江《とおとうみ》や駿河をさわがしている」

尾張の守護の斯波義廉《よしかど》はまだ領国にあるが、西軍の山名《やまな》持豊《もちとよ》に味方し、近くの東軍の守護の国人《こくじん》・地侍《じざむらい》をわがほうにひきよせている。

「今川どのは、蔓長《つるなが》のあけびとおなじだ。蔓をのばして京まできたが、根（領国）を切られては立ちゆかぬ」

今川義忠がひきいてきた駿河・遠州のおもな在郷勢力は、遠州の笠原郷の笠原氏、遠州馬伏塚の小笠原氏、駿河の庵原《いはら》氏、遠州浜松郷の浜松氏、駿遠両国にわたって幾村かの小さな領地をあわせもつ朝比奈《あさひな》氏などである。

かれらはそれぞれが名門で、その点、守護の今川氏同様、根が浅い。大地のあらたなぬしは、農村を出生《でしよう》としてきた国人・地侍なのだが、かれらは、仮りに名門を笠《かさ》として戴《いただ》いているだけで、気が変れば、他の笠を頭にのっけるかもしれない。

「そういう世だ」

尾張の斯波氏が、遠州や駿河の在郷勢力に工作の手をまわしているため、今川義忠の傘下《さんか》にいるそれら在郷の名門の当主たちが、自分の勢力が掘りくずされるため気が気でなく、上洛早々から義忠に帰国を説きつづけてきた。

その不安は、頂点にいる今川義忠もおなじで、かれは東軍総帥の細川勝元に帰国をねがい出ていた。

細川勝元は、当初、渋っていたが、尾張の斯波氏が大軍をひきいて上洛し、西軍に味方するという噂《うわさ》をきいてからは、

「早々に帰国されよ」

と、むしろせきたてた。斯波氏に上洛させないよう、地元で今川氏が足をひっぱるというほうが、戦略上都合がいいのである。

「今川どのは、そなたを連れて駿河《するが》に帰る」

と新九郎はいった。

「私が、駿河に？」

千萱《ちがや》はとび起きてしまった。

「いやじゃ」

新九郎に抱きついてみたが、この男は単に手を千萱の背にまわしただけであった。

「私は、新九郎どのと、添う」

「妹ではないか」

京では、伊勢氏の長者の貞親が言いふらしたために、兄妹になっている。京にいるかぎり、両人が添うことなど、夢である。といって、新九郎の所領がないため、どこ

へ落ちることもできない。

「いまに、京は火になる」

と、新九郎はいった。

「今出川《いまでがわ》どのも、あぶなき御身上《おみのうえ》だ。このさき、京では女ひとり、生きてゆける場所が、寸土《すんど》もないぞ」

「新九郎どのは、どのようになされます」

「わからぬ」

正直なところであった。

「公家《くげ》たちも、やがて諸国の知るべを頼って落ちてゆくにちがいない。京は飢《う》える。夜露をしのぐやかたもなくなるだろう。千萱、駿河へゆけ。そこしか、そこもとが身を寄せる場所はない」

「――寒い」

と、千萱が、新九郎の手をつよく握った。

(それが、返事なのか)

「駿河のこと、決めたな？」

「千萱は、ただ寒いのです」

と、新九郎の片腕をたぐるようにしてひきよせた。

新九郎は、さからわずに崩れ、千萱の頰《ほお》に自分の頰をつけ、左から右へそっと動かした。途中、唇があった。

「しばし、ものを言うな」

ささやき、男がなすべきふるまいをゆったりとはじめた。

千萱は、新九郎が入ってきたとき、声をかすれさせながら、もう寒くない、といった。

ふたりは、夜ふけまで松原のなかにいた。枝ごしに光る星を見ながら、新九郎は、

「こらえていたが、ついにはかようなった」

というと、千萱は、こんどは新九郎どのとはよばず、兄上、とよび、

「これで、駿河へくだることができます」

と、言った。そのあと、不意に、

「私、民部大輔《みんぶだゆう》(今川義忠)さまのおたねをやどしたような……」

まだわかるほどの月日ではないはずだが、千萱は、そういう感じがする、という。

「わしは、いずれ、今出川どのにおともして伊勢に下向《げこう》するだろう。ちりぢりになる日がくる」

兵火

すでに、のちの世で言うところの応仁ノ乱が進行している。

いつはじまり、いつ終ったかということもないこの大乱には、主役がない。

正義も名分《めいぶん》もない。

意味もなかった。しいていえば、生物のむれが、地方々々の巣から京へ這《は》いのぼってきて、無目的に自己《じこ》減殺《げんさい》しあうようにして、たがいに争闘し、殺しあい、古くからつづいた権威の象徴である寺社を焼きつくすという生態そのものに意味があったかのようである。

(ばけもの同士のたたかいだ)

と、渦中にある新九郎は思っていたが、そのばけものとは何かということになると、かれにもよくわからない。

東軍総帥の管領細川勝元の人柄が、ばけものであるはずがなかった。

勝元は痩身《そうしん》の人で、この時代の都市的教養を体に詰めて干《ほ》しあげたような貌《かお》をしている。禅学に通じ、歌学にあかるく、しかもくだけて能《のう》の鑑賞に堪能《たんのう》であった。一面においてさりげなく権謀術数の手を打ち、網《あみ》をつくり、他の面において日常閑雅《かんが》にふるまっている。

西軍の総帥山名持豊《もちとよ》はあぶらがたっぷり肥満した体に溜《た》まって、あかあかと貌が光っている。かれはすでに頭を剃って、宗全《そうぜん》という法名《ほうみょう》をもっていたから、世間では、かれの名をよばず、

「赤入道《あかにゅうどう》」

とよんでいた。権力欲も物欲もさかんだが、かといって、痩《や》せた細川勝元と同様、将軍になろうとは思っていない。せいぜい将軍に次ぐ位置を占めて、諸国の守護の家督争いを自分流儀にさばきたいということぐらいであろうか。

鎌倉幕府の成立は、この応仁の世から二百八十余年前である。鎌倉の世は、古い社会を一変させたとはいえ、根こそぎではなかった。

室町の世では、将軍、管領、守護といった武家貴族も、かつての公家《くげ》貴族のように、多分に権威になった。実力をもつより、より一層権威を高めるほうが、世を遵《したが》わせるのに便利だという古代以来の法則がまだ生きていた。

しかしながら一方において農村の経済力は、鎌倉の世とは比較にならぬほどに騰《あが》っている。さらには、都市では商業が発達し、金銭をもつ者があらたな実力者になってきた。農と商という社会の実質をなす要素が前時代とは比較にならぬほどに充実したため、過去からの権威が半ば亡霊化し、しかも亡霊たちがその権威構造を守ろうとしてたがいに戦いあっている。

それから幾旬《いくじゅん》をへたか。

新九郎が、一条大宮のあたりを歩いているとき、煙に追われて駈《か》けてきた老婆が、

らりよ

らり

乱離《らり》ぢや

と、辻《つじ》で踊りだし、にわかに倒れたのを見た。抱きおこすと、息がなかった。裾《すそ》がはだけ、ほとの毛が鬼々《おにおに》しげに白《しら》ばみ、生《せい》ある頃《ころ》のうらみを嘯《うそ》ぶいているかのようである。

(悴《せがれ》に焼け死なれたか)

新九郎は死体をかついで歩くうちに、革堂《こうどう》(行願寺《ぎょうがんじ》)が焼けているのを見た。そのあたりに跳ね飛ぶのは武士・足軽のみで、僧は逃げたのか、姿も見ない。

「汝《うぬ》は、敵か」

駈けまわっていた足軽のひとりが、新九郎を見つけ二、三歩の近さで弓をひきしぼったが、新九郎はこの寺の寺男《てらおとこ》よ、とふだんの表情で制したために、相手は弦《つる》をゆるめた。

「何をして、戦場《いくさば》をば歩く」

「ここは、わが住む街巷《ところ》じゃ。など、戦か。いくさはあとからきたものであろうが」

と、焼けさかる革堂に近づくと、扉が燃え、たるきから煙が噴き出、屋根のやぶれ穴から炎がたかだかと噴きあがっている。内部《なか》の仏たちも、火を吐いているのにちがいない。

その仏たちとともに焼かれれば、老婆にとって何よりの供養《くよう》であろう。新九郎は、このような場合に誦《ず》すべき経を知らないために、古い禅語を偈《げ》のかわりに高く叫び、老婆を火にむかって投げた。

有心　已《すで》に謝す
無心　いまだ様《さま》にあらず

生や煩悩《ぼんのう》のとらわれはどこかへ行ってしまった、なにしろ死体だからな、しかし死体でも無心というわけではあるまい、恨みが、わずかでも残っているはずだから、早く非思量《ひしりよう》（悟り）の様《さま》におなりよ、といって引導《いんどう》をわたしたのである。

そのあと、新九郎は戦場を見て歩いた。

「東軍」

と細川勝元方《がた》をよぶのは、勝元の邸（本営）が室町御所（幕府）の東にあるためである。山名《やまな》宗全《そうぜん》（持豊《もちとよ》）方を西軍とよぶのはその軍が室町御所の西にあるからだが、実際に歩いてみると、東軍・細川方は京都北部を領域とし、西軍・山名方は京都の南部を制していて、南北合戦と見たほうがいい。

それぞれめぼしい邸に籠《こも》り、まわりに新堀を掘り、矢倉を高くあげて、胆《きも》の冷えるほどにものものしい。

新九郎は、野良犬のようなものだ。

この乱には、足軽という主《ぬし》なく形《かたち》なく律《りつ》もなく、動きも不確定的なあたらしい要素が加わった。

それらをのぞけば、家があり、閥族があり、所領のある者どもが、高低さまざまの次元でたがいに分裂し、それぞれが上の次元と結びつき、争いあうことでこの乱ができあがっている。新九郎のように、家も所領もない男は、乱のほうで相手にしなかった。

しかし、新九郎にも、性根《しょうね》がある。

(この世のやつらに、うかと、飼われはせんぞ)

と、犬みずからが飼われることを拒《こば》んでいるつもりであった。

——この世のやつら。

と、新九郎がいうのは、かれがよほど当世に絶望していることでもあった。やつらのなかに、将軍義政の弟義視《よしみ》も入っていた。新九郎は義視の申次《もうしつぎ》衆《しゅう》であるとはいえ、家の子ではなく、後世でいえば嘱託のようなものだ。忠誠心などというものは必要がない。

また閥族といっても、まことにはかない。伊勢氏の氏《うじ》の長者である伊勢貞親にいたっては、新九郎に一声《ひとこえ》かけることもなく伊勢へ奔《はし》ってしまった。ある朝、気づいてみると、伊勢邸が空《から》になっていた。伊勢邸の一隅に番匠《ばんじょう》小屋をたてて住んでいる新九郎すら気づかなかったほどにあざやかな逃げぶりだった。

あとに残った水仕《みずし》の女や雑仕《ぞうし》の老人の話をかきあつめても、事情がよくわからない。

貞親には、伊勢にわずかながら所領がある。そこへ家族を疎開させた、ともいい、そうではなく、わずかな所領ながら、村々から地侍《じざむらい》・国人《こくじん》を催《もよお》して、たとえ十騎二十人ほどでもひきつれて都にのぼる、ということをいう老人もいた。

が、真相が、義視によってわかった。

「わしが、原因《もと》だ。貞親《あいつ》を殺せ、という宣旨《せんじ》をまわしてやった」

と、義視は、新九郎にいった。宣旨とは天皇の命令をつたえる内輪《うちわ》の文書のことだが、義視は昂奮《こうふん》しているせいか、それとも下剋上《げこくじょう》の風潮から語法に鈍感になっているのか、間違った言葉を荒っぽい調子で吐いた。伊勢貞親は、将軍夫人日野富子から頼まれて、富子が生んだ義尚《よしひさ》を将軍継嗣《けいし》にすべく奔走し、ついには義視の追い落しを謀《はか》っていたという。

「そこもとはわしの申次衆だから、貞親もそこもとを敵の片割れとみて、だまって伊勢へ逐電《ちくてん》したのだろう」

(いやな世だ)

新九郎は思わざるをえない。


(――魔性《ましよう》が)

と、新九郎はおもった。

(広野《ひろの》で火遊びをしているようだ)

野火《のび》がどこへとぶのか、今日あすの想像すら、つきにくい。

駿河《するが》からのぼってきた今川義忠についてもそうである。

(あのひとは、愚物《ぐぶつ》ではない)

と、新九郎はおもっている。

しかし、義忠にとって京にいることは霧の中にいる兎《うさぎ》のようなものだろう。自分が政治という山河のどこにいるのか、見当もつきにくくなっているはずであった。

――足もと(駿河・遠江《とおとうみ》)があぶなくなってきた。

そのように、今川義忠が新九郎にいったのは、十二、三日前である。尾張の斯波《しば》氏が、駿遠《すんえん》の国人《こくじん》どもに今川氏から離反するようにしきりに働きかけている。早く帰らねば本国があぶなくなってしまう。

「公方《くぼう》（義政）も管領《かんりょう》（細川勝元）も、京にいるより国もとへ帰るほうが忠義だ、とおおせられた」

と、今川義忠は、新九郎にいった。

義忠配下の有力な将たちも、みずからの所領があぶないとみて大いに動揺していた。

繰りかえすようだが、義忠は東軍（細川勝元派）で、尾張の斯波氏は西軍（山名宗全派）である。その義忠のもとに、敵であるはずの山名宗全から使いがきて、――斯波氏の乱妨《らんぼう》（他人の領地に兵を入れること）を押しとどめましたによって、ゆるゆると京見物くださるように。

という使者がきたという。たしかに符《ふ》を合せるように国もとから急使がきて、斯波氏の乱妨はおさまったというのである。

「山名の赤入道（宗全）は、わしに恩を売ろうとしているようだ」

義忠が、新九郎にいった。

「その恩を買うつもりはないが、しかし早々に国もとに帰る必要もなくなった。しばらく京にいる」

（なんのことか）

新九郎はおもった。京では権謀術数が渦まいているとはいえ、みな主題すらない。何のために赤入道が今川義忠の機嫌をとるのか、新九郎はさまざま理由を考えてみるのだが、大いなる理由というのはなく、ただちょっと頭をなでておくといったつもりであるらしい。

（子供の遊びだ）

と、新九郎はおもう。

しかし、誰《たれ》が遊んでいるのか、山名か細川か、となるとさだかでなくなる。誰それという名を挙げるよりも悪魔のごとき見えざる力が京にすわり、ここを庭にして遊びつづけ、街《まち》を焼き、社寺を焼き、兵たちを東西南北に狂い走らせてよろこんでいるとしか思えない。

この幾旬《いくじゅん》かの日日のある朝のことである。足利義視《よしみ》が、勾欄《こうらん》から身を乗りだすようにして、

——新九郎やある。

と、よばわった。まことに軽率な男で、義視ほどの身分の者なら左右の者に新九郎

をさがさせるのが礼の事理というものなのだが。

新九郎は、常勤ではない。この日、今川義忠の宿館にいたのだが、よばれて義視のもとに伺候すると、

「鎧初《よろいはじ》めの儀をせねばならぬ。手順、教えよ」

という、にわかなことであった。

(なにごとがあったのか)

と、新九郎は思ったが、日本国の礼にあっては貴人に質問はできない。

「鎧初めとは、鎧の着初《きぞ》めのことでござりまするか」

「間違うたか、鎧の着初めと申すのか」

「いえ。どちらでもよろしゅうございます」

「口説《くぜつ》の多いやつだ。早う教えぬか」

義視は、狼狽《ろうばい》しきっている。

人の将たる家筋の子は、十一、二歳の初元結《はつもとゆい》のあと鎧初めの儀をとりおこなう。

義視は年少のころから浄土寺にやられて僧になっていたために、この儀式を経ていない。

「早う、言え、どうふるまえばよいか」

「何の仔細《しさい》もござりませぬ。わが君にあられましては、まず鎧親《よろいおや》をお名指し遊ばされますよう。それにてめでたく祝着《しゅうじゃく》を遂げまする」

「鎧親には、たれがよい」

「御一門や御《ご》家中《かちゅう》のうち、武功名高きお人を頼み参らせます」

「それは、たれぞ」

「わが君が、お選びなさることでございます」

うかつに名を挙げても、その仁《じん》が東軍なのか西軍なのか、よくわからない。それにしても、いまなぜ鎧初めをせねばならぬのか。軍勢を率いるというのか。

「新九郎っ」

つばを飛ばすようにいった。

「わしは、御所（将軍義政）より、東軍の総大将になれといわれたのだ」

（そんなばかな。あるべきはずがない）

将軍義政は、東軍の細川勝元とは入魂《じっこん》であるとはいえ、あくまでも中立を守り、東西軍から超然としてきた。義政は、巷《ちまた》に合戦のある日も、わざと無視し、花ノ御所で酒宴などを張ったりしたのは、中立の誇示という意味もあったのにちがいない。

「おそれながら、その御事《おんこと》、なにかのまちがいではござりますまいか」

新九郎は、面《おもて》を冒《おか》して質問した。すかさず、義視から怒声が降《ふ》ってきた。

出奔《しゅっぽん》

応仁元年八月二十三日の夜、陰雨《いんう》降り、新九郎は夢のような現実《うつつ》のなかにいた。かれはわらの中に同行ひとりを押し込み、太刀の鯉口《こいぐち》を切って戸口のそばにいる。

(二人、三人なら、斬《き》って払えるだろう)

新九郎は、番匠着《ばんじょうぎ》のままである。いまわらの中にいる足利義視《よしみ》を背負ってここまで逃げてきた。途中、心臓がのどから飛び出しそうにつらかった。

ともかく、ここは都ではない。

御所からいえば東北にあたる白川村である。その野小屋にいる。追ってきた兵が、野小屋の戸口までできたが、たれかが、

「ここには、ござらっしゃるまい」

といった。なまりをきくと、阿波の言葉である。阿波は細川の主要な領国で、細川勝元の下知《げち》で国から駈《か》り催《もよお》されてきた兵にちがいない。

とすると、東軍の兵である。

去々月の六月八日、足利義視が兄の将軍義政に命ぜられて東軍の総大将になった。鎧初《よろいはじ》めの儀式までやったのは、きのうのような気がする。鎧親には東軍の総帥細川勝元を頼み、新九郎が影子《かげこ》になって、まず直垂《ひたたれ》を着せた。足には足袋・毛沓《けぐつ》を穿《は》かせ、大鎧で胴をよろわせ、高紐《たかひも》、引合《ひきあい》の緒などを締めてあっぱれな御大将《おんたいしょう》に仕立てあげた。

（ばかな話だ）

と、あとで諸事情をきき、何という世の中かとあらためておもった。

将軍義政は、この合戦は私闘であるとみて、いずれにも加担せぬそぶりを見せていたが、幕府の首相ともいうべき管領《かんりょう》の細川勝元が、

「御旗《みはた》を。御旗を」

と、義政の袖《そで》をとらえて放さなかったために、義政はついつい将軍の旗を貸した。が、旗を貸した以上は、旗のそばに将軍義政が居ねばならない。

——わしの体まで貸せぬぞ。

と義政が言ったため、細川勝元は、されば御代官《おんだいかん》として弟君を、と乞《こ》うた。その結果、義視の鎧初めの儀になり、思いもよらぬ出陣になった。

(幻戯《めくらまし》のようなものだ)

この時代、対明貿易がさかんであるために、明国の雑戯《ざつぎ》の徒がやってきて、手品や催眠術の芸をする。幻戯だ、と新九郎はおもったのである。

ところが、二ヵ月半のちのこの宵、にわかに義視が新九郎のみをよび、

——わしを逃がせ。

と、義視は言いさわぎ、この為体《ていたらく》になった。

ともかくも、義視は、都を落去した。

——わしを、叡山につれてゆけ。

と、逃げるにあたって、方向だけは、新九郎に示した。叡山の近江側《おうみがわ》の坂本に、義視の夫人が避難している。義視がいうには、とりあえずはそこまで逃げたい。

——坂本も危くなれば、つぎは伊勢だ。伊勢の北畠は、かくまってくれるだろう。

「なぜ、左様に、あわただしく落去遊ばすのです」

新九郎は、きいた。

「尻《しり》だ」

「何とおおせられました」

「尻だ」

義視の階級の者なら生涯口にしないことばを、突如吐いた。狂った、と新九郎は思った。義視はさらにひどいことばを早口でいった。わしをおさえつけて、尻から金火箸《かなひばし》を突っ込んで殺すというのだ、これで逃げない男が世にいるか、と、声までうわずってしまっていた。

(比喩《たとえ》なのか)

い、いたとえにしても、そんな下品なことをいっておどす者が、管領《かんりょう》、守護、地頭にいるはずがない。しかし、義視は比喩とはいえそういうことをいう男ではないのである。

落去、落去、落去。

義視がそのように叫びつづけるために、新九郎までが思慮をうしない、とりあえず義視を番匠姿《ばんじょう》にし、荒木兵庫に坂本まで先発するように命じた。

山中小次郎に対しては、

「骨皮道賢《ほねかわどうけん》のもとへ走って、二人ばかり人数をくれ、と頼んでくれ」

と、命じ、わしは今出川《いまでがわ》どのを擁して山中越《やまなかごえ》をこえて坂本へ降りる、途中、落ち合えれば幸いとしよう、といった。

問題は、千萱《ちがや》である。

千萱は、すでに今出川邸にいない。彼女のもとに通うていた今川義忠が義視に乞《こ》い、今川陣所にいる。実家である伊勢家の当主の貞親も都を退転したため心細く思っていることであろう。

一目《ひとめ》会って京をしばらく離れると言いたかったが、この火急ではどうにもならなかった。

薄暮に走り出、日没後、義視が、

――足を痛めた。

というために、背負って駈《か》けた。追手がかかったが、東軍なのか西軍なのか、わからぬうちに、この小屋でひそんでいて、阿波なまりをきいたのである。

(細川勝元の兵だ)

いったい、何がどうなっているのか。

足利義視が、なぜ京を落去したか。

その理由は、この時代においてもわからない。まして後世ともなると、わかろうはずがない。

新九郎にも、わからなかった。

それにしても、義視が兄の将軍義政の代官になったこの二ヵ月半というものは、唐《から》船《ぶね》の檣頭《しょうとう》にひるがえる五彩の旗のように華やかであった。

旗といえば、足利将軍家の旗が、花ノ御所（室町幕府）の四脚門《しきゃくもん》にかかげられた。漢字かぶれしたひとびとは、この旗をとくに、

「牙旗《がき》」

とよんだ。唐では天子の軍旗には竿《さお》のさきに象牙《ぞうげ》の飾りがあるからだという。義視も、このことを知っており、

「牙旗は一軍の精《せい》」

と、古典を引いて勇んだ。日本の場合、旗は錦《にしき》ではなく、源氏の象徴である白旗であるにすぎない。白い長布《ながぬの》をつけた旗が十二本、風に吹き流れているだけのことであったが、その功力《くりき》は大きく、この旗が出たというだけで東軍の細川勝元方は官軍になり、西軍の山名宗全方は賊軍になった。

といって、事態は単純ではなかった。

将軍義政のふるまいこそ、奇怪であったといえる。かれは弟義視を山名方追討にさしむけると、同時に山名方に「内通」してしまったのである。義政にすれば、将軍は私闘に対して超然たらざるをえない。細川に官軍たる旗をわたしたかわりに、かれ個

人は山名に気脈を通ずるというのは、日本史上、義政だけがやった政治的放れわざであった。

義政が山名方に足を入れることは、具体的には簡単であった。かれの北《きた》ノ方《かた》である日野富子が、実子義尚《よしひさ》、実家の当主日野勝光ともども最初から山名方であるために、

「赤入道《あかにゅうどう》（山名宗全）の忠誠、うれしく思うぞ」

と、富子か勝光にそういっておけば、たちどころに西軍に伝わる。つまりは、弟義視を義政名代《みょうだい》として東軍の総大将に仕立てはしたが、義政自身、

――あれは、うそだ。

といっているようなものであった。

ところが、義視は大いに気勢《きお》いこみ、花ノ御所に仕える男女の奉公人で山名方とみられる者を追放し、その派の頭目ともいうべき政所奉行人《まんどころぶぎょうにん》の飯尾為数《いいおためかず》を御所の東門にひきすえて首を刎《は》ね、軍に命じて勘解由小路《かげゆこうじ》から油小路《あぶらのこうじ》にかけて町屋、寺社いっさいを焼かせた。義視は、名代であることに感奮し、頭が血脹《ちぶく》れしてしまったといっていい。

（人には、懐しい時代があるものだ）

と、小屋のなかで新九郎は、むかしをふりかえるようにおもった。わずか三年前のことであるのに、はるかな過去のようにおもわれる。

いま、小屋のすみのわらの中にひそんでいる足利義視《よしみ》が、兄義政の命令で僧をやめ、髪を蓄《たくわ》えて義政の養子になったころである。

（これで、世が変るかもしれぬ）

と、新九郎は期待した。政治に倦《う》み、文事に熱中している義政とはちがい、義視はまともな性格で、唐《から》の書物でつくりあげたその教養を土台に、この世には正義というものが打ちたてられるべきだ、という信念を本気で据《す》えている男だった。

義視は、公言したことはなかったが、『孟子』がすきであった。ところが、伊勢家から申次衆《もうしつぎしゅう》としてやってきた新九郎という、笹《ささ》の葉のような眼裂《がんれつ》をもった男も『孟子』が好きであることを知り、ひそかながら『孟子』について語りあった。

『孟子』は、革命是認の思想である。

王権は天から授けられるという考えは『孟子』としても建前《たてまえ》には置いている。しかしその王が悪逆である場合、天命は離れた、と『孟子』は説く。

たとえば、上古、殷《いん》の悪しき紂《ちゅう》王は、周の武王によって討伐された。臣が君を討ったかのごとくに見えるが『孟子』では、そうではない、とする。『孟子』は、倫理主義である。不徳の紂王から民意は離れた。民意すなわち天命である。天命から見放された紂は、王ではなく、ただの匹夫《ひっぷ》にすぎない。周の武王は紂王を討ったのではなく、匹夫紂を討ったのである、とする『孟子』はまことに明快だが、この時代、明から日本に書籍をもたらす貿易船で『孟子』を載せていると船が沈没する、と船乗りたちのあいだでいわれていた。新九郎より百数十年後に書かれた明の『五雑俎《ござっそ》』にも、この流説《るせつ》がのせられ「舟輒《すなわ》ち覆溺《ふくでき》す」とある。

義視と新九郎とのある時期は『孟子』が結びつけた密《みそ》かな関係であったといってもいい。

そのころ、義視と新九郎が二人きりになれる場所は、今出川《いまでがわ》どのの築山《つきやま》のそばにある四阿《あずまや》だった。

前に池がある。

その水を眺めつつ、ふたりは飽《あ》くことなく『孟子』を論じた。おそろしい書物であった。

民を貴《たふと》しと為し、社稷《しゃしょく》これに次ぎ、君を軽しと為す。

人民が最も重く貴い、という。そのつぎは、国家である。君主がもっとも軽い、とする『孟子』第十四巻「尽心《じんしん》章句」のなかにあるこの句は、当時の義視がもっとも昂《こう》奮《ふん》していたくだりであった。

「わしはこの文章を読むたびに、そのつど涙があふれる」

と、目をうるませた。

「自分が将軍になれば、そういう君主でありたい」

ともいった。

さらに『孟子』にいう。

君主とは、衆民に推されてなるものだ。その君主が諸侯をえらぶ。諸侯は大夫を選ぶ。もし諸侯が国家を危うくすれば、退位させらるべきである。国家を守る神（社稷）もおなじだ。平素、ひとびとが肥えた食肉獣を神にお供えしているのは、民の患い（干害《かんがい》や水害）を無くしてもらうためだ。であるのに干害・水害があればその神は必要はない。他の神に代えてしまう。

神すら、民衆の役に立たないならとっ代えてしまえといっている。暗に、神と君主を同じ意味としてかさねている。君主に租税を払ってかれを養っているのは善政を布《し》かせるためで、悪政を布くようならとっ代えろ、といっているのである。義視も新九郎も、暗黙のうちに義政を悪王に仕立てているほど、非礼ではなかった。それに、義政はふしぎな王であった。

義政だけでなく、歴代の足利将軍家がそういう基礎に立ってきたのだが、この王家はほとんど領地をもたず、従って民から搾《しぼ》る租税で食っているわけではなかった。古今東西の歴史のなかで異例のことに、将軍家の私経済のほとんどは対明貿易の現金収入でまかなわれてきた。従って狭隘《きょうあい》な議論を立てるとすれば義政には民の面倒を見る義務はないとすらいえる。

二人は、義政の無責任さについて論じなかった。ただ、義視は、

「わしがその位《くらい》につけば、孟軻《もうか》（孟子）が将軍になったつもりで政治をする」

と言い、新九郎も、いま考えれば猫が木天蓼《またたび》の実に酔って酔い鳴きするような気分でそのことを論じた。

（追手が去った）

と、新九郎は見て、義視をわらの山のなかから引き出した。

幸い、雨がやんでいる。炬火《たいまつ》がつかえるだろう。

「お歩《ひろ》い遊ばしますように」

「足が、まだ痛い」

義視がいったが、さほどでもなさそうである。いまから白川の谷間に出て、山をのぼらねばならぬ。なにぶんこの闇《やみ》である。谷川を渉《わた》ったり、山路《やまじ》を這《は》ったりするのに、義視を背負っていてはふたりともころんでしまう。

「背負え」

「…………」

新九郎はだまって蓑《みの》を着せ、手をとって小屋を出た。が、義視は子供のようにしゃがんでしまった。

「背負え」

と、くりかえした。

「新九郎、背負うのだ」

やむなく背負い、炬火を左手で持って歩いた。やがて白川の狭い渓谷に出た。岩から岩に、丸木を割っただけの橋がかかっている。水量《みずかさ》が多く、足をふみはずせば流されてしまう。

新九郎は心気を沈めて一気にわたった。あとは、すさまじい急坂である。尾根まで登りきるうちに、体がつぶれてしまうのではないか。

義視は新九郎を、物を言う牛馬だと思っているらしい。新九郎がしばしばすべっても降りようとはしなかった。

「いずれ、官位をやるぞ」

と、いった。

いずれ、とは将軍になってから、という意味である。

(なにを言やがる)

ほうり出して、谷底へ捨ててしまいたくなった。

たれが官位をめあてにこの人についてきたか。かつてこの人と『孟子』を結び目としてつながっていたのは、世の中をよくしたいと思ったからで、官位がほしいためではなかった。義視は、自分をその程度にしか見ていなかったのだろうか。

「さっきは、細川の兵だったか」

義視は、耳もとでいった。新九郎は苦しい息のなかで、

「阿波の訛《なま》りでございましたゆえ」

おそらく細川の者でございましょう、といった。

「されば、敵ではない。細川勝元はわしが逃げたによってうろたえているのだ。勝元はわしを担《かつ》がねば宗全《そうぜん》（山名《やまな》）に勝てぬ」

貴族というものは、そういう操作の上での自分の価値だけは知っている。

「いい気味だ。勝元もすこしはわしの有難味がわかったろう」


明け方に、山中越《やまなかごえ》にたどりついた。


（きた。——）

と、新九郎が蘇生《そせい》のおもいがしたのは、ここから叡山延暦寺《えいざんえんりゃくじ》領で、京のまちで戦っている両軍も、叡山の守護不入権《しゅごふにゅうけん》を憚《はば》かってやってくることは決してない。

路傍に無住《むじゅう》の堂祠《どうし》があった。新九郎は野の花を剪《き》って仏にそなえ、休ませてもらうことにした。

糒《ほしい》を煮てかゆをつくり、堂内にあった椀《わん》をあらって義視のための朝食とした。義視はそれを堂内で食い、新九郎は堂の縁《えん》にすわって食った。

両者は、沈黙している。やがて義視はなにかをいった。このとき、おかしかったのは、義視が、

「——直答《じきとう》をゆるす」

といったことだった。昨夜、背負われているときは直答もなにもなく、たがいの息を嗅《か》ぎあうようにして話したのだが、朽ちかけの堂ながら、一応の建物のなかに入ると、義視の中に日常のけじめがよみがえったらしい。

そのあと、義視は堂内で眠った。新九郎も、縁の上で蓑《みの》をかぶってひとねむりした。

醒《さ》めたとき、目の前に小次郎がいた。そのうしろに、足軽ふたりが立っていた。

「やあ、骨皮《ほねかわ》からもどったか」

新九郎は体のしんからよろこびが湧《わ》いてきて、小次郎の体を抱いてやりたい衝動に駆られた。ひとつには、義視のような人間とも思えぬ奇態《きたい》ないきものと一晩組みうちするようにしてつきあってきただけに、小次郎たちを見てうれしかったのである。

足軽二人は、新九郎が稲荷山で命を救ってやった男どもだった。どちらも二十四、五で、ひとりは孫太といい、他は次郎作といった。次郎作は、六尺ちかい大男だった。

（さて、食物《たべもの》を手に入れねばならぬ）

新九郎は、かねて鞍《くら》づくりをして得たかねを砂金と明銭《みんせん》に替《か》えて貯えていた。このたび義視の出奔の供をするにあたって、砂金はふところに入れ、明銭五貫文は伊勢邸の庭にうずめてきた。

そのことを、小次郎と二人の足軽にうちあけた上で、孫太と次郎作に、

「――明銭五貫文は、伊勢邸の築山の」

と、地面に枯枝で図を描き、

「ここに埋めてある。とってきてくれ」

と、無造作にいった。

「わしの永年の貯えだ」

小次郎も驚いたが、小男の孫太と大男の次郎作は、体をふるわせておびえてしまった。それほどの大金を、縁の浅いわれらごときが運んで危《あやう》しとは思わないのか、と二人はむしろ新九郎のために動顚《どうてん》したらしいが、新九郎に追いたてられて出発した。

山中越《やまなかごえ》の堂祠《どうし》で一昼夜をすごし、翌日、志賀《しが》に降りて、水が光に化けたような湖の水平線を見たとき、

（世は、広いのだ）

と、わけもなく胸がひらく思いがした。新九郎は都好きだが、しかし人間関係がも

つれて毒煙を吐いているような閉塞《へいそく》状況に居たたまれなくなっている折りでもあったからだろう。

京の人間関係といえば、たとえば、こうである。

東軍の総帥の細川勝元の妻は、西軍の総帥山名宗全の娘であり、両人は婿と舅《しゅうと》の関係になる。いわば、父子の仲である。

また将軍義政の御台所《みだいどころ》日野富子と、彼女が仇敵《きゅうてき》以上に憎んでいる義視《よしみ》の北ノ方とは姉妹であった。婿同士が兄弟で、妻女同士も姉妹であるというほど親密なものはないのだが、しかし将軍職が一つしかない以上、日野富子としては義視を憎みつづけるほかはない。

といって、義視を殺せば一大事になる。殺さずに義視の病死をねがうしかなく、病死しそうにもないともなれば、極端な手は、おどしである。

新九郎は、山中越の堂祠のなかで、ふと、

「尻《しり》のことでござりまするが」

と、このことばが、何度も交わされてきただけに、平気になってしまっていた。

「ひょっとすると、御台所のお言葉では」

「左様、嫂君《あねぎみ》」

義視は、ぽろりと言った。富子がじかに義視に言ったのではなく、そういう矢文《やぶみ》が、今出川邸の槻《つき》の木に突きささっていたという。文面は熊野誓紙に書かれていて、義視がとりすてると、翌日、翌々日と同文のものが突きささっていて、おそろしくなったという。

「ただそれだけのことで、京を落去あそばしたのでござりまするか」

新九郎は、つい声が大きくなった。

(このようなひとに、たとえ一時とはいえ、わが天下への思いと望みをかけていたとは)

情けなく思いつつも、その気持とはべつに、義視からどんな答えがひきだせるかと思い、以下のことをのべた。

「わが君は、思いもよらず将軍御名代《ごみょうだい》として、源氏の氏《うじ》の長者の御旗《みはた》を御所の四脚門《しきゃくもん》におかかげ遊ばしておられました。あのままその座にましませば、将軍御継嗣《ごけいし》たる御立場が不動のものになりましたのに」

というと、義視はおびえ、

「その前に、尻から串《くし》刺しにされておるわ」

と、小さな声でいった。

これらについての気ぶせりも、湖畔の粟津《あわづ》の松原を歩き、湖を見るうちに晴れる思いがした。

早《そう》雲《うん》

八年の歳月がすぎた。

小次郎は、もとの宇治の奥の田原にいる。自分が木の根を掘りおこしてひらいた尾根の畑を耕していて、すぎた応仁元年のことどもなど、夢のようにしか思えない。

あの乱は、ひどかった。

計《はか》ラズモ万歳期セシ花ノ都、今何ンゾ狐狼《こらう》ノ伏土《ふしど》(寝床)トナラントハ。適《たまたま》残ル東寺《とうじ》・北野サヘ灰土トナルヲ、古《いにしへ》ニモ治乱興亡ノナラヒアリトイヘドモ、応仁ノ一変ハ仏法王法トモニ破滅シ、諸宗皆悉《ことごと》ク絶エハテヌルヲ、感歎《かんたん》ニ堪ヘズ、飯尾《いひを》彦六左《さ》衛門尉《ゑもんのじよう》、一首ノ歌ヲ詠ジケル、

汝《なれ》ヤシル　都ハ野辺《のべ》ノ　夕雲雀《ゆふひばり》　アガルヲ見テモ　落ツルナミダハ

猛《たけ》き者も死んだ。

稲荷山を本拠にして京洛《きょうらく》に武威をふるった骨皮道賢《ほねかわどうけん》も、山を山名方に攻めあげられ、配下は四散し、みずからは女装し板輿《いたごし》に乗って背後の山に逃げたところを、山名方の雑兵の者に討ちとられた。洛中、知らぬ者のない男の死だけに、落首《らくしゅ》が出、『応仁記』に書きとめられている。

昨日マデイナリ（稲荷）マハリシ道賢ヲケフ（今日）骨皮ト成ルゾカハユキ（可哀《わ》ゆき・ふびんである）

乱がつづくうちに、西軍総帥山名宗全が老衰して死に（文明五年・一四七三）二ヵ月経って東軍総師細川勝元もまだ四十四というのに宗全の死にひきこまれるようにして死んだ。

西軍から奸物《かんぶつ》といわれた伊勢貞親は宗全らの死の前々年に幕府を追放され、出家して若狭のくにへくだり、世をしりぞいた。

無名の新九郎については、世上、たれもうわさをしない。

かれは、京をのがれた義視《よしみ》の供をして近江の坂本まで行った。そのあと、義視が伊勢の北畠氏を頼ってくだったときも、つき従っていたが、義視が京にもどろうとしたころ、仕えをやめて牢人《ろうにん》した。

このとき、小次郎と荒木兵庫は、新九郎から、

「田原に帰れ」

といわれて、別れた。足軽の孫太と次郎作については新九郎は正直者として可愛がっていたが、このとき、伊勢の寺にあずけた。

「いずれ会うことがあろう」

と新九郎がいったとき、兵庫も小次郎も涙をこぼした。

伊勢新九郎長氏《ながうじ》は、のちに北条早雲《ほうじょうそううん》として知られる人物になる。早雲とは頭を剃《そ》ってからの名で、正しくは早雲庵宗瑞《そうずい》と称した。

「北条」

という姓も、晩年に称したらしい。

らしいというのは、称した形跡が、資料の面ではうかがいにくいことによる。

ともあれ、筆者は、早雲以前の伊勢新九郎時代に関心がつよく、さらには新九郎の

思想の形成に大きく影響した――というよりも早雲を生みあげたというべき――室町期の世情と応仁・文明ノ乱につよく心をひかれた。

伊勢新九郎が、将軍の養子である足利義視《よしみ》の申次衆《もうしつぎしゅう》になったとき、

――このひとが将軍になれば、世が変るのではないか。

と期待した。が、ほどなく義視の人物に失望した。が、それ以上に、義視一個がいかに理想をつよく持っていようとも、歴史はそれだけでは動かないとみた。

ときに、農民が力を得、そのなかの有力な者が国人《こくじん》・地侍《じざむらい》として大地を揺《ゆる》がしはじめている。諸国の守護といっても、都の将軍と同様、権威という威のある装飾物にすぎず、つねにあたらしい地下《じげ》勢力《せいりょく》にあおられ、それらを味方にひき入れてようやく権力をたもつ存在にすぎない。

将軍の場合、まことに孤独であった。そういう新興の国人・地侍を配下にひき入れることすらできない。

この当時、奈良の興福寺大乗院に、尋尊《じんそん》（一四三〇～一五〇八）という者が門跡《もんぜき》として住していた。名門の出（関白一条兼良《かねら》の子）であることのほかは取り柄のなさそうな人物であったが、ぼう大な日記『大乗院寺社雑事記』を後世にのこしたことで知られる。

日本国は悉《ことごと》く以て御下知《ごげち》（将軍の命令）に応ぜざるなり。

と、尋尊は書いている。

たとえ義視が将軍になっても、民のために何をすることもできず、有力な守護たちに弄《ろう》せられて、およそ政治らしい政治は些事《さじ》もできなかったろう。

（将軍・守護の時代はいずれ去るに相違ない。そののちは、いまでこそ賤《いや》しまれている国人・地侍が力を得、かれらが国々を治める。でなければ、民は兵火と飢餓で死に絶えるにちがいない）

というのが、のちの早雲の政治思想につながる伊勢新九郎の痛いばかりの感想だったにちがいない。

が、新九郎は一介の牢人《ろうにん》にすぎない。

京も変りはてたが、新九郎の身の上も変った。ひとに名をきかれると、

「早雲」

と称するのみで、伊勢という姓すら用いなくなった。

「入道《にゅうどう》した者に苗字《みょうじ》などはない」

と、かれはいう。

みずから、

「遁世者《とんぜもの》」

と称した。

入道といっても服装は太刀を帯び、着古した侍装束《さむらいしょうぞく》を着けている。経すら読まず、ただ頭を剃《そ》りこぼっただけのことである。「早雲」とのみ称するのは、浮世の属性《ぞくせい》をとりはらい、みずからの存在を単純にしてしまったのだ。そういう者を、この時代、遁世とか、遁世者とよんだ。たとえば、

「宗祇《そうぎ》」

というようなものだ。

この不世出の連歌師《れんがし》は、新九郎・早雲と同時代のひとである。姓が鎌倉以来の名姓である三善《みよし》で、苗字が、室町幕府のゆゆしき侍の苗字である飯尾《いいお》だったといわれたりするが、たれも本気にはしない。出身地もさだかでなく出自《しゅつじ》もいやしかった。

しかしながら天下のたれもが宗祇を卑《いや》しめない。その文学の才は公家《くげ》・武家《ぶけ》の尊崇をうけ、諸国の諸大名はあらそって宗祇を招き、連歌の会を催した。宗祇を招けぬよ

うな諸大名は格がひくいとされた。時代は、出身階級がものをいう世ではなくなったのである。

「とんぜ」

は、自分が無階級者だということを世間に宣言しているようなものであった。

ある意味では、無階級者であることが、俗世に志を持つ場合、有利でもあった。宗祇がその好例にちがいない。

「早雲」

の場合、どうだろう。志をもつというより、うらぶれはてたという面もあるのではないか。

一つの時代が終った。

文明五年（一四七三）、応仁ノ乱の両軍の首魁《しゆかい》は相ついで死に、伊勢氏の氏《うじ》の長者である伊勢貞親もその年に死んだ。旧主義視《よしみ》は没落し、新九郎・早雲がこの世で足場にしていた存在はすべて存在しなくなった。

――後架《こうか》（便所）の踏板《ふみいた》がはずれたようなものだ。

と、早雲は思っている。墜《お》ちるところまで落ちた、といえなくもない。

この間《かん》、牢人《ろうにん》早雲は四方を歩いた。

備中（岡山県）へはしばしば行った。ここはかつて伊勢一族の所領があった土地だけに、居心地がよかった。

この国に後月郡《しつきごおり》という山間の一郡があり、江原川《えはら》がながれている。ここに荏原郷《えはら》という六ヵ村三百貫の地があって、新九郎の先祖である伊勢新左衛門尉《しんざえもんのじょう》行長が領し、数代つづいた。

早雲はその血流の枝葉にすぎないが、この郷にゆきさえすれば、野良《のら》で働く農夫までが、

「曹司《そうし》どの」

などと、過分なよび方をしてくれた。曹司とは貴人の部屋住みの子をさすのだが、いい齢をした入道頭の男が、坊っちゃんなどとよばれるのは、やや滑稽《こっけい》でなくもない。

早雲は、小柄である。

相変らず頬肉《ほおにく》が薄い。眉騰《まゆあが》り、柳の葉のような形の目がきらきらと光っているあたり、たしかに利《き》かん気の少年のようでもあり、清らかさも残っている。さらには無欲で、齢下《としした》の子供に遊びを教えるようにひとに物を教えることがすきで、なにやら大人《おとな》

になりぞこねた精神のいびつなひとのようでもあった。

人には、持ってうまれた器用がある。早雲は、木の細工に器用なひとには鞍《くら》のつくり方を教え、仕事のいい野鍛冶《のかじ》には鐙《あぶみ》の鉄筋《かなすじ》を打つこつを教えたりした。四方を旅する上では、かれのこの手わざはかれを食べさせることに役立った。といって、地頭とか守護とかいった武家貴族の城館には立ち寄らなかった。

もし早雲がその気になりさえすれば、

――伊勢流の作り鞍・作り鐙のつくり手。

として、地方の有力者が、連歌師《れんがし》宗祇《そうぎ》への厚遇と同様、かれを珍重したにちがいない。

応仁から文明につづいた京都の市街戦は、京の貴族の第館《だいかん》や社寺を焼き、公家《くげ》たちは衣食に窮して地方の豪族を頼った。公家だけでなく、文芸、工芸の徒から料理人にいたるまでが地方に散った。このことが、京都文化の普及という意外な現象を生んだ。

早雲も、このでんにならえばよかった。

しかしかれは、既成の地方貴族層には近づかず、国人《こくじん》や地侍《じざむらい》といった草莽《そうもう》のあいだを歩いた。かれらはまだものを記録する習慣をもたなかったから、この間の早雲の行《ぎょう》跡《せき》はいっさい後世につたわっていない。

「いい鞍をつくる男だ」

ということぐらいが、かれらの早雲についての感想であったろう。

この時代、旅をする者こそ物知りであった。

(目だ)

と、早雲は思ったことがある。

(目が肥えてくる)

物が、見えてしまう。居たたまれぬほどに肥えてくる。紙張りの楯《たて》、水に映った鎧《よろい》、霧でつくった太刀《たち》のようなものだ、ということも、諸国の草木のなかからながめて知った。

(骨皮《ほねかわ》のごとき者)

と、かつて交際《まじわ》った京のあぶれ者の大将骨皮道賢《どうけん》のことをしきりに思った。氏《うじ》も素姓《すじよう》も要らぬ。骨皮道賢のごとき命知らずの者をかきあつめて鍛え、古砦《ふるとりで》一つに籠って巧みに進退すれば、一郡、一国を切りとることも造作《ぞうさ》あるまい。

さらには、切りとった領域をかたくまもり、室町体制の守護・地頭の世から別天地のごとくに隔離させるのである。その別天地にのみ民百姓《たみひゃくしょう》の安穏がある。……

（そういう世が、目の前にきているのだ）

と思いつつも、早雲は実際に剣をとってそれをやってみる気はほとんどなかった。

（齢《とし》だ）

とも思う。もう四十を幾つも過ぎたではないか。子のある者なら孫の顔を見る齢ではあるまいか。

（その上）

と、いつも新九郎・早雲はおもう。

年少のころから、胴欲《どうよく》とか野望とか際限もない所有欲という脂っこい粘液を持たずに過ごしてきた。

（母親の胎内《たいない》に置きわすれてきたのだ）

と思ったりする。

すでに亡い一門の長者伊勢貞親というひとはそういう強欲《ごうよく》を多量に首筋や腰まわりに黒い脂のように貯えていた人物だった。初老をすぎると、人相まで変り、ひとから、

（尻《しり》のような男だ）

と、陰口をたたかれた。汁を吸った麩《ふ》のようにぶらさがった頰《ほお》、物を食うたびにその頰が腸のように動き、目は油断なく動くくせにたにしの肉のように濁っていた。そのうえ、大きな鼻が小便でも吐きだしそうなほどに盛大にぶらさがり、口は肛門《こうもん》に似ていた。

貞親の場合、物卑《ものいや》しさと強欲さがつくった顔で、生前、京中《きょうじゅう》から悪人よばわりされた。実際にやった悪事はさほどでもなかったのに、ぶらさげている顔の卑しさが、ひとびとに悪事を連想させ、新九郎・早雲までひそかに嫌った。この男が浮世を捨てたかのようでありつづけているのは、一つには貞親ぎらいに由来していた。

以下にのべることは、尋常なことではない。

諸国を歩くうち奇禍に遭《あ》うことも多いが、去年の春——文明七年（一四七五）四月——新九郎・早雲は奥州にむかうべく東海道をくだった。

「奥州」

といっても、さほどのめあてはなく、白河の関跡や宮城野《みやぎの》の萩《はぎ》といった歌の名所を見ようという程度の旅であった。

途中、守護今川氏の領国である駿河《するが》の国（静岡県）を経た。

(この国に、千萱《ちがや》がいる)

とおもいつつも、立ち寄るつもりはなかった。

千萱はすでに今川義忠の子をうみ、竜王丸《たつおうまる》とよばれて六つになっていた。義忠には他に子がなかったために、千萱は嫡子生母ということで重んじられ、安倍《あべ》川支流の丸子《まりこ》川のほとりに別殿《べつでん》をたててもらって、

「北川殿《きたがわどの》」

と尊称され、平穏な日日を送っている。

(行って、千萱の幸せを掻《か》きみだしたくない)

という気持が、早雲にあった。

さらには、今川氏の老臣には京で親交をもったひとたちが多い。いまさら行って、

——めかけの兄でござる。

と、厚顔に老臣たちと旧交を温めるなどという神経は早雲にはなかった。

時は、経《ふ》りてしまっている。むかし、伊勢新九郎といえば将軍の弟君《おとうとぎみ》足利義視《よしみ》の申次衆《もうしつぎしゅう》のひとりであり、それも、駿河の今川氏がかかりであった。権勢というほどではなかったが、それでも、今川義忠でさえ、新九郎には一目《いちもく》置き、いつも笑顔で応対してくれた。申次衆という、虎《とら》の威をかりる職であったればこそである。

しかしいまは乞食《こじき》同然の牢人《ろうにん》にすぎない。仕官でもしたいというならともかく、その気がない以上、妹と称する女を頼って今川氏の館《やかた》などを訪ねるのは、かれの自負心がゆるさなかった。

(鞍《くら》や鐙《あぶみ》をつくってさえいれば、旅の糧《かて》にことかかぬのだ。いかがわしい媚態《びたい》をつくろって、今川館などに見《まみ》えることがあろうか)

駿河路をゆくあいだ、千萱への思いが、体のなかで刺すようにうずいた。しかし新九郎・早雲は、そういうおのれの焦《こが》れを嚙《か》み殺せる男だった。

息を殺すようにして丸子と駿府を過ぎ、やがて薩埵《さった》山《やま》の嶮《けん》にさしかかって、いくつかの岨道《そばみち》を越えているときに、早雲の生涯の運命がかわった。そのことじたいは、武門の出としてまことに不覚であったといっていい。

駿河路《するがじ》も、このあたりは難所である。

歌の名所で知られる清見潟《きよみがた》までは、わらじを潮垂《しおた》れさせつつも潟のみちを気持よく歩ける。

東にすすんで興津《おきつ》川をわたると、洞《ほら》という村がある。眼前に山嶺《さんれい》が阻《はば》んで突如駿河湾に没している。崖肌《がけはだ》を抱いてときに渉《わた》る者があるが、風の日は崖に砕ける波にさらわれてしまう。

山は、名にしおう難所の薩埵山《さったやま》である。

　山なみは内陸の浜石岳を主峰とし、山骨《さんこつ》あらあらしく南下して薩埵山にいたってなお勢いやまず、海に突き出し、崖となって海と抗《あらが》いあっている。

このため、山中に入らざるをえない。洞村からむこう側の麓《ふもと》の倉沢村までわずか十八丁というのに、這《は》うような道で、気をゆるめれば谷に墜《お》ちる。

早雲は、四肢《しし》の達者な男だったが、折あしく腹をくだし、朝から物を口に入れていなかった。ときどき岩角《いわかど》を抱いて休息し、峠の山神平《やまがみだいら》にたどりついたときは、目がくらんでしまった。

その目の中に白刃が飛びこむような感じがしたためにとっさに身をかわしたところ、木の根につまずいて転倒した。

そこをおおぜいでおさえられた。

賊だと気づいたが、力の萎《な》えた手足ではどうにもならない。ひげ面《づら》が、目の前に迫っていた。

「水を飲ませてくれ」

と、早雲はまずいったものの、その拍子《ひょうし》に腸のなかのものが体外に奔《はし》り出てしまった。

「──齢《とし》だ」

早雲は、照れかくしにいった。

「腹に、こらえ性《しょう》がない」

相手が賊とはいえ、われながらはずかしく、つい弁解をしたが、賊もこの汚なさにおどろき、とびさがって草で手をぬぐう者もいた。

十人いる。

早雲は裾《すそ》をよごしたままあぐらをかいたが、このにおいには閉口した。

(このあたりの百姓だな)

とみた。この時代、好んで賊を働く者などまれで、百姓が地頭の収奪にたえかねてつい徒党を組み、旅びとを襲うのがふつうだった。

「わしの負けだ」

と、早雲はいった。

「太刀をもってゆけ」

といったが、奪われたのは太刀だけでなく、荷のなかののみと筆墨、さらには汚れた衣類まで剝《は》ぎとられてしまった。

「よごれは、谷で洗えば済む」

と、賊のひとりがつぶやき、いっせいに林間に消えた。

ともかくも、身ぐるみ剝《は》がれてしまった。

幸い、盗賊は下帯だけのこしてくれた。近くの岩かげに清水が湧《わ》いていたのでこれを洗って干し、ついでにその泉で尻《しり》も浄《きよ》め、そのあと厚い苔《こけ》で覆われた岩の上にすわった。岩は陽があたっているせいか変にぬくもりがあって、病んだ尻をあたためてくれた。

（これから、どうするかよ）

新九郎・早雲は自分に問うた。

落ちぶれはてるのも、ここまでくれば世話はない。早雲は肚《はら》の底の破けた小穴からしきりに笑いが泡だつように湧き出て、ひとり当惑した。

（駿府《すんぷ》までもどらねば仕方あるまい）

と思ったが、しかし、千萱《ちがや》――北川殿《きたがわどの》――を訪ねて合力《ごうりき》を乞《こ》う気はまったくなかった。

（駿府の浅間宮《せんげんぐう》へでも行こう）

と、きめた。

浅間宮という神の殿舎は、この当時、仏教と習合して浅間大菩薩などとよばれており、駿府の国きっての一大宗教権威であった。

その社については、まず駿府というまちの正体について知らねばならない。

古い世に、諸国にその行政上の中心として国府《こくふ》が置かれたが、駿府は駿河の国府で、土地では、

「こふ」

とよんだり、

「府中《ふちゅう》」

とよんだりしている。ただ他の国の国府とまぎらわしいために、鎌倉のころから駿府というよびかたがひろまった。といって、当代の今川義忠から三代前の範政《のりまさ》がはじめて駿府に居館を築いたころは一望の田園と浜があるのみで市《いち》なども なく、この地でめだつものといえばわずかに浅間宮の森と社殿があるのみだった。

浅間宮は、富士山を神体としてまつっている。

駿府は、安倍《あべ》川の土砂がつくった沖積《ちゅうせき》平野である。その野に対し、北から細長く半島状の丘陵がのびてきている。その南端が森ふかく、浅間宮が鎮《しず》まっている。山の名

を賤機山《しずはたやま》という。

ついでながら、はるかな後世、賤機山の賤をとって静岡という地名に変えられた。

この宮は社家《しやけ》、社僧の人数多く、所領もすくなくなく、国中のひとびとから尊崇されて富もゆたかであった。

早雲はかつて京にあったとき、この浅間宮の神馬《しんめ》の鞍《くら》をつくったことがあり、そのとき上洛してきた社家の某に伊勢流の馬術を教え、懇意になった。

（あの鞍も、傷んでおろう）

その修理でもして、衣類を恵んでもらおうとおもい、せっかくのぼりつめた薩埵山《さったやま》を、ふもとにむかってくだった。

むろん、裸形《らぎよう》のままである。

この時代、貨幣は十分にゆきわたっていない。貴重なものといえば米と衣類である。このふたつなら、貨幣同様、他のものと交換することができる。

薩埵山の盗賊たちが、新九郎・早雲を裸にしてしまったのは当然といってよく、裸にされたほうからいえば、おいそれと代りの衣類が手に入るものではなかった。

といって、裸形《らぎょう》というのは異様なものだ。峠道をくだってから、何人かの百姓に出《で》遇《あ》ったが、みな声をのんだ。たれも、

――どうなされた。

とたずねなかったのは、裸の早雲が愧《は》ずることなしに堂々としすぎて、気をのまれたせいにちがいない。

浅間宮《せんげんぐう》の森は、深かった。おもだつ社殿のほかにあちこちに大小の祠《ほこら》があって供物《くもつ》などもそなえられているのだが、雑仕《ぞうし》の者にも出遇わない。

(いざとなれば、人が来ぬものだ)

早雲は、たれか来れば名と事情を明かし、社家の当主に取り次いでもらおうと思っている。

このため、林間をぶらぶらした。駿河《するが》一国の総社だけあってまことに境域がひろい。

そのうち、意外な行列に出遇ってしまった。早雲のようにかんのいい男ですら、

(社家とは、なんと権勢のあるものよ)

と、思いちがいした。たしかに浅間宮の社家ならそのあたりの小地頭《こじとう》よりは権勢がある。この行列がめざす社家某でなくても、社家のうちのたれかであろうと思い、合《ごう》

力《りき》を乞《こ》おうとして、木の根を踏んで近づいた。木洩《こも》れ日が、早雲の裸をまだらに染めた。

早雲のこのときの姿と噺《はなし》は、ながくこの地の伝承になった。

かれは悪びれもなく行列の先頭にあらわれ、従者の袖《そで》をひいて路傍へつれてゆき、

「それがしはご当社に縁ある者。かように物盗りに剝《は》がれ、難渋《なんじゅう》この上なし。なにとぞ着るものを給《た》べ」

と、言ったが、従者はにわかなことで言葉をうしない、背後をふりむくばかりではかばかしくない。

このことで、行列はとまってしまっている。このとき、早雲は輿《こし》が女物《おんなもの》であることに気づいた。

(社家ではなかったか)

と思い、しばらく途方に暮れた表情をして、突っ立っていた。

ところが、輿のぬしが何事かいったらしく、別の従者が走り出て、挟箱《はさみばこ》のなかから絹の単衣《ひとえ》一枚をとりだし、早雲にわたした。行列はそのまま去った。

この事態に息がとまるほどおどろいたのは、輿のぬしだった。

（あれは、新九郎どのではないか）

千萱《ちがや》は、簾《す》ごしに見たとき、とっさに気づいた。それにしても、なんという落魄《らくはく》ぶりか。

乞胸《ごうむね》・乞食《こつじき》の徒のように頭に髪がなく、笠《かさ》すらかぶらず、あごから下はうまれたままで、下帯《したおび》とわらじをはいているのが、かろうじて野良犬とのちがいとさえいえる。

千萱は、京がことごとく焼け、公家《くげ》・武家《ぶけ》の貴人はみな地方のよるべをたよって散ったことを知っている。京に残っているのは、みかどとくぼうと飢民《きみん》だけだというはなしは、この駿河《するが》きっての有徳人《うとくじん》（金持）の法栄《ほうえい》からきいた。

法栄は駿河という田舎にいつつも対明《みん》貿易に関与している商人で、京や堺はおろか、博多、明国にまで行ったという人物であった。

（新九郎どのについては、法栄どのを頼ろう）

とこのときとっさに思った。この裸形《らぎよう》の落魄者をなんとか人がましく仕立てなおすには、法栄どのほどうってつけの人物はいない。

まさか、この裸ン坊を、

――私の兄だが、然るべく介抱せよ。

と、今川家の老臣にもいえず、自分の従者にさえ言いにくい。ともかくも、衣服、太刀を佩《は》かせてからのことだとおもった。

ところで、法栄どのは、駿府《すんぷ》にはいない。

その根拠地は、焼津《やいづ》に近い志太郡《しだごおり》小川《こがわ》という海浜の村である。しかし今川館《やかた》に伺候するときのために、今川家から駿府に装束《しょうぞく》屋敷を拝領し、手代をひとり置いている。

この間《かん》、千萱――北川殿《きたがわどの》――は輿から顔を出そうとはせず、ただ簾ごしに従者をよんで指示しただけであった。

指示とは、右の法栄どのの装束屋敷に案内してさしあげよ、ゆめ粗略《そりゃく》あるな、ということであった。

従者は、そのとおりにした。

早雲は、すでに、

(あの輿の中のひとは、千萱ではあるまいか)

と気づいていたが、みだりに喋々《ちょうちょう》せず、途中、ほとんど無言のまま装束屋敷に入った。湯に入り、顔なども剃《そ》るうちに、太刀をはじめ侍装束がとどき、それを身につけた。

装束屋敷では、法栄どのの手代夫婦が食事を出したり、身のまわりをかまってくれた。

「京から、微行《しの》うでおくだり遊ばしたのでございますか」

と、老いた手代が問うたが、早雲はただ微笑《わら》って酬《むく》いただけであった。いまの早雲は、かれ自身なんと自分を説明すべきか、表現のしようもない。

この時期、駿河《するが》の守護職今川義忠は山城《やましろ》の修復の指揮をとっていた。

義忠は、相変らず陽気で機嫌のいい男だった。

「わしは、いつも手足で考えるのだ」

といって、修築現場の大工たちにまじり、柱一本をひとりで山上にかつぎあげたりした。

——御《お》大将が左様なことをなされては、しもじもが軽んじ奉りましょう。

と、老臣が諫《いさ》めたが、義忠は、たれがわしを軽んずるか、わしはうまれながらにして今川氏の嫡々《ちゃくちゃく》であるぞ、すでに血統《ちすじ》として重んじられている以上、柱一本をかついだところでにわかにひとびとが軽んじようか、といったりした。

「わしが柱をかつげば、衆《しゅう》も励む」

ともいった。

たしかに、城普請《しろぶしん》というのはそういうものだった。

後世、戦国の世になると、卑賤《ひせん》から身をおこして大名になる者も多く、それらは城普請のときは率先してもっこに土を入れてかついだ。大名みずから土を運ぶことによって士《し》も卒《そつ》も土工《どこう》をやり、そのことによって衆の気分がふるいたつのである。が、門閥《もんばつ》が価値のすべてであるこの時代に、義忠のように柱をかついで坂をのぼる者はなかった。もっとも義忠の場合、のちの戦国武将のように一個の思想があって一個の土を運ぶのではなく、ただ面白がってそれをやっているという感じではあったが。

さて、今川の家というのは、駿河の土着ではない。

この時期より百数十年前、今川範国《のりくに》が、足利家から駿河・遠江《とおとうみ》の両国をもらって入部《にゅうぶ》したのだが、国中の地頭・国人《こくじん》・地侍《じざむらい》にとって今川氏などは他人であるにすぎない。

このため、範国は、駿河の総社《そうじゃ》の浅間宮《せんげんぐう》と密着した。この国の神聖なものと一体になることによって、ひとびとの信用を得ようとしたのである。範国は浅間宮に願文《がんもん》を奉り、

「この一国の成敗《せいばい》（政治と訴訟）にあたっては、いっさい不公平は致しません。もしこれに反するようなら、浅間大菩薩《だいぼさつ》のご神威によってすみやかにお罰しくださるように」

と言い、国中にも報らせた。

そのあと、浅間宮の山（賤機山《しずはたやま》）の一角を土工して、山城を築いた。平地の駿府《すんぷ》に居館をもちつつも、敵の襲来にそなえて攻防用の山城を持つ必要があったのである。

百数十年を経て、その山城も、傷《いた》んできている、この時期、今川義忠が普請の指揮をしていたのは、山城の補修と強化のためであった。隣国の遠江の斯波《しば》氏の勢力が膨《ぼう》脹《ちょう》して、油断がならなかったためである。

千萱《ちがや》――北川殿は、浅間宮《せんげんぐう》にもうでてのち、道をさらにのぼって、賤機山《しずはたやま》城の修築現場へ入った。この日、義忠は、

――城普請を見に来《こ》よ。

と、北川まで使いを寄越していたのである。

千萱は桟敷《さじき》にすわって、ひとびとの働くさまを見物した。義忠は変った男で、この日も、石を坂の上へひきずりあげる采配《さいはい》をとっていた。

「お勇ましいことでござりまするなあ」

と、かたわらの侍女がいったが、千萱はこのような義忠を見るにつけて、つい胸が痛む。

（あれだけのお人だ）

と、つい思ってしまう自分の不遜《ふそん》さをあわててておさえつけることで苦しくなるのである。

義忠の性格は、つねに朗々《ろうろう》としていた。ときに舞い、ときにうたって、千萱のよろこぶ顔を見たがった。千萱を愛しているということもあったが、配下の者どもに対してもそうだった。遠州境いに兵を出すときなど、ときに、衝動のように先頭を駈《か》けだす。配下どもが泡を食ってあとを追う。ただしそのことで戦況が変るということがない。

義忠に勇気があるわけでなく、またそうすることが統率上必要なわけでもなかった。自分を見せたいという発作《ほっさ》がそうさせるらしく、その証拠に駈けたところで敵陣に突入するわけではなかった。途中で馬をとめ、

「どうだ」

とふりかえり、ひとびとの称賛を得れば、それで満足するのである。

やがて義忠は顔に泥をつけたまま千萱のいる桟敷にのぼってきて、

「どうだ」

と、いった。

千萱は、ほめざるをえなかった。ほめねば、子供がべそをかいたように義忠は萎《しお》れた。

「おみごとなご采配でございます」

というと、無邪気によろこぶ。義忠にすれば石運びを見せて千萱の無聊《ぶりょう》をなぐさめているつもりだったが、実のところは、義忠自身が、このように千萱や配下たちから見られなければ、みずからが慰められないのにちがいない。

「お屋形《やかた》さま」

と、千萱はそのあとささやいた。

「兄の新九郎が、駿河《するが》に参っております」

義忠は、ひさしく聞かなかった者の名を耳にして、おどろいたらしい。

「生きておったか」

「会うたか」

「お屋形さまのお許しがなくて、千萱のみが差し出るわけには参りませぬ」

新九郎・早雲は、駿府《すんぷ》の御館《おやかた》にちかい法栄《ほうえい》の装束《しょうぞく》屋敷で数日すごした。

この間《かん》、志太郡《しだごおり》小川村から出てきた法栄に一度会っている。

法栄の本姓は長谷川であったが、かれはそれを名乗らなかった。武士めかしく苗字《みょうじ》などを名乗るのはことごとしいとおもう性分《しょうぶん》の人物だった。

ふつう、

「小川村の法栄」

と自称する。ときには、

「小川屋」

と、屋号で自分を称したりした。

両者が会ったのは、たがいに予告しあってのことではない。

ある午後、法栄がひょいとやってきて、留守居の手代の女房に冷飯をせがみ、台所で湯をかけて掻《か》っこんでいるときだった。早雲がなにげなく奥から出てくると、当家のあるじが、右ひじをたかだかとあげてめしを食っている。とっさに、

(旅の禅僧か)

とおもったほどに、剃《そ》りあげた円頂《えんちょう》がでっくりと大きく、動作の節目《ふしめ》々が鳴るように男行儀《おとこぎょうぎ》がいい。

円頂が大きいといっても、鍋《なべ》をかぶっているような頭蓋《ずがい》で、顔は小さい。眉《まゆ》はくろぐろとした剛毛で、大きな目がよく光り、唇許《くちもと》に気品があった。齢のころは四十五、

六で、早雲と似たような年配である。

「これは、無作法なところをお目にかけました」

あわてて会釈してから、手代の女房をよび、膳《ぜん》をさげさせ、早雲を貴人であるかのような丁寧さであらためて頭をさげた。

(なんと、気分のすずやかな男だ)

と、早雲はおもった。知的で精神の高さを感じさせつつ、しかも無欲でものやわらかなこの感じは、早雲がいままで出会った人間にないものだった。

(世に、こういう人物もいたのか)

それが、商人——しかも田舎商人——であるとは。

法栄のほうも、早雲について一瞬感ずるところがあった。

当初、伊勢家につながる者ということで、北川殿《きたがわどの》(千萱《ちがや》)を手づるにして京から流れてきた食わせ者、という先入主をどこかで持っていたのだが、早雲の干《ひ》からびたような顔と姿は老いた写経生のようで、欲望のために白っぽく濁った感じはすこしも感じられない。早雲が声を発したとき、

(鍛えた鉄火箸《かなひばし》を打ち合ったような声だ)

と、法栄はおもった。

小川村の法栄《ほうえい》は、早雲がよほど気に入ったのか、

「けさ、浜にてよき鯛《たい》を得ましてござりまする。おのれひとりの果報《かほう》に致すのは後生《ごしょう》おそろしと思うて心を痛めておりましたところ、ここで早雲さまにお目にかかることができました」

法栄は、それをみずから包丁《ほうちょう》して早雲と夕餉《ゆうげ》を共にしたいという。

「いかがでございましょうか」

「それはよきこと」

と、早雲は謹直な表情でいった。

「遠慮は仕《つかまつ》らぬ」

早雲は言い、そのあと外出して、駿府《すんぷ》のあちこちを歩いた。

夕刻もどってくると、すでに支度ができたらしく台所に男女十人ばかりの者が小綺《こぎ》麗《れい》な衣服をつけてひかえていた。法栄は、一室に案内した。

のちの時代なら茶室に招《しょう》じ入れるところであったろう。しかしこの時代、喫茶《きっさ》の習慣も一部にでき、また茶道の先駆《せんく》かと思える作法も京や奈良に存在したが、しかし茶室までは出現していない。

まず、茶が出た。

点心《てんしん》は、興米《おこしごめ》である。

次いで、料理の品々がはこばれてきた。すべて結構な味で、駿河《するが》の田舎とはおもわれない。

「料理は、学ばれたか」

と早雲がきくと、

「京にのぼって珠光《じゅこう》どのからわずかに」

法栄がこたえた。

珠光とは、かれらと同時代人である村田珠光のことである。珠光は、最初、奈良の称名寺の下僕であったというから、その出自《しゅつじ》のいやしさと名声のはなばなしさは、連《れん》歌《が》の宗祇《そうぎ》などとともにこの時代を特徴づける人物であったといっていい。

茶道《さどう》ということばはまだ一般的でなく、ふつう、

「茶数寄《ちゃずき》」

ということばでよばれていた。数寄とは、美的生活という意味である。

月は、雲間《くもま》なきはいやにて候。

というのは珠光が残したことばだが、いや・すきという価値観で容赦なく人のふるまい、物、あるいは事を美的に切り割ってゆく生活態度を珠光は確立した。

「珠光どののお弟子ならば、私などよりもはるかに都人《みやこびと》におわす」

早雲は、世辞ではなくそう言った。

この時代、料理の前に酒を出すということはまずなかった。酒は途中で出、さらには膳《ぜん》がおわってからしきりに出た。燗《かん》の習慣はなく、根来塗《ねごろぬり》の酒器から盃《さかずき》につがれる酒は白くとろりとして冷たかった。

「商いと申すのは、退屈せぬものでございます」

と、小川村の法栄《ほうえい》はいう。

ただ、京や堺、博多の商いとちがい、守護大名の領域を越えて飛翔《ひしょう》するというぐあいにはゆかなかった。

法栄の商いは主として今川氏の需要のために沿岸の塩と魚をあつめて駿府《すんぷ》その他の内陸地方に売ることであり、これには今川氏に売って何割という運上銭《うんじょうせん》をおさめねばならない。塩こそ今川氏の財源のひとつで、それを供給する側の法栄としてはいくらの儲《もう》けにもならなかった。

さらに、今川氏は塩を戦略物資のようにあつかい、領域のそとに流れ出ることをきらって、厳重に禁止していた。

「塩関《しおぜき》」

という関所が、この当時、今川氏の領内のあちこちにあったのは、そのあらわれといえる。ひそかに塩を領外に持ち出そうとする者をふせぐためのもので、隣国の甲斐《かい》などはたまったものでなかったろう。甲斐は山国で海をもたず、塩を駿河《するが》などから高い値《あたい》で買わざるをえなかった。その値と出荷量をおさえているのが今川氏で、勢い、法栄の商いは小さなものにならざるをえない。

法栄は、駿河の海浜に居ながら、遣明《けんみん》船貿易にも参加していた。

遣明船は、船団を組み、勘合符《かんごうふ》を持ってゆくのだが、明側によって隻数がかぎられている。幕府が金儲けのために荷を積む公方《くぼう》船を筆頭に、有力社寺の船もあれば、守護の船もある。守護といっても、周防《すおう》の大内《おおうち》氏と細川氏にかぎられていた。

それらを運営して儲けるのが堺や博多の商人であったが、法栄はつてを頼って出資することによって利益のわけまえを得ていた。

もっとも、この場合も、駿河守護の今川氏をさしおいて領域外の活動ができないため、利益の多くを駿府館《やかた》に献上した。

「労が多いわりには、利がすくないのではないか」

早雲は、気の毒になってしまった。

「もともと利のためのみではございませぬ」

と、法栄はいった。

「自分の住む世界をひろげたいためでございます」

この年、早雲はこのまま駿府を発《た》ってしまった。千萱《ちがや》とも正式に対面せず、まして今川義忠に拝謁《はいえつ》したわけではなかった。

「なんだ、あの男は予にも対面することなく駿府を発ったのか」

と、義忠はあとで憤慨したという。義忠にすれば、このさい、早雲を召しかかえてしまおうと思い、老臣の三、四人にもその旨話しておいたのである。京での新九郎を知っている老臣たちは、むしろよろこび、

——あのように人柄もよく世間にもあかるいお人をおそばに置かれることは、なにかにつけてよいことでございます。

と、かれらはいった。

もっともおどろいたのは、法栄《ほうえい》であった。かれに酒食をもてなした翌朝、早雲は旅支度で法栄にあいさつをし、

「京へもどる」

とだけいって発った。法栄は、ぼう然とした。

法栄は、早雲が御当家に仕官するために逗留《とうりゅう》しているのだとおもいこんでいただけに、早雲のあとを追い、せめて御屋形《おやかた》さまに拝謁なされてからお発ちあそばせばどうか、と懸命にとめてみたのだが、早雲は笠《かさ》の下で微笑をもらしただけだった。

(かわったお人だ)

と、法栄はあとでおもった。

前夜、かれが早雲をもてなしているとき、それとなく、

——御当家にお仕え遊ばすお心づもりでございましょう。

と、きいたとき、早雲の顔色が変った。

——私は、盗賊に遭《あ》っただけだ。

身ぐるみ剝《は》がれたために薩埵坂《さったざか》からひきかえして駿府に足をとめただけで、仕官の野心などはない、と語気はげしくいった。

「私は、御嫡子竜王丸《ごちゃくしたつおうまる》さまにとっては、外伯父《おじ》にあたるのだ」

ともいった。むろん、法栄は知っている。

「そういう者が御当家に居ては、御家中《ごかちゅう》にとってただ嵩高《かさ》いだけではないか」

ともいった。

「人間は、需《もと》められる場所で生きるのがもっとも幸せだと私はおもっている。だからこそ、義視《よしみ》どののもとさえ去り、鞍《くら》をつくって生きているのだ」

それが自分の信条だという。仕官をする気なら、いまさら今川どのに頼もうか、ともいった。室町殿（将軍義政）の近習《きんじゅう》にもなりえたし、細川どのにも頼みえた。

「それに、いま私が今川家に仕官しても、何をすることもあるまい」

と言ったことが、法栄の肚《はら》にひびくほどに印象的だった。

急転

新九郎・早雲がのちのちおもいおこすに、人の運命《さだめ》が変ずる前というのは、真夏の昼さがりの村道のように物憂く閑《しず》かなものではなかろうか。

かれが駿河《するが》から京にもどったあとの日日が、そのように流れた。

京は、あらかた灰になっている。

しかしながら、焼けのこった寺なども、わずかながらある。京のひとびとから、

「千本《せんぼん》の釈迦堂《しゃかどう》」

とよばれて、特殊な尊崇をうけている伽藍《がらん》もそうであった。早雲はこの境内の一隅をかりて番匠《ばんじょう》小屋をたて、鞍《くら》をつくっていた。

「寺にて鞍などつくるは、後生《ごしょう》に憚《はばか》りあらずや」

などと意地わるくいう僧もいたが、一山《いっさん》の長老が早雲の人柄を異《い》としてこれを大切にしていたため、いわば生きた羅漢《らかん》が一体居るかのようにして打ちすてられていた。

元来、

「千本」

という所は、市中に近いというのに淋《さび》しい土地であった。

この北に、蓮台野《れんだいの》という野がある。京の七つの野の一つというが、それよりも、京における三ヵ所の葬送地として知られている。東には鳥辺野《とりべの》、西には化野《あだしの》、北には蓮台野……。いずれも塚石《つかいし》や塚の土盛りが塁々《るいるい》としてひろがっている。

京の御所からまっすぐに北へのびた通りが朱雀大路《すざくおおじ》だが、蓮台野に近づくにつれて千本という地名になる。

この地名は、平安のむかし、ここをゆく葬列の供養《くよう》のために道筋に千本の卒塔婆《そとば》がたてられたことからきているらしい。

さらに死者が地獄におちることがないように、閻魔《えんま》大王をまつる千本閻魔堂、地蔵をまつる釘抜《くぎぬき》地蔵などができ、前後して釈迦をまつる千本釈迦堂ができた。

早雲のこの時期より百数十年前に書かれた『徒然草《つれづれぐさ》』にも、その第二百二十八段に、

千本の釈迦念仏は、文永《ぶんえい》の比《ころ》、如輪《にょりん》上人、これをはじめられけり。

とある。文永のころとは、鎌倉期、蒙古襲来のさわぎがあった時代である。応仁・文明ノ乱で、兵火や餓えに死ぬ者多く、蓮台野の墓地のみが新仏《しんぼとけ》で賑《にぎ》わっていた。そういう死者たちのための堂宇が千本に焼けのこっているというのは、因果応《いんがおう》報《ほう》の絵図を見るようでもある。

千本釈迦堂《せんぼんしゃかどう》の一隅に寝起きしつつも、新九郎・早雲はときおり女《め》の家に通っている。

小観音《こかんのん》という若いおんなで、洛中にきこえた今様《いまよう》の名手であった。今出川の川筋に面した小さな家に小女とともに住んでいる。

このところ、京はさびれ、公家《くげ》や武家の宴席によばれることもすくないが、それでも清《きよ》げにくらしていて、ひとに媚《こ》びるということがない。

こういうおんなを、通っている早雲の側からいって、女《め》とよぶべきか、妻《め》なのであるか。

このあたり、この国は西方の大明《みん》国や北方の朝鮮国とはちがい、あいまいであった。女《め》は、通う相手のことである。通って子でもなせば、妻《め》となる。

本来、この国では、妻を一堂のなかに住まわせて同居するという風習がなく、あらあらは男が通うというものであった。ところが平安の末《すえ》、坂東《ばんどう》で武家が勃興《ぼっこう》してこのかた、妻と同居するという東《あずま》の風《ふう》が上方《かみがた》に入り、古い風習がくずれてきた。早雲よりも一世紀ふるい京都人である兼好《けんこう》法師は『徒然草《つれづれぐさ》』のなかで、旧風をよしとし、新風をいかがわしいものとして感想をのべている。

この文章での妻《め》ということばは、同居というあたらしい形式のなかでの妻《つま》をさす。

妻《め》といふものこそ、をのこの持《もっ》まじきものなれ。

妻などは男《おのこ》たるもの、持つべきではない、という。

「いつも独住《ひとりず》みにて」

など聞《き》くこそ心にくけれ。

「誰《たれ》がしが婿《むこ》に成《なり》ぬ」

とも、また、

「如何《いか》なる女を取《とり》すゑて、相住《あひすむ》」

など聞《きき》つれば、無下《むげ》に心劣りせらるるわざなり。

私は独り住まいです、ときくと、まことに心にくく思われるのである。それにひきかえ、誰がしの婿になりました、とか、ある女を家に迎えてともに住んでおります、などと聞くときは、なんと心の低いことよ、と感ぜられる。以下、直訳する。

「そういう男は、さほどでもない女を佳《よ》しと思いこんで一緒になっているのだろうが、まことに心卑しいことだ」

と、兼好はまことにはげしい。

「そういう深思《ふかおも》いは、女の側からみても、心が落ちつかぬことだろう。だから、別居してときどき通うこそ年月を経ても飽きの来ぬありかたというべきである」

『徒然草《つれづれぐさ》』のそのくだりについて、さらに入念《にゅうねん》にふれてみたい。筆者である兼好《けんこう》と早雲とは、どこか似ている。

時代に多少のへだたりがあるとはいえ、ともに武家の世にいたということにかわりがない。その世を、公家《くげ》文化の本拠地である京都で暮らしてきたことも似ている。

兼好は下級官人の出であった。その生涯は、安穏ではなくさまざまな渡世をした。

公家文化という淡水《たんすい》と武家文化という潮水《しおみず》との入りまじった潮目《しおめ》で棲息《せいそく》したということも、早雲と似ている。

兼好の出自《しゅつじ》は吉田神社の社家《しゃけ》だったが、母は武家の出であった（鎌倉北条氏の一族金沢貞顕《かなざわのさだあき》につかえた倉栖《くらす》氏）。宮廷の北面の武士になったこともあり、のち頭をまるめて遁世《とんぜ》した。

遁世しても食うことができたのは、かれがその時代の歌壇で代表的なひとりだったことによる。早雲が鞍《くら》をつくって金品を得ていたように、いわば歌で衣食した。歌道は貴族の華飾《かしょく》であったために、兼好としては権門勢家《けんもんせいか》に出入りせざるをえなかった。このことが、兼好に屈折と憂欝《ゆううつ》というかれの哲学を育てる土壌をあたえた。さらには、自他へのひそかな批判精神をするどくさせ、独特のユーモアをもたせるにいたる。

兼好の晩年は、足利の世に入っている。足利氏第一等の権勢家である高師直《こうのもろなお》の門にも兼好は出入りした。師直が、大名の塩冶判官高貞《えんやほうがんたかさだ》の妻に懸想《けそう》し、恋文《こいぶみ》を兼好に書かせたことは有名である。

兼好には田地もあったが、ともかくも、歌でめしを食っていたということで、たれにも殉ずる必要のない独立した生活者だったことがいえる。

独立した生活者ということでは、早雲はよりいっそう、その範疇《はんちゅう》に入る。

さて『徒然草』のそのくだりである。徹底した独身主義について述懐している。

「そりゃ、いい女なら、これこそわが仏とあがめて結構なことにちがいない。しかし言ってしまえばそれだけのことではないか。いい女でさえそうである。家政をしっかりとりまわしている女などなんともおもしろみがない」

子がうまれれば、どうか。

子など出《い》できて、かしづき愛《あい》したる、心憂《こころう》し。

女がわが子にかしずいて（大切に世話をして）可愛がっている姿などなさけないものだ、という。

兼好は、仏道に入りつつも、仏道という精神的権威にも倦怠《けんたい》し、さらには僧たちのいいかげんさに愛想づかしをして自分一個の好悪《こうお》のなかに閉じこもった人である。この時代の京都人の一つの気分を代表しているともいえるだろう。

早雲は、無口な男である。

それでも、ときに小観音《こかんのん》にむかって、

――いい齢《とし》をして、女《め》に通《かよ》うて。

と、わが身をあざわらうことがある。

――わしは、色好みというほどではないのだ。

ともいう。

好色というのは目鼻だちの模様と同様、うまれつきのもので、倫理的に検断すべきものではなく、平安、鎌倉、室町とつづくこの国の世の習風《しゅうふう》にも、色好みを不可とする気分はなかった。独身主義に哲学を見出《みいだ》していた兼好《けんこう》も、ひとの恋文を代筆しただけあって、男というものは万事にすぐれていても（万《よろず》にいみじくとも）色好まぬとあれば玉の盃《さかずき》に底がないのとおなじだ、といっている。

ただし男たるものは恋にとらわれすぎるのも考えものだ、ともいう。

　女にたやすからず思はれんこそ、あらまほしかるべきわざなれ。

たやすからず、とは安っぽくない、ということである。男たるものはそうありたいものだ、といっている。

小観音も、早雲をたやすからず思っている。

早雲は、たれにもたれて生きているといった男ではなかった。所領に執着《しゅうじゃく》し、百姓の血と汗の上にあぐらをかいている公家《くげ》や武家とちがい、早雲は鑿《のみ》一つから鞍《くら》を打ち出して食っている男なのである。

そういう仕事をいやしいとするのが世のならいなのだが、早雲はそんなことを思ったことがないらしい。

小観音は、早雲の風韻《ふういん》を見るのがすきで、早雲と寝ることをことさら好んでいるわけではない。

早雲にとって小観音はいい音《ね》の鈴のようなものであった。そのうたをきき、物腰を見、言葉をきいていると、響きがからりとして、長高《たけ》しという思いがした。

小観音には、どこかこの時代がもつ虚無的な気だるさがあり、早雲はそのにおいについてもたまらなく気に入っていた。

ときに早雲は小観音にうたをせがむ。

身《み》な　焦《こが》れそ
縁さへ　あらば

末《すゑ》は　さりとも

と、小観音はよくうたった。身を焦がすほどに惚《ほ》れなさんなよ。縁さえあれば、のちのち何とかなるものなんだ、という流行歌は早雲のこの世での気分そのものであり、小観音が早雲にもつ気持も、そういう苦味《にがみ》が入っているらしい。

その日の夜、早雲は小観音のもとに通うべく釈迦堂《しやかどう》を出、月を頼りに歩いた。しばらくゆくうちに、あとをつけてくる足音がした。

(わしのように世を捨てた者でも、殺すに値いするのか)

というのが意外でもあり、変におおどかな気分も湧《わ》いて、以下、表現としてはふさわしくないが、わずかにうれしさが伴わなかったわけでもない。

(べつに惜しくもない命だ)

早雲は、一方でおもった。

(しかし、なんのために狙うのか)

足をとめたのは、きいてみようと思ったのである。相手も、二十歩ほどへだてて佇《たたず》んだ。存外、殺気がない。

「用があれば」

と、早雲は針を飛ばすようなするどさでいった。

「面体《めんてい》をあきらかにしてわが前に出よ」

「これは」

と、相手は笠《かさ》をぬぎ、ゆっくり立礼した。

「去年、ご厚誼《こうぎ》をいただきましたる者でござります。駿河《するが》の志太郡《しだごおり》小川村の」

「ああ、法栄《ほうえい》どの」

影をすかしてみると、たしかに大頭《おおあたま》の法栄坊主である。

「それなるおみもとまで近づき奉っても、よろしゅうござりまするや」

(なにを大層なことを)

言うのか、と早雲はおもった。このあと法栄からきいたところでは、駿河から早雲に会うことのみを目的に馳《は》せのぼってきたという。京では、家来の者たちを手わけして早雲の所在をさがさせた。ようやく千本釈迦堂にいるということを知り、法栄ひとりで訪ねた。

が、釈迦堂に近づくと、月下の路上ですれちがった影がある。

(伊勢どのではないか)

と思い、あとをつけた。声をかけずに、まず目を見確《みたし》かめてからと思ったことが、結果として非礼なふるまいとなった、しかしそれも用件が重く、余人に知られたくないためにこういう仕儀になった、と法栄は小声で言いつづけた。

「釈迦堂の小屋へもどりましょうか」

と、早雲がいうと、いいえ、と法栄はかぶりを振った。そこでは壁に耳ということがございましょう、いっそこのまま夜道の供をさせて頂きとうございます。

「駿府《すんぷ》の御屋形《おやかた》（今川義忠）さまが、討死なされましてござりまする」

と、法栄はいった。

（今川義忠どのが、討死なされたか）

棒でくびすじを打たれたように、からだの中が白っぽくなった。あの、筋肉の反射が鮎《あゆ》のように鋭敏で、しかも神経という神経が音楽でできているようなあかるい男が、もうこの世に存在しないとすぐ信ぜよというのか。

「いい男だった」

とつぶやきつつ、早雲の感覚は衝撃と悲しみというひとつの次元に固着していなかった。上下左右あるいは前後、さらには切り裂くような斜角《しやかく》にまでいそがしく動いているのだが、余人には早雲がそういう男であるとは気づいていない。早雲自身、自分が、天性、政治、政略、戦略に長じていることを好んではいなかった。

——わしは守護にもうまれず、地頭にもうまれなかった。

である以上、なにを好んでそういう眠った才能をたたきおこして生きねばならないか。吏僚の家である伊勢家の門流のはしにうまれ、家芸でもって生きざるを得ない以上、そういういわば暗くて危険な才能は生涯体の奥の穴倉に閉じこめておくほうが身のためだった。

しかし、この場合、

(なぜ、法栄《ほうえい》ほどの者がいそいで、しかも単身、さらには内密でわしのもとにきたのか)

ということを考えざるをえない。

一方では、千萱《ちがや》のあわれさを激しく感じている。同時に、千萱が生んだ義忠の嫡子《ちゃくし》竜王丸《たつおうまる》の身の上の危険を予感せざるをえない。

義忠は、竜王丸以外に男児はない。竜王丸が今川家の正嫡であることは、義忠の幼名もまた竜王丸であったという一事だけで、東海地方はおろか、京でも認承されている。当主の幼名を継承していることが、相続権のしるしなのである。

しかし、義忠には一門が多い。なかでも義忠からかぞえて五代前の範国《のりくに》の子貞世《さだよ》（有名な文人武将今川了俊《りようしゆん》）の系統に属する瀬名《せな》一秀《かずひで》が人望があった。また義忠にとって祖父範政をおなじくする小鹿《おじか》（今川）新五郎範満《のりみつ》もしたたかな野望家である。（この乱世では、正嫡ということが決定的な意味をなさぬのだ）

ということは早雲も知っている。

何にしても、竜王丸は七歳であるにすぎない。跡目をねらう野心家や、その後押しをする地頭、国人《こくじん》、地侍《じざむらい》にとって、

――幼少の当主では大国を支えられぬ。

という口実があり、事実、ささえきれぬ。このためにおのれがとってかわるか、それとも今川館《やかた》に押しかけて後見人《こうけんにん》になり、機を見て幼主を殺し、家をうばってしまうという例が、諸国に数多い。今川家とその領国に、当然、大騒ぎがおこっているにちがいない。

が、新九郎・早雲はいつものように鋳物《いもの》のような無表情さを保っている。足をとめて、

「長者《ちようじや》どの」

と、法栄《ほうえい》にいった。法栄は駿河《するが》では小川の長者とよばれているのである。

「この騒ぎのなかで、北川殿《きたがわどの》（千萱《ちがや》）は、どのような目に遭《あ》っているか」

と、きこうとした。が、その言葉をゆっくりのどへ押しこみ、代りにべつなことをきいた。

「今川どの（義忠）の最期は」

「武家の御棟梁《おんとうりょう》としてはずかしからぬお最期におわしました」

（そうであろう）

あの男は、死なでものいくさをしたのではないか。どの地で、最期をとげられたか。

「塩買坂《しおかいざか》でござった」

「ほう、遠州（遠江《とおとうみ》）か」

敵地に踏みこんで死んだとは。

塩買坂は現在、掛川市の南東方小笠《おがさ》町高橋にある。このあたりは平坦《へいたん》な野だが、東方が大地の小骨《こぼね》のように丘が隆起しており、それへのぼってゆく坂が塩買坂である。その森を通るとき、待伏《まちぶ》せに遭ったらしい。

義忠の後半生は、兵馬をひきいて東奔西走した。

底をなす原因は、この時代、駿河のみならず、どの国でも農業生産が飛躍し、富農階級――国人《こくじん》・地侍《じざむらい》の力が大きくなって、守護の権威がおち、威令になびかなくなったことによる。

駿河に西隣する遠州は、むかしは今川一門の一派である今川了俊《りょうしゅん》の系統の所領であったが、この時代、尾張の斯波義廉《しばよしかど》が守護になっている。しかし、今川・斯波の双方に息のかかる地頭や国人どもの領地が入りまじっていて、抗争が絶えなかった。

一方、三河の守護吉良《きら》氏も遠州北方に手をのばしてきて、三者の草刈場《くさかりば》のようになっていた。

今川義忠は、勇敢だった。かれは、数年前、遠州見付《みつけ》城による狩野《かのう》氏を攻めつぶし、勢力圏を西へのばして斯波と対峙《たいじ》した。

ところが、斯波氏の応援をうけた横地《よこち》、勝間田《かつまだ》といった遠州固有の勢力が見付城を修復してここに拠《よ》り、今川氏に抵抗した。

義忠は大軍をひきいて見付城を攻めたところ、さんざんに負けて一族堀越貞延も戦死し、いったんひきあげる途上――文明八年二月九日――一揆《いっき》どもの夜襲をうけた。義忠は単身敵陣に切りこんで負傷し、かつがれて後退したが、結局は死んだ。

新九郎・早雲が、腹のなかの膜《まく》を裂かれるようなおもいで衝撃をうけたことが、もう一つある。

(守護が、討たれるとは。——)

そういう世に、なったのか。

京の公方《くぼう》(将軍)をみよ、と早雲はいつもおもっていた。

足利将軍家も、当代義尚で九代になる。

それまでの足利家はたえず内紛をおこし、地方の守護をひきずりこみ、家政のみだれによる大小の戦《いくさ》が絶えなかった。しかしそれでも公方その人の身を害した例は、六代将軍義教《よしのり》を自邸にまねいて殺した播磨《はりま》の守護赤松満祐《みつすけ》の場合しかない。

この場合、赤松満祐に同情すべき点があった。

まず、四代将軍義持が赤松家の相続問題について不公平だった。義持は自分が寵愛《ちようあい》した赤松氏の一族持貞に赤松氏の所領(播磨、備前、美作《みまさか》)をあたえようとした。すでに赤松氏の当主が満祐である以上、かれが憤慨したのもむりはなかった。

このことはのちかたがついたが、六代将軍義教がまたも似たようなことをした。義教は赤松氏の一族の貞村という若者を愛し、これに相続させるべく満祐の所領をうばった。

満祐はついに決意し、義教のために酒宴を設け、殺したのである。が、満祐は幕府が動員した軍勢のために討滅させられた。

この一事で、将軍たるものは、容易に守護の相続問題に介入すべきでなく公平――というより無為無策《むいむさく》――たるべきものという思想が確立した。八代将軍義政が、応仁ノ乱をよそにみてなにごともしなかったのも、将軍というものの座がそういうものであったためである。

無為無策である以上、将軍を討つなどという不心得者はこの世にいなかった。

地方々々の守護も、その領国にあっては小さな公方といった尊崇をうけていた。たれもが守護に公平を期待したが、具体的には無為であれということだった。

が、今川義忠は働きすぎた。

かれはのちの「戦国大名」のように四方に馬を出して領国の拡充と鎮定に力をつくすうちに、敵対者たちは「守護」への神聖感をうしなってきた。

それでも、塩買坂における奇襲者たちは義忠に馬乗りになって首を刎《は》ねるというような非礼はしなかった。義忠は負傷したまま自軍にかつぎこまれ、敵としてではなく、守護として死んだ。

とはいえ、義忠に矢を放った者がいるということに変りがない。

――駿河《するが》・遠州の者は、したたかに成長している。

と、早雲は世の変りをおもわざるをえなかった。

いつのまにか、ふたりは葦《あし》の茂みに足を踏み入れた。泥が、ひ、ひるのように足の指のあいだでせりあがっては、うごいた。

「ねがってもない場所にきました」

法栄がいった。

葦のあいだに小舟が、あった。法栄は棹《さお》をとって早雲をのせ、葦をわけてゆくうちに池の中央に出た。

「ここなら、たれにも聴こえませぬ」

(用心ぶかいお人だ)

早雲は、感じ入った。

「伊勢どの、駿河に下向《げこう》あそばしてもらえまいか」

「私が?」

何の役にたつ。

「それも、いそいでいただかねば」

「この私が？　私はとっくに世を捨てている。いわば、鞍つくりにすぎぬ」

「竜王丸さまのために駿河の守護たるべき御鞍をつくってさしあげるおつもりはござらぬか。あなたさまは、北川殿にとって兄君《あにぎみ》にあたられます」

「伊勢氏にも、諸流がある。世間では私がじかの兄ということになっているが、それは一門の長者の伊勢守（貞親）どのがきめただけのことだ」

　早雲が正直にいうと、おどろいたことに、この小川の長者法栄はそういう内情まで知っていた。

「北川殿は、あなた様を兄として頼られている以上、兄君でございましょう。義忠さま亡きあと、北川殿にとって駿河はもはや餓えた虎狼《ころう》の巣窟《そうくつ》になっております。頼るべきは京の兄のみとくりかえしおおせられております」

　法栄はつづけた。

「今川ご一門のどなたであれ、竜王丸さまを弑《しい》し奉ったお人がつぎの守護になられます」

「して、母子《おやこ》はいずれに」

　早雲は、きいた。

「それがしの小川村の屋敷に。このご潜伏の場所は、国中たれもが存じませぬ」

そのあと、早雲は、ひとりになった。歩く足どりが重く、真昼にひとがみればよほどの年寄りがさらぼい歩くよとおもうにちがいない。

　京を退転。きょうをたいてん。

　ということばが、たえず脳裏に明滅した。いま京を退転して駿河に罷《まか》れば、生涯みやこにもどることがあろうとはおもえぬ。浮世をかぼそくすごす身に、いまさらみやこに未練があるわけではないが、しかし退転ともなれば、小観音《こかんのん》のことが執着《しゅうじゃく》におもえてきた。

(これが、老《おい》というものか)

　早雲は、狂言の『枕物狂《まくらものぐるい》』に出てくる百歳《ももとせ》もの老翁《おきな》をわが身にかさねて自嘲《じちょう》した。『枕物狂』のおきなは若い娘に恋をする。早雲は、おきなが、本心をかくしてつよがりを言うせりふを口ずさんだ。

　総《そう》じて、恋の思ひの、と言ふとは、十九《つづ》や二十《はたち》の者にこそあれ、この百年《ももとせ》にあまる祖父《おほぢ》が恋などするものか。


戸を打つと、小観音が起き出《い》でてあけてくれた。

「ささ（酒）はあるか」

と、早雲は酒《さけ》といわず、わざと女ことばでいった。

早雲が小観音の家で酒を所望したことはかつてなかった。小観音は不審顔《ふしんがお》ながらすぐ支度をし、やがて早雲に注《つ》ぎ、自分も盃を唇にふくんだ。折り入って話がある、というふうな表情で早雲はすわっている。

「今夜、来るとおもうていやったか」

と、早雲はきいた。

「来ると」

と、小観音はかたわらの小枕をとりあげた。枕は桐材《きり》に朱をぬって金の尾花《おばな》を描き、十三夜《じゅうさんや》の月が出ている。小観音は、手を小さく翻《ひるが》えし、くるくると小枕をまわしつつ、小声でうたった。

来る来る来るとは

枕こそ知れ
のう枕
物言《ものい》はうには
勝事《しょうじ》の枕

勝事とは、一大事という意味である。この場合、小観音は早雲と自分の密《みそ》かな間柄のことを勝事といったのだが、早雲は、

「その勝事なことについて、ひと思いに言い述べたい」

と言い、京を退転する意味に掛けた。あす、自分は京を退転して行方《ゆくえ》も知れずになってしまう、切《せつ》なくはあるが、そなたに言わずに悔《くら》ませば後生《ごしょう》までの悔《く》いになる、といった。

小観音《こかんのん》は、塑像《そぞう》に化したようである。宙《ちゅう》を見つめつづけていたが、やがて音が鳴るように視線が床《ゆか》に落ちた。

「――私に倦《あ》きた？」

と、小観音は聴きとれぬほどの声でいった。

「果報《かほう》なことを言ってくれることよ」

　早雲にすれば、倦きられるおそれのあるのは当方のほうであるのに、わが身に不相応な愛を持ってくれることよ、とおもったのである。

「して、そなたのことは、生々《しょうじょう》世々《せぜ》わすれぬ」

「いずこへわたらせられます」

　小観音は、涙の落ちるままの顔で、まっすぐに早雲を見た。

「それは、明かせぬ」

「わたくしにさえも？」

　と、小観音は、早雲の自分への愛がその程度に浅いものであったのか、となげいた。

「無念ではあるが、さるお人と約束したによって、そなたに殺されても明かせぬ」

　口のかたいのは、早雲の生得《しょうとく》の性格である。そういえば、小観音は早雲についてかれが伊勢家の一族であるということと、「つくりの鞍《くら》」をつくるひとであるという以外、ほとんど知るところがない。ただ、来るたびに金品を持ってきてくれる。このことについては、

　――ご無用なことをなさる。

と、しばしばことわった。小観音は女ながら収入のある身なのである。が、早雲は、

——私は、鞍をつくる。作り了《お》えれば人がそれを持ってゆき、代りに金銀か絹《きぬ》などを置いて行ってくれる。いつ死ぬかわからぬ独り身の境涯に、財《たから》など要らぬことだ。

と、かつていったことがある。

小観音のもとにそれらを持ってくるために鞍をつくっている。うけとらぬとあれば、鞍をつくる気力も失《う》せ、さらには、鞍をつくらずになりはてれば、わしなどこの世に何の用があろう、ともいったことがある。

「——かの土地《くに》に落ちられても」

と、小観音はいった。京では公家《くげ》や官人《かんにん》、諸芸の達者がことごとくといっていいほどに都を落ち、国々の守護を頼ってゆく。小観音は早雲もそうだろうとおもい、

「鞍をおつくり遊ばすか」

と、きいた。

「そういう悠暢《ゆうちょう》な時はあるまい。鞍をつくる以外のわしを、火急の事態が必要としている。火の手がせまって、わが身も灰になるかもしれぬ」

「灰に。——」

小観音は、息をのんだ。

「一期《いちご》の思い、かくなれば命を捨つるも悪《あ》しからず」

早雲は、ややおどけてみせた。

そのあと、二人で酒を飲みかわしたが、小観音《こかんのん》はともすれば沈むわが心を奮《ふる》いたたせようというのか、水干《すいかん》を着、烏帽子《えぼし》をかぶり、太刀を佩《は》き、男姿になって立ちあがった。

「われは白拍子《しらびょうし》ぞ」

と、感をこめて早雲を見おろした。

早雲はかたわらに手をのばし、鼓《つづみ》をとりあげて、身を構えた。小観音は、おおかたの白拍子が、舞のはじめにうたう決まりのうたをうたった。

わすれめや
一樹《いちじゅ》の蔭《かげ》や一河《いっか》の水
みなこれ他生《たしゃう》の縁《えにし》

このように言霊《ことだま》をうたうことで、一座の者――この場は早雲ひとりだが――と結縁《けちえん》する。ふるくは神や貴人への吉事《よごと》のために舞いかつうたった名残りであるかもしれない。

よしや　頼まじ
行く水の
早くも変る
人のこころ

「これは、和《わ》せぬ」
早雲は鼓を打ちやめ、そのようにののしられてはわが心が安《やす》からぬ、と言った。が、小観音の舞いはゆるやかになり、やがて間《ま》をとって、早雲のほうに小くびをかしげて、

さは言へど　こちの人にあらず

と、せりふを入れ、つぎに、人間というものはみな岩間《いわま》に湧《わ》く水のようなものだ、という意味をうたった。

人は　何とも
岩間の水候《そろ》よ
和御料《わごりょ》の心だに
濁らずば　済《す》むまでよ

どこにあっても私を想うていてくれればいい、という気持をこめたのであろう。

恋の中川
うつかと渡るとて
袖《そで》を濡《ぬ》らいた
あら何ともなよの
さても　心や

うかうかと人を恋してしまったが、しかし心を定めてしまえば自分は立ち直っている、というけなげな気持をうたっているつもりだったが、しかしうたいつつも、小観音の頬《ほお》が濡れつづけた。

新装版《しんそうばん》 箱根《はこね》の坂《さか》(上)

司馬遼太郎《しばりょうたろう》

2004年6月15日第1刷発行
2007年4月2日第8刷発行

発行者――野間佐和子

発行所――株式会社 講談社

東京都文京区音羽2-12-21 〒112-8001

電話 出版部 (03) 5395-3510
販売部 (03) 5395-5817
業務部 (03) 5395-3615

Printed in Japan

講談社文庫

定価はカバーに
表示してあります

デザイン―菊地信義

製版――豊国印刷株式会社

印刷――豊国印刷株式会社

製本――株式会社上島製本所

落丁本・乱丁本は購入書店名を明記のうえ、小社業務部あてにお送りください。送料は小社負担にてお取替えします。なお、この本の内容についてのお問い合わせは文庫出版部あてにお願いいたします。

ISBN4-06-274801-0

講談社文庫刊行の辞

二十一世紀の到来を目睫に望みながら、われわれはいま、人類史上かつて例を見ない巨大な転換期をむかえようとしている。

世界も、日本も、激動の予兆に対する期待とおののきを内に蔵して、未知の時代に歩み入ろうとしている。このときにあたり、創業の人野間清治の「ナショナル・エデュケイター」への志を現代に甦らせようと意図して、われわれはここに古今の文芸作品はいうまでもなく、ひろく人文・社会・自然の諸科学から東西の名著を網羅する、新しい綜合文庫の発刊を決意した。

激動の転換期はまた断絶の時代である。われわれは戦後二十五年間の出版文化のありかたへの深い反省をこめて、この断絶の時代にあえて人間的な持続を求めようとする。いたずらに浮薄な商業主義のあだ花を追い求めることなく、長期にわたって良書に生命をあたえようとつとめるところにしか、今後の出版文化の真の繁栄はあり得ないと信じるからである。

同時にわれわれはこの綜合文庫の刊行を通じて、人文・社会・自然の諸科学が、結局人間の学にほかならないことを立証しようと願っている。かつて知識とは、「汝自身を知る」ことにつきていた。現代社会の瑣末な情報の氾濫のなかから、力強い知識の源泉を掘り起し、技術文明のただなかに、生きた人間の姿を復活させること。それこそわれわれの切なる希求である。

われわれは権威に盲従せず、俗流に媚びることなく、渾然一体となって日本の「草の根」をかたちづくる若く新しい世代の人々に、心をこめてこの新しい綜合文庫をおくり届けたい。それは知識の泉であるとともに感受性のふるさとであり、もっとも有機的に組織され、社会に開かれた万人のための大学をめざしている。大方の支援と協力を衷心より切望してやまない。

一九七一年七月

野間省一

佐藤雅美　百助嘘八百物語
佐藤雅美　お白洲無情
佐々木　譲　屈折率
柴門ふみ　笑って子育てあっぷっぷ
柴門ふみ　愛さずにはいられない〈〜ミーハーとしての私〜〉
柴門ふみ　マイリトルNEWS
佐江衆一　神州魔風伝
佐江衆一　江戸は廻灯籠
佐江衆一　50歳からが面白い
佐江衆一　リンゴの唄、僕らの出発
鷺沢　萠　夢を見ずにおやすみ
酒井順子　結婚疲労宴
酒井順子　ホメるが勝ち！
酒井順子　少子
酒井順子　負け犬の遠吠え
佐野洋子　嘘ばっか〈新釈・世界おとぎ話〉
佐野洋子　猫ばっか
佐野洋子　コッコロから
佐川芳枝　寿司屋のかみさんうちあけ話
佐川芳枝　寿司屋のかみさんおいしい話
佐川芳枝　寿司屋のかみさんとっておき話
佐川芳枝　寿司屋のかみさんお客さま控帳
佐川芳枝　寿司屋のかみさん、エッセイストになる
桜木もえ　ばたばたナース秘密の花園
桜木もえ　ばたばたナース美人の花道
桜木もえ　純情ナースの忘れられない話
斎藤貴男　バブルの復讐〈精神の瓦礫〉
佐藤賢一　二人のガスコン(上)(中)(下)
佐藤賢一　ジャンヌ・ダルクまたはロメ
笹生陽子　ぼくらのサイテーの夏
笹生陽子　きのう、火星に行った。
佐伯泰英　変《へん》化《げ》〈交代寄合伊那衆異聞〉
佐伯泰英　雷鳴〈交代寄合伊那衆異聞〉
佐伯泰英　風雲〈交代寄合伊那衆異聞〉
佐伯泰英　邪宗〈交代寄合伊那衆異聞〉
沢木耕太郎　一号線を北上せよ〈ヴェトナム街道編〉
坂元　純　ぼくのフェラーリ
里見　蘭　三田紀房／原作　小説　ドラゴン桜〈カリスマ教師集結篇〉
里見　蘭　三田紀房／原作　小説　ドラゴン桜〈挑戦！　東大模試篇〉
佐藤友哉　フリッカー式〈鏡公彦にうってつけの殺人〉
司馬遼太郎　王城の護衛者
司馬遼太郎　俄《にわか》〈浪華遊侠伝〉
司馬遼太郎　妖怪
司馬遼太郎　尻《しり》啖《くら》え孫市
司馬遼太郎　真説宮本武蔵
司馬遼太郎　風の武士(上)(下)
司馬遼太郎　新装版　播磨灘物語　全四冊
司馬遼太郎　新装版　箱根の坂(上)(中)(下)
司馬遼太郎　新装版　アームストロング砲
司馬遼太郎　新装版　歳月(上)(下)
司馬遼太郎　新装版　おれは権現
司馬遼太郎　新装版　大坂侍
司馬遼太郎　新装版　北斗の人(上)(下)
司馬遼太郎　新装版　軍師二人
司馬遼太郎　新装版　真説宮本武蔵
司馬遼太郎　新装版　戦雲の夢
司馬遼太郎　新装版　最後の伊賀者

司馬遼太郎／海音寺潮五郎　日本歴史を点検する
司馬遼太郎／陳舜臣／金達寿　歴史の交差路にて〈日本・中国・朝鮮〉
司馬遼太郎／井上ひさし　国家・宗教・日本人
柴田錬三郎　岡っ引どぶ 正・続〈柴錬捕物帖〉
柴田錬三郎　お江戸日本橋(上)(下)
柴田錬三郎　三国志〈柴錬痛快文庫〉
柴田錬三郎　江戸っ子侍(上)(下)
柴田錬三郎　貧乏同心御用帳
柴田錬三郎　新装版 岡っ引どぶ〈柴錬捕物帖〉
柴田錬三郎　新装版 顔十郎罷り通る(上)(下)
城山三郎　ビッグボーイの生涯〈五島昇その人〉
城山三郎　この命、何をあくせく
白石一郎　火炎城
白石一郎　鷹ノ羽の城
白石一郎　銭の城
白石一郎　びいどろの城
白石一郎　庖丁ざむらい〈十時半睡事件帖〉
白石一郎　観音妖女〈十時半睡事件帖〉
白石一郎　刀〈十時半睡事件帖〉

白石一郎　犬を飼う武士〈十時半睡事件帖〉
白石一郎　出世長屋〈十時半睡事件帖〉
白石一郎　おんな舟〈十時半睡事件帖〉
白石一郎　東海道をゆく〈十時半睡事件帖〉
白石一郎　海よ島よ〈歴史紀行〉
白石一郎　乱世を斬る〈歴史エッセイ〉
白石一郎　海将(上)(下)
白石一郎　蒙古襲来〈海から見た歴史〉
志水辰夫　帰りなん、いざ
志水辰夫　花ならアザミ
志水辰夫　負け犬
新宮正春　抜打ち庄五郎
島田荘司　占星術殺人事件
島田荘司　殺人ダイヤルを捜せ
島田荘司　火刑都市
島田荘司　網走発遙かなり
島田荘司　御手洗潔の挨拶
島田荘司　死者が飲む水
島田荘司　斜め屋敷の犯罪

島田荘司　ポルシェ911《ナインイレブン》の誘惑
島田荘司　御手洗潔のダンス
島田荘司　本格ミステリー宣言
島田荘司　本格ミステリー宣言II〈ハイブリッド・ヴィーナス論〉
島田荘司　暗闇坂の人喰いの木
島田荘司　水晶のピラミッド
島田荘司　自動車社会学のすすめ
島田荘司　眩（めまい）暈
島田荘司　アトポス
島田荘司　異邦の騎士
島田荘司　改訂完全版 異邦の騎士
島田荘司　島田荘司読本
島田荘司　御手洗潔のメロディ
島田荘司　Pの密室
島田荘司　ネジ式ザゼツキー
塩田潮　郵政最終戦争
清水義範　蕎麦《そば》ときしめん
清水義範　国語入試問題必勝法
清水義範　永遠のジャック&ベティ

清水義範　深夜の弁明
清水義範　ビビンパ
清水義範　お金物語
清水義範　単位物語
清水義範　神々の午睡(上)(下)
清水義範　私は作中の人物である
清水義範　春高楼の
清水義範　イエスタデイ
清水義範　青二才の頃〈回想の'70年代〉
清水義範　日本ジジババ列伝
清水義範　日本語必笑講座
清水義範　ゴミの定理
清水義範　目からウロコの教育を考えるヒント
清水義範　世にも珍妙な物語集
清水義範　ザ・勝負
清水義範／西原理恵子・え　おもしろくても理科
清水義範／西原理恵子・え　もっとおもしろくても理科
清水義範／西原理恵子・え　どうころんでも社会科
清水義範／西原理恵子・え　もっとどうころんでも社会科
清水義範／西原理恵子・え　いやでも楽しめる算数
清水義範／西原理恵子・え　はじめてわかる国語
清水義範／西原理恵子・え　飛びすぎる教室
椎名誠　フグと低気圧
椎名誠　犬の系譜
椎名誠　水域
椎名誠　にっぽん・海風魚旅〈怪し火さすらい編〉
椎名誠　〈にっぽん・海風魚旅2〉くじら雲追跡編
椎名誠　もう少しむこうの空の下へ
椎名誠　モヤシ
椎名誠　アメンボ号の冒険
東海林さだお／椎名誠　やぶさか対談
島田雅彦　フランシスコ・X
真保裕一　連鎖
真保裕一　取引
真保裕一　震源
真保裕一　盗聴
真保裕一　朽ちた樹々の枝の下で
真保裕一　奪取(上)(下)
真保裕一　防壁
真保裕一　密告
真保裕一　黄金の島(上)(下)
真保裕一　発火点
真保裕一　夢の工房
周大荒／渡辺精一訳　反三国志(上)(下)
篠田節子　贋《がん》作《さく》師《し》
篠田節子　聖域
篠田節子　弥勒
笙野頼子　居場所もなかった
笙野頼子　幽界森娘異聞
下川裕治／桃井和馬　世界一周ビンボー大旅行
下川裕治／篠原章　沖縄ナンクル読本
篠田真由美　未明の家〈建築探偵桜井京介の事件簿〉
篠田真由美　玄《くろ》い女神〈建築探偵桜井京介の事件簿〉
篠田真由美　翡《ひ》翠《すい》の城〈建築探偵桜井京介の事件簿〉
篠田真由美　灰色の砦〈建築探偵桜井京介の事件簿〉
篠田真由美　原罪の庭〈建築探偵桜井京介の事件簿〉

講談社文庫　目録

篠田真由美　美貌の帳《とばり》〈建築探偵桜井京介の事件簿〉
篠田真由美　桜闇〈建築探偵桜井京介の事件簿〉
篠田真由美　仮面の島〈建築探偵桜井京介の事件簿〉
篠田真由美／加藤俊章 絵　レディMの物語
重松　清　定年ゴジラ
重松　清　半パン・デイズ
重松　清　世紀末の隣人
重松　清　流星ワゴン
重松　清　ニッポンの単身赴任
重松　清　ニッポンの課長
新堂冬樹　血塗られた神話
新堂冬樹　闇の貴族
島村麻里　地球の笑い方
島村麻里　地球の笑い方 ふたたび
柴田よしき　フォー・ディア・ライフ
柴田よしき　フォー・ユア・プレジャー
新野剛志　八月のマルクス
新野剛志　もう君を探さない
新野剛志　どしゃ降りでダンス

殊能将之　ハサミ男
殊能将之　美《み》濃《の》牛《ぎゅう》
殊能将之　黒い仏
殊能将之　鏡の中は日曜日
嶋田昭浩　解剖・石原慎太郎
新多昭二　秘話 陸軍登戸研究所の青春
首藤瓜於　脳男
首藤瓜於　事故係生稲昇太の多感
島村洋子　家族善哉
島村洋子　恋って恥ずかしい〈家族善哉2〉
仁賀克雄　切り裂きジャック〈闇に消えた殺人鬼の新事実〉
島本理生　シルエット
島本理生　リトル・バイ・リトル
白川　道　十二月のひまわり
子母澤　寛　新装版 父子鷹 (上)(下)
不知火京介　マッチメイク
杉本苑子　孤愁の岸 (上)(下)
杉本苑子　引越し大名の笑い
杉本苑子　汚名

杉本苑子　女人古寺巡礼
杉本苑子　利休破調の悲劇
杉本苑子　江戸を生きる
杉田　望　金融夜光虫
杉田　望　特別検査〈金融アベンジャー〉
鈴木輝一郎　美男忠臣蔵
瀬戸内晴美　かの子撩乱
瀬戸内晴美　京まんだら (上)(下)
瀬戸内晴美　彼女の夫たち (上)(下)
瀬戸内晴美　蜜と毒
瀬戸内寂聴　寂庵説法
瀬戸内寂聴　新寂庵説法 愛なくば
瀬戸内晴美　家族物語 (上)(下)
瀬戸内寂聴　生きるよろこび〈寂聴随想〉
瀬戸内寂聴　寂聴天台寺好日
瀬戸内寂聴　人が好き［私の履歴書］
瀬戸内寂聴　渇く
瀬戸内寂聴　白道
瀬戸内寂聴　いのち発見

瀬戸内寂聴　無常を生きる〈寂聴随想〉
瀬戸内寂聴　わかれば『源氏』はおもしろい〈寂聴対談集〉
瀬戸内寂聴　寂聴相談室人生道しるべ
瀬戸内寂聴　花　芯
瀬戸内寂聴　瀬戸内寂聴の源氏物語
瀬戸内晴美編　人類愛に捧げた生涯〈人物近代女性史〉
瀬戸内寂聴・訳　源氏物語　巻《まき》一《いち》
瀬戸内寂聴・訳　源氏物語　巻《まき》二《に》
瀬戸内寂聴・訳　源氏物語　巻《まき》三《さん》
梅原猛　瀬戸内寂聴　寂聴・猛の強く生きる心
関川夏央　よい病院とはなにか〈病むことと老いること〉
関川夏央　水の中の八月
関川夏央　やむにやまれず
先崎学　フフフの歩
先崎学　先崎学の実況！　盤外戦
妹尾河童　少年H(上)(下)
妹尾河童　河童が覗いたインド
妹尾河童　河童が覗いたヨーロッパ
妹尾河童　河童が覗いたニッポン
妹尾河童　河童の手のうち幕の内
妹尾河童　野坂昭如　少年Hと少年A
清涼院流水　コズミック流
清涼院流水　ジョーカー清
清涼院流水　ジョーカー涼
清涼院流水　コズミック水
清涼院流水　カーニバル一輪の花
清涼院流水　カーニバル二輪の草
清涼院流水　カーニバル三輪の層
清涼院流水　カーニバル四輪の牛
清涼院流水　カーニバル五輪の書
清涼院流水　秘密屋文庫　知ってる怪
清涼院流水　秘密室ボン〈QUIZ SHOW〉
曽野綾子　幸福という名の不幸(上)(下)
曽野綾子　私を変えた聖書の言葉
曽野綾子　自分の顔、相手の顔〈自分流を貫く生き方のすすめ〉
曽野綾子　それぞれの山頂物語〈今こそ主体性のある生き方をしたい〉
曽野綾子　安逸と危険の魅力
曽野綾子　至福の境地
曽野綾子　なぜ人は恐ろしいことをするのか
蘇部健一　六枚のとんかつ
蘇部健一　長野・上越新幹線四時間三十分の壁
蘇部健一　動かぬ証拠
蘇部健一　木乃伊《ミイラ》男
宗田理　13歳の黙示録
曽我部司　北海道警察の冷たい夏
田辺聖子　古川柳おちぼひろい
田辺聖子　川柳でんでん太鼓
田辺聖子　私的生活
田辺聖子　愛の幻滅
田辺聖子　苺をつぶしながら〈新・私的生活〉
田辺聖子　不倫は家庭の常備薬
田辺聖子　おかあさん疲れたよ(上)(下)
田辺聖子　ひねくれ一茶
田辺聖子　「おくのほそ道」を旅しよう〈古典を歩く11〉
田辺聖子　薄荷草《ペパーミント・ラヴ》の恋
立原正秋　春のいそぎ
立原正秋　雪のなか

谷川俊太郎訳 和田誠絵　マザー・グース全四冊
立花隆　中核VS革マル(上)(下)
立花隆　日本共産党の研究全三冊
立花隆　青春漂流
立花隆　同時代を撃つI〜III〈情報ウォッチング〉
高杉良　虚構の城
高杉良　大逆転!〈小説三菱・第一銀行合併事件〉
高杉良　バンダルの塔
高杉良　懲戒解雇
高杉良　労働貴族
高杉良　広報室沈黙す(上)(下)
高杉良　会社蘇生
高杉良　炎の経営者(上)(下)
高杉良　小説日本興業銀行全五冊
高杉良　社長の器
高杉良　祖国へ、熱き心を〈東京にオリンピックを呼んだ男〉
高杉良　その人事に異議あり〈女性広報主任のジレンマ〉
高杉良　人事権!
高杉良　小説消費者金融〈クレジット社会の罠〉

高杉良　小説新巨大証券(上)(下)
高杉良　局長罷免—小説通産省
高杉良　首魁《しゅかい》の宴《うたげ》〈政官財腐敗の構図〉
高杉良　指名解雇
高杉良　燃ゆるとき
高杉良　挑戦つきることなし〈小説ヤマト運輸〉
高杉良　辞表撤回
高杉良　銀行大合併〈短編小説全集(上)〉
高杉良　エリートの反乱〈短編小説全集(中)〉
高杉良　金融腐蝕列島(上)(下)
高杉良　小説ザ・外資
高杉良　銀行大統合〈小説みずほFG〉
高杉良　勇気凜々
高杉良　混沌《こんとん》新・金融腐蝕列島(上)(下)
高橋源一郎　日本文学盛衰史
高橋克彦　写楽殺人事件
高橋克彦　悪魔のトリル
高橋克彦　総門谷
高橋克彦　北斎殺人事件

高橋克彦　歌麿殺贋《さつがん》事件
高橋克彦　バンドネオンの豹《ジャガー》
高橋克彦　蒼《あお》夜《や》叉《しゃ》
高橋克彦　広重殺人事件
高橋克彦　北斎の罪
高橋克彦　総門谷R 阿黒篇
高橋克彦　総門谷R 鵺〈ぬえ〉篇
高橋克彦　総門谷R 小町変妖篇
高橋克彦　総門谷R 白骨篇
高橋克彦　1999年〈対談集〉
高橋克彦　星封陣
高橋克彦　炎《ほむら》立つ 壱 北の埋み火
高橋克彦　炎立つ 弐 燃える北天
高橋克彦　炎立つ 参 空への炎
高橋克彦　炎立つ 四 冥き稲妻
高橋克彦　炎立つ 伍 光彩楽土〈全五巻〉
高橋克彦　白妖鬼
高橋克彦　書斎からの空飛ぶ円盤
高橋克彦　降魔王

高橋克彦 鬼
高橋克彦 火怨〈北の燿星アテルイ〉(上)(下)
高橋克彦 時宗 壱 乱星
高橋克彦 時宗 弐 連星
高橋克彦 時宗 参 震星
高橋克彦 時宗 四 戦星〈全四巻〉
高橋克彦 京伝怪異帖 巻の上 巻の下
高橋克彦 天を衝く (1)~(3)
高橋克彦 ゴッホ殺人事件(上)(下)
高橋克彦 竜の柩 (1)~(6)
高橋克彦 刻謎宮 (1)~(4)
高橋治 男波女波〈放浪一本釣り〉(上)(下)
高橋治 星の衣
高樹のぶ子 妖しい風景
高樹のぶ子 エフェソス白恋
高樹のぶ子 満水子(上)(下)
田中芳樹 創竜伝1〈超能力四兄弟《ドラゴン》〉
田中芳樹 創竜伝2〈摩天楼の四兄弟《ドラゴン》〉
田中芳樹 創竜伝3〈逆襲の四兄弟《ドラゴン》〉
田中芳樹 創竜伝4〈四兄弟《ドラゴン》脱出行〉
田中芳樹 創竜伝5〈蜃気楼都市《ミラージュ・シティ》〉
田中芳樹 創竜伝6〈染血の夢《ブラッディ・ドリーム》〉
田中芳樹 創竜伝7〈黄土のドラゴン〉
田中芳樹 創竜伝8〈仙境のドラゴン〉
田中芳樹 創竜伝9〈妖世紀のドラゴン〉
田中芳樹 創竜伝10〈大英帝国最後の日〉
田中芳樹 創竜伝11〈銀月王伝奇〉
田中芳樹 創竜伝12〈竜王風雲録〉
田中芳樹 魔天楼〈薬師寺涼子の怪奇事件簿〉
田中芳樹 東京ナイトメア〈薬師寺涼子の怪奇事件簿〉
田中芳樹 巴里《パリ》・妖都変〈薬師寺涼子の怪奇事件簿〉
田中芳樹 クレオパトラの葬送〈薬師寺涼子の怪奇事件簿〉
田中芳樹 西風の戦記《ゼピュロシア・サーガ》
田中芳樹 夏の魔術
田中芳樹 窓辺には夜の歌
田中芳樹 書物の森でつまずいて……
田中芳樹 白い迷宮
田中芳樹 春の魔術
田中芳樹 幸田露伴 原作 運命〈二人の皇帝〉
田中芳樹 土屋守 「イギリス病」のすすめ
田中芳樹ほか 文 皇名月 画・文 中国帝王図
田中芳樹 赤城毅 中欧怪奇紀行
高任和夫 架空取引
高任和夫 粉飾決算
高任和夫 告発倒産
高任和夫 商社審査部25時〈知られざる戦士たち〉
高任和夫 起業前夜(上)(下)
高任和夫 燃える氷(上)(下)
谷村志穂 十四歳のエンゲージ
谷村志穂 十六歳たちの夜
谷村志穂 レッスンズ
高村薫 李歐《りおう》
高村薫 マークスの山(上)(下)
高村薫 照柿(上)(下)
多和田葉子 犬婿入り
岳宏一郎 蓮如夏の嵐(上)(下)
岳宏一郎 御家の狗

武　豊　この馬に聞いた! フランス激闘編
武　豊　この馬に聞いた! 炎の復活凱旋編
武　豊　この馬に聞いた! 1番人気編
武　豊　この馬に聞いた! 大外強襲編
武田　圭　南海楽園〈タヒチ、パリ、モルジブ……サーフィン一人旅〉
高橋直樹　湖賊の風
橘　蓮二　監修・高田文夫　大増補版おあとがよろしいようで〈東京寄席往来〉
多田容子　柳影
多田容子　やみとり屋
多田容子　女剣士・一子相伝の影
田島優子　女検事ほど面白い仕事はない
高田崇史　QED〈百人一首の呪〉
高田崇史　QED〈六歌仙の暗号〉
高田崇史　QED〈ベイカー街の問題〉
高田崇史　QED〈東照宮の怨〉
高田崇史　QED〈式の密室〉
高田崇史　QED〈竹取伝説〉
高田崇史　QED〈龍馬暗殺〉
高田崇史　試験に出るパズル〈千葉千波の事件日記〉
高田崇史　試験に敗けない密室〈千葉千波の事件日記〉
高田崇史　試験に出ないパズル〈千葉千波の事件日記〉
高田崇史　麿の酩酊事件簿〈花に舞〉
高田崇史　麿の酩酊事件簿〈月に酔〉
竹内玲子　笑うニューヨーク DELUXE
竹内玲子　笑うニューヨーク DYNAMITE
竹内玲子　笑うニューヨーク DANGER
竹内玲子　踊るニューヨーク Beauty Quest
団　鬼六　外道の女
立石勝規　田中角栄・真紀子の「税金逃走」
高野和明　13階段
高野和明　グレイヴディッガー
高野和明　K・Nの悲劇
高里椎奈　銀の檻を溶かして〈薬屋探偵妖綺談〉
高里椎奈　黄色い目をした猫の幸せ〈薬屋探偵妖綺談〉
高里椎奈　悪魔と詐欺師〈薬屋探偵妖綺談〉
高里椎奈　金糸雀《カナリア》が啼く夜〈薬屋探偵妖綺談〉
高里椎奈　緑陰の雨　灼けた月〈薬屋探偵妖綺談〉
大道珠貴　背く子
大道珠貴　ひさしぶりにさようなら
高橋　和　女流棋士
高木　徹　ドキュメント 戦争広告代理店〈情報操作とボスニア紛争〉
平安寿子　グッドラックららばい
高梨耕一郎　京都風の奏葬
高梨耕一郎　京都半木の道　桜雲の殺意
日明《たちもり》　恩《めぐみ》　それでも、警官は微笑《わら》う
多田克己　絵・京極夏彦　百鬼解読
竹内　真　じーさん武勇伝
たつみや章　ぼくの・稲荷山戦記
たつみや章　夜の神話
橘　もも　バックダンサーズ!
橘もも／三浦天紗子／百瀬しのぶ／田浦智美　サッド・ムービー
武田葉月　ドルジ　横綱・朝青龍の素顔
陳　舜臣　阿片戦争　全三冊
陳　舜臣　中国五千年 (上)(下)
陳　舜臣　中国の歴史　全七冊
陳　舜臣　小説十八史略　全六冊
陳　舜臣　琉球の風　全三冊

講談社文庫　目録

陳　舜臣　獅子は死なず
陳　舜臣　小説十八史略 傑作短篇集
陳　舜臣　神戸 わがふるさと
張《チャン》　仁《イン》淑《スク》　凍れる河を超えて(上)(下)
筒井康隆　ウィークエンド・シャッフル
津島佑子　火の山——山猿記 (上)(下)
津村節子　智恵子飛ぶ
津村節子　菊日和
津本　陽　塚原卜伝十二番勝負
津本　陽　拳豪伝
津本　陽　修羅の剣 (上)(下)
津本　陽　勝つ極意 生きる極意
津本　陽　下天は夢か 全四冊
津本　陽　鎮西八郎為朝
津本　陽　幕末剣客伝
津本　陽　武田信玄 全三冊
津本　陽　乱世、夢幻の如し(上)(下)
津本　陽　前田利家 全三冊
津本　陽　加賀百万石
津本　陽　真田忍俠記(上)(下)
津本　陽　歴史に学ぶ
津本　陽　おおとりは空に
津本　陽　本能寺の変
津本　陽　武蔵と五輪書
津本　陽　幕末御用盗
津村秀介　洞爺湖殺人事件
津村秀介　水戸の偽証 〈三島着10時31分の死者〉
津村秀介　浜名湖殺人事件 〈富士—博多間37時間30分の謎〉
津村秀介　琵琶湖殺人事件 〈ハイパー有明14号「13時45分」の死角〉
津原泰水監修　エロティシズム12幻想
司城志朗　秋と黄昏の殺人
司城志朗　恋ゆうれい
土屋賢二　哲学者かく笑えり
土屋賢二　ツチヤ学部長の弁明
塚本青史　呂后
塚本青史　王莽
塚本青史　光武帝(上)(中)(下)
塚本青史　張騫
辻原　登　百合の心・黒髪 その他の短編
出久根達郎　佃島ふたり書房
出久根達郎　たとえばの楽しみ
出久根達郎　おんな飛脚人
出久根達郎　御書物同心日記
出久根達郎　続 御書物同心日記
出久根達郎　御書物同心日記 虫姫
出久根達郎　土龍《もぐら》
出久根達郎　漱石先生の手紙
出久根達郎　俥《くるま》宿《やど》
出久根達郎　二十歳のあとさき
ドウス昌代　イサム・ノグチ(上)(下) 〈宿命の越境者〉
童門冬二　戦国武将の宣伝術 〈隠された名将のコミュニケーション戦略〉
童門冬二　日本の復興者たち
童門冬二　夜明け前の女たち
童門冬二　改革者に学ぶ人生論 〈江戸グローカルの偉人たち〉
藤堂志津子　恋人よ
鳥羽　亮　三鬼の剣
鳥羽　亮　隠《おぬ》猿《ざる》の剣

鳥羽　亮　鱗光の剣〈深川群狼伝〉
鳥羽　亮　蛮骨の剣
鳥羽　亮　妖鬼の剣
鳥羽　亮　秘剣　鬼の骨
鳥羽　亮　浮舟の剣
鳥羽　亮　青江鬼丸夢想剣
鳥羽　亮　双つ龍〈青江鬼丸夢想剣〉
鳥羽　亮　吉宗謀殺〈青江鬼丸夢想剣〉
鳥羽　亮　風来の剣
鳥羽　亮　影笛の剣
鳥羽　亮　波之助推理日記
鳥羽　亮　からくり小僧〈波之助推理日記〉
鳥越　碧　一葉
東郷　隆　御町見役うずら伝右衛門(上)(下)
東郷　隆　御町見役うずら伝右衛門・町あるき
東郷　隆／上田信　絵　【絵解き】戦国武士の合戦心得〈歴史・時代小説ファン必携〉
東郷　隆／上田信　絵　【絵解き】雑兵足軽たちの戦い〈歴史・時代小説ファン必携〉
戸田郁子　ソウルは今日も快晴〈日韓結婚物語〉
徳大寺有恒　間違いだらけの中古車選び

とみなが貴和　EDGE《エッジ》
とみなが貴和　EDGE2〈三月の誘拐者〉
東嶋和子　メロンパンの真実
夏樹静子　そして誰かいなくなった
夏樹静子　贈る証言〈弁護士朝吹里矢子〉
中井英夫　新装版虚無への供物(上)(下)
長尾三郎　人は50歳で何をなすべきか
長尾三郎　週刊誌血風録
南里征典　軽井沢絶頂夫人
南里征典　情事の契約
南里征典　寝室の蜜猟者
南里征典　魔性の淑女牝
南里征典　秘宴の紋章
中島らも　しりとりえっせい
中島らも　今夜、すべてのバーで
中島らも　白いメリーさん
中島らも　寝ずの番
中島らも　さかだち日記
中島らも　バンド・オブ・ザ・ナイト

中島らも　休みの国
中島らもほか　輝きの一瞬〈短くて心に残る30編〉
中島らも編・著　なにわのアホぢから
中島らも／チチ松村　らもチチ　わたしの半生〈青春篇〉〈中年篇〉
鳴海　章　ニューナンブ
中嶋博行　検察捜査
中嶋博行　違法弁護
中嶋博行　司法戦争
中嶋博行　第一級殺人弁護
中村天風　運命を拓く〈天風瞑想録〉
夏坂　健　ナイス・ボギー
中場利一　岸和田のカオルちゃん
中場利一　バラガキ〈土方歳三青春譜〉
中場利一　岸和田少年愚連隊
中場利一　岸和田少年愚連隊　血煙り純情篇
中場利一　岸和田少年愚連隊　望郷篇
中場利一　岸和田少年愚連隊　外伝
中場利一　岸和田少年愚連隊　完結篇
中場利一　スケバンのいた頃

中山可穂　感情教育
中山可穂　マラケシュ心中
仲畑貴志　この骨董が、アナタです。
中保喜代春　ヒットマン〈獄中の父からいとしいわが子へ〉
中村うさぎ　中村うさぎの四字熟誤
中村泰子　「ウチら」と「オソロ」の世代〈東京・女子高生の素顔と行動〉
中山康樹　ディランを聴け!!
中山康樹　リッスン〈ジャズとロックと青春の日々〉
永井するみ　防風林
永井隆　ドキュメント　敗れざるサラリーマンたち
中島誠之助　ニセモノ師たち
梨屋アリエ　でりばりぃAge
梨屋アリエ　ピアニッシシモ
中原まこと　いつかゴルフ日和に
西村京太郎　天使の傷痕
西村京太郎　D機関情報
西村京太郎　殺しの双曲線
西村京太郎　名探偵が多すぎる
西村京太郎　ある朝海に

西村京太郎　脱出
西村京太郎　四つの終止符
西村京太郎　おれたちはブルースしか歌わない
西村京太郎　名探偵も楽じゃない
西村京太郎　悪への招待
西村京太郎　名探偵に乾杯
西村京太郎　七人の証人
西村京太郎　ハイビスカス殺人事件
西村京太郎　炎の墓標
西村京太郎　特急さくら殺人事件
西村京太郎　変身願望
西村京太郎　四国連絡特急殺人事件
西村京太郎　午後の脅迫者
西村京太郎　太陽と砂
西村京太郎　寝台特急あかつき殺人事件
西村京太郎　日本シリーズ殺人事件
西村京太郎　L特急踊り子号殺人事件
西村京太郎　寝台特急「北陸」殺人事件
西村京太郎　オホーツク殺人ルート

西村京太郎　行楽《ロマンスカー》特急殺人事件
西村京太郎　南紀殺人ルート
西村京太郎　阿蘇殺人ルート
西村京太郎　特急「おき3号」殺人事件
西村京太郎　日本海殺人ルート
西村京太郎　寝台特急六分間の殺意
西村京太郎　釧路・網走殺人ルート
西村京太郎　アルプス誘拐ルート
西村京太郎　特急「にちりん」の殺意
西村京太郎　青函特急殺人ルート
西村京太郎　山陽・東海道殺人ルート
西村京太郎　十津川警部の対決
西村京太郎　南神威島
西村京太郎　最終ひかり号の女
西村京太郎　富士・箱根殺人ルート
西村京太郎　十津川警部の困惑
西村京太郎　津軽・陸中殺人ルート
西村京太郎　十津川警部C11を追う
西村京太郎　越後・会津殺人ルート〈追いつめられた十津川警部〉

2007年3月15日現在

「司馬遼太郎記念館」への招待

司馬遼太郎記念館は自宅と隣接地に建てられた安藤忠雄氏設計の建物で構成されている。広さは、約2300平方メートル。2001年11月に開館した。

数々の作品が生まれた自宅の書斎、四季の変化を見せる雑木林風の自宅の庭、高さ11メートル、地下1階から地上2階までの三層吹き抜けの壁面に、資料本や自著本など2万余冊が収納されている大書架、……などから一人の作家の精神を感じ取っていただく構成になっている。展示中心の見る記念館というより、感じる記念館ということを意図した。この空間で、わずかでもいい、ゆとりの時間をもっていただき、来館者ご自身が思い思いにしばし考える時間をもっていただきたい、という願いを込めている。（館長　上村洋行）

利用案内

所 在 地　大阪府東大阪市下小阪3丁目11番18号　〒577-0803
T E L　06-6726-3860，06-6726-3859（友の会）
H P　http://www.shibazaidan.or.jp
開館時間　10:00～17:00（入館受付は16:30まで）
休 館 日　毎週月曜日（祝日・振替休日の場合は翌日が休館）
特別資料整理期間（9/1～10）、年末・年始（12/28～1/4）
※その他臨時に休館することがあります。

入館料

	一　般	団　体
大人	500円	400円
高・中学生	300円	240円
小学生	200円	160円

※団体は20名以上
※障害者手帳を持参の方は無料

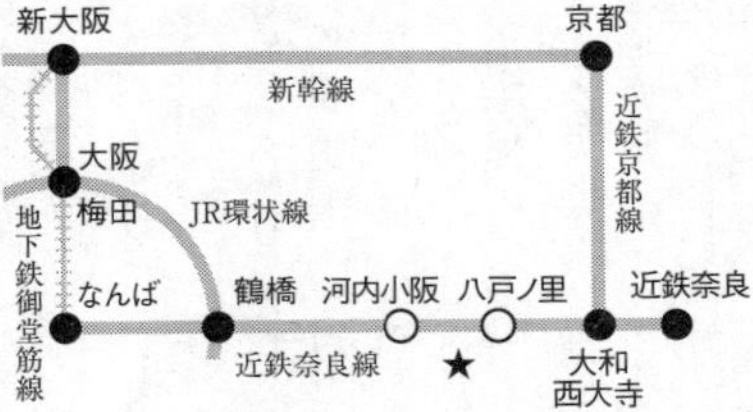

アクセス　近鉄奈良線「河内小阪駅」下車、徒歩12分。「八戸ノ里駅」下車、徒歩8分。
Ⓟ5台　大型バスは近くに無料一時駐車場あり。但し事前にご連絡ください。

記念館友の会　ご案内

友の会は司馬作品を愛し、記念館を支えてくださる会員の皆さんとのコミュニケーションの場です。会員になると、会誌「遼」（年4回発行）をお届けします。また、講演会、交流会、ツアーなど、館の行事に会員価格で参加できるなどの特典があります。

年会費　一般会員3000円　サポート会員1万円　企業サポート会員5万円
お申し込み、お問い合わせは友の会事務局まで
TEL 06-6726-3859　FAX 06-6726-3856